KB045898

도새긴다.
회복자생력과
구축해야 힘을 이

하자쿠라 요우
You Hazakura

네모토 카스미
Kasumi Nemoto

"미안. 아침 일찍부터
불러내서."

"아슬아슬하게 시간 맞춰 왔네."

"요우…."

"에헤헤, 요우…."

오른쪽에는 금발 미소녀, 왼쪽에는 **흑발 미소녀**.
양손에 꽃을 든 상태가 된 요우.
석양이 지는 아름다운 풍경을 바라보면서
그는 자문자답을 계속하게 되었다.
어쩌다 일이 이렇게 되었을까? 하고.

패배 히로인과 내가 사귄다고 사람들이 착각하는 바람에, 소꿉친구와 수라장이 되었다

2

네코쿠로 지음 / piyopoyo 일러스트 / 한수진 옮김

소미미디어

CONTENTS

illustration : piyopoyo

"——정신이 멍하네요……."

요우와 옥상에서 이야기한 뒤 집에 돌아온 마린은 마치 열이 나는 것처럼 얼굴이 빨개져 있었다.

자신이 그런 말을 했다는 게 믿어지지 않을 정도로 대담한 말을 했다. 마린도 그 점은 자각하고 있었다.

"이상해요. 그런 말을 할 생각은 없었는데……."

사실 마린은 아까 그 옥상으로 갈 때는 요우와의 관계를 끝낼 작정이었다.

하루키와 잘 이야기해서 둘 다 납득한 것은 사실이었는데, 같은 반에 있는 카스미의 기분이 좋은 것을 보고 요우와 카스미 사이의 문제도 해결됐다고 짐작했기 때문이다.

그런데 자신이 거기 있으면 쓸데없는 불화의 씨앗이 될 게 뻔했다. 그래서 요우를 위해 마린은 물러나려고 했었다.

애초에 마린은 요우가 관계를 끝내자고 말할 줄 알았다. 그러니까 그때 자신이 고개를 끄덕이면 끝——그것이 마린이 생각한 시나리오였다.

그런데 자신이 요우와 같이 있는 것이 요우에게도 도움이 된다는 말을 들은 순간, 마린의 마음속에 기대가 싹텄다.

그리고 실제로 요우한테서 관계를 끝내자는 말을 들었을 때. 마린은 가슴이 꽉 막히는 기분을 느꼈고, 어느새 요우의 소매를 붙잡고 있었다.

무의식중에 해버린 행동.

그것은 아마 자신의 진심이었을 것이다.

"나는 하자쿠라를 좋아하는…… 걸까요……?"

침대에 털썩 누운 마린은 자기 자신에게 묻는 것처럼 그런 말을 했다.

그리고──.

"~~~~~!"

자신이 엄청나게 부끄러운 말을 했다는 사실을 눈치채고 침대 위에서 버둥버둥 몸부림을 치기 시작했다.

마린은 그대로 5분쯤 계속 끙끙거렸다. 그러다 겨우 마음을 진정시키고, 이번에는 카스미에 관해 생각해보기 시작했다.

"그러고 보니 거의 끝부분밖에 못 들었지만…… 네모토는 하자쿠라를 꽤 심하게 속박한 것 같았죠……? 쉬는 날에는 온종일 같이 있었다든가……. 두 사람의 관계가 회복됐다는 것은, 설마 앞으로도 또……."

그렇게 생각하자 돌연 마린은 가슴이 답답해졌다.

특히 그 두 사람이──요우가 카스미에게 무릎베개를 해주는 모습이라든가, 카스미를 끌어안고 머리를 쓰다듬어주는 장면을 떠올렸더니 왠지 눈물이 나올 정도로 괴로워졌다.

지금의 두 사람이 반드시 그런 일을 할 거란 보장은 없었다.

하지만 요우의 과거 이야기 내용을 생각해보면, 과거에 두 사람이 그런 일을 했던 것은 확실했다.

"…………."

가슴이 답답해진 마린은 저도 모르게 휴대폰을 꺼내 요우에게 메시지를 보내려고 했다.

그러나 뭐라고 보내면 좋을지 몰랐다. 마린은 휴대폰 화면을 보는 자세로 굳어버렸다.

"하자쿠라에게 나란 사람은 어떤 존재일까요……?"

요우는 마린에게 말했다. 자신을 마음껏 이용해도 된다고.

그러니까 메시지든 전화든 마음대로 해도 된다. 실제로 최근에는 어제만 빼면 매일 밤마다 마린은 요우에게 전화를 했었다.

하지만 결국 요우가 그런 것을 어떻게 생각하는지는 마린은 알 수 없었다.

그가 호의적으로 받아들이고 있다면 다행이지만, 혹시 부정적으로 여기고 있다면 그것은 정말 곤란했다.

이제 와서 마린은 요우에게 연락하는 것이 무서워졌다.

"……앗, 그리고 보니……."

요우에게 메시지를 보내도 되는 걸까? 하고 고민하던 마린은 문득 뭔가를 떠올리고 연락 상대를 바꾸기로 했다.

『저기요. 상담하고 싶은 것이 있는데요. 괜찮을까요?』

바로 전날 "무슨 일이 있으면 연락해" 하고 자신에게 연락처를 가르쳐줬던 사람. 마린은 그 사람에게 메시지를 보내봤다.

그러자 즉시 답장이 왔다.

『뭐든지 편하게 말해도 된다냥.』

답장은 고양이 말투로 적혀있었다. 마린은 그게 매우 귀엽다고 생각했다.

인기인이라 무척 바쁠 텐데도 상대가 이렇게 금방 답해줘서 기뻤다.

『저, 실은 좀 말하기 어려운 일인데요…….』

『요우에 관한 일이지? 요우와 카스미의 관계가 듣고 싶어? 아니면 요우의 이상형을 알고 싶은 거냥?』

메시지를 보내자마자 금방 날아온 메시지. 그걸 본 마린은 무심코 숨을 삼켰다.

인터넷상에서 소문은 들었는데, 정말로 눈치가 빠른 사람이구나. 마린은 진심으로 놀랐다.

그리고 그와 동시에 자기 속마음을 다 들켜버렸다는 것을 깨닫고 온몸이 확 뜨거워졌다.

『마, 맞아요. 그런데 혹시 모르니까 확인하고 싶은데요. 나기사는 하자쿠라의 애인이 아니죠……?』

너무 부끄러워서 머리에 피가 쏠려버린 마린은 무의식중

에 어제부터 궁금했던 것까지 한꺼번에 물어보고 말았다.

"──헉, 내가 지금 뭘 보낸 거지……?! 아, 안 돼! 보내면 안 돼!"

마린은 당황하여 전송을 중지하려 했으나, 무정하게도 메시지는 전송됐다.

이미 보낸 메시지는 어쩔 수 없었다.

이쪽에 남은 메시지를 지워봤자, 메시지를 보낸 상대──나기사에게 도착한 메시지는 사라지지 않는다.

『냥하하, 아냥아냥! 요우는 나를 그런 식으로 생각하지 않을걸!』

혹시 불쾌해하면 어쩌나 긴장하면서 대기하고 있던 마린에게 대화 상대는 유쾌하게 대답을 해줬다.

그 문장을 본 마린은 두 가지 의미에서 안도했다.

『그, 그럼, 상담에 응해주시면 정말 기쁠 거예요……. 저, 그리고 하자쿠라에게는 비밀로 해주시면…….』

『오케이, 오케이. 일단 전화로 이야기할까냥?』

"그래도 돼요……?"

『응. 그런데 하나만 말해둘게. 상대는 굉장히 만만찮은 녀석이니까 각오하는 게 좋을 거다냥~.』

그 만만치 않은 상대란 카스미일까 아니면 요우일까. 마린은 궁금했지만, 그건 제쳐두고 일단 상대가 가르쳐준 전화번호로 전화를 걸어봤다.

◆

"——왜 이렇게 늦었어?"

마린과 대화를 마친 후 요우가 집에 돌아왔더니, 문 앞에 사복 차림의 카스미가 떡 버티고 서 있었다.

카스미는 이상하리만치 노출이 심한 옷을 입고 있었다. 요우는 눈 둘 곳을 몰라 난처해하면서 입을 열었다.

"미안."

요우는 학교에서 무엇을 했는지는 말하지 않고 그렇게 짧은 말로 사과했다.

그리고 카스미 옆을 지나쳐서 열쇠로 문을 열었다.

"일부러 애태우는 거야?"

"그럴 마음은 없었어."

불만스럽게 이쪽을 쳐다보는 카스미에게 요우는 고개를 옆으로 흔들면서 대답했다.

오늘은 카스미와 약속한 날이었다.

요우가 지금까지 무엇을 했는지 모르는 카스미의 입장에서는 '요우가 심술을 부렸다'고 생각할 수도 있었다.

하지만——.

"자, 문 열었어. 들어가."

"…………."

요우가 문을 열자, 카스미는 딱 한순간 눈을 반짝 빛내더니 갑자기 온순한 태도로 요우의 옷소매를 붙잡았다.

아마도 먼저 들어갈 마음은 없나 보다.

그런데 그때 언제나 요우가 돌아오기를 기다리는 야옹~ 씨가 현관으로 나왔다.

그리고 귀엽게 입을 벌리고 울음소리를 냈다.

그 순간——.

"야옹~ 씨!"

아까 그 온순한 태도는 어디로 갔는지, 카스미는 미친 듯이 흥분했다. 학교에서는 절대로 안 내는 날카로운 소리를 내면서 야옹~ 씨에게 달려들었다.

"야옹!"

"야옹~ 씨, 오랜만이야! 여전히 귀엽구나~!"

"야옹, 야옹."

카스미가 열심히 뺨을 비비자, 야옹~ 씨는 싫어하기는커녕 기뻐하는 것처럼 똑같이 뺨을 비볐다.

오랜만에 다시 만나서 야옹~ 씨도 기쁜가 모양이었다.

그런 카스미와 야옹~ 씨를 보면서 요우는 이렇게 생각했다.

'내 주위에 있는 여자들은 진짜로 고양이 앞에서는 성격이 달라지는구나……'라고.

카스미는 요우의 시선에는 신경 쓰지도 않고 갑자기 진

지한 표정을 짓더니 야옹~ 씨와 마주 봤다.

　그리고——날카롭게 야옹~ 씨를 손가락으로 가리켰다.

　"야옹~ 씨, 호빵!"

　"야옹!"

　"야옹~ 씨, 어리광 포즈!"

　"야옹!"

　"와, 굉장해. 잘 기억하고 있구나! 옳지, 잘했어!"

　"야옹~."

　자신이 내린 지시에 따라 야옹~ 씨가 정확한 포즈를 취해줬으므로 카스미는 기뻐하면서 야옹~ 씨의 머리를 쓰다듬었다.

　사실 야옹~ 씨에게 재주를 가르친 사람은 바로 카스미였다.

　"당연히 간식도 챙겨왔지."

　"야옹~!"

　카스미가 튜브 형태의 고양이 간식을 꺼내자, 야옹~ 씨는 기분 좋게 먹기 시작했다.

　그 장면을 보면서 요우는 2년 전의 광경을 떠올렸다.

　그러자 신기하게도 마음이 따뜻해졌다.

　"그냥 이대로 야옹~ 씨와 놀지 그래?"

　"뭐야, 약속을 어기려는 거야?"

　카스미와 야옹~ 씨의 모습을 보면서 요우가 선의로 그런 말을 했는데, 카스미는 반대되는 의미로 이해했는지 몹시 무서운 눈빛으로 요우의 얼굴을 쳐다봤다.

그러자 야옹~ 씨는 잽싸게 카스미의 손에서 벗어나 요우의 뒤에 숨어버렸다.

"앗! 요우 때문에 야옹~ 씨가 도망쳤어!"

"이건 너 때문이잖아……."

투덜거리는 카스미를 보고 요우는 기막혀했다. 이어서 겁을 먹어버린 불쌍한 야옹~ 씨를 안아 들었다.

그리고 착하다, 착하다 하고 머리를 쓰다듬어줬다.

그러자 야옹~ 씨는 기분 좋은 것처럼 눈을 가늘게 뜨고 어리광 부리면서 비비적거렸다.

"…………."

카스미는 그런 요우와 야옹~ 씨의 모습을 부러운 듯이 쳐다보더니, 요우의 옷소매를 잡아당기기 시작했다.

"어, 왜?"

"빨리. 방에 가자."

조르듯 귀엽게 쳐다보면서 말하는 카스미. 요우는 무심코 놀라서 숨을 삼켰다.

그리고 야옹~ 씨를 카스미에게 넘겨줬다.

"우선 옷부터 갈아입고 올게."

이대로 분위기에 휩쓸리면 안 된다고 판단한 요우는 그런 말을 하면서 카스미와 거리를 뒀다.

그랬더니——.

"너무해……."

카스미는 즉시 삐쳐버렸다. 그 모습이 과거의 카스미와 겹쳐 보여서 요우는 머리를 싸쥐고 싶어졌다.

'이건 예전 같은 상태로 질질 끌려 들어가는 패턴이잖아…….'

——그런 생각을 하면서.

◆

"——오래 기다렸지?"

평상복으로 갈아입은 요우는 거실에서 야옹~ 씨와 놀고 있는 카스미에게 말을 걸었다.

카스미는 야옹~ 씨와 함께하는 시간이 어지간히 즐거웠나 보다. 흐물흐물해진 미소를 지으면서 야옹~ 씨의 발바닥 젤리를 조물조물 만지고 있었다.

야옹~ 씨 앞에서는 행복해서 넋 나간 표정을 짓는 소꿉친구. 요우는 그 모습을 못 본 척하면서 자기 방으로 돌아가려고 몸을 돌렸다.

카스미는 요우가 자기를 데리러 와주자 은근히 기뻐하는 것처럼 그 뒤를 따라갔다.

야옹~ 씨는 졸려 보였다. 그래서 푹신푹신한 쿠션 위에

재워놓고 왔다.

그리고 요우의 방에 들어가서——.

"——요우."

"응? ……뭐 해?"

이름을 불러서 그쪽을 돌아봤더니, 카스미가 검은 스타킹으로 손을 뻗고 있었다. 그걸 본 요우는 의아해하면서 그렇게 물어봤다.

그런데 카스미는 그 질문에는 대답하지 않고 검은 스타킹을 스르르 벗기 시작했다.

검은 부분이 점점 줄어들면서 티 없이 하얗고 예쁜 피부가 드러나기 시작했다.

요우는 그 광경에서 눈을 떼지 못하고, 카스미가 다 벗을 때까지 지켜보고 말았다.

마침내 스타킹을 다 벗은 카스미는 히죽 웃으며 이쪽을 돌아봤다.

"좋아하지? 이런 거."

"누구를 변태로 아나."

"하지만 시선이 고정되어 있었는걸."

카스미는 그렇게 말하면서 다가오더니 싱글싱글 웃는 표정으로 근거리에서 요우의 얼굴을 쳐다봤다.

그런 카스미 앞에서 요우는 고개를 반대쪽으로 돌리고 입을 열었다.

"기분 탓이겠지."

그 모습을 본 카스미는 속으로 의기양양하게 웃었다.

그리고 계속해서 추가 공격을 가했다.

"요우, 침대에 앉아봐."

"뭐? 왜?"

"네 무릎에 앉을 거야."

"──!"

"괜찮지? 왜냐하면 너한테 거부권은 없으니까. 약속은 잘 지켜야 해, 알지?"

카스미와 요우가 한 약속──그것은 매주 딱 하루는 카스미를 요우의 방에 초대해서 마음대로 할 수 있게 해주는 것이었다.

다만, 옛날이야 어쨌든 간에 약 1년 반 동안은 계속 냉전을 벌였던 요우는 카스미가 자신에게 조금씩 다가올 거라고 생각했었다. 그래서 이 갑작스러운 말에는 당황하고 말았다.

"야, 넌 수치심도 없냐?"

"요우가 먼저 모든 일은 깨끗이 잊어버리자고 했잖아? 나는 요우의 뜻대로 해주려는 거야."

"아니, 그렇긴 하지만⋯⋯."

"약속. 안 지키면 화낼 거다?"

화내면 무슨 짓을 하려는 건데?──라고 요우는 생각했

지만, 카스미를 자극하는 것은 좋지 않다는 사실은 이미 충분히 알고 있었다.

그래서 점점 상황이 골치 아파진다는 것을 알면서도 결국 침대에 걸터앉았다.

그러자 카스미는 크게 기뻐하면서 요우의 무릎 위에 앉았다.

그리고 살짝 몸을 둥글게 구부리더니 툭 하고 요우의 가슴에 자신의 머리를 비스듬히 올려놨다.

이건 아무리 봐도 어리광쟁이 모드였다.

"성격이 너무 심하게 변하는 거 아냐……?"

"난 옛날부터 이랬잖아."

하기야 카스미의 말대로 2년 전까지는 이렇게 단둘이 있게 되면, 카스미는 그 순간 어리광쟁이로 변했었다.

그러나 한번은 사이가 멀어졌었고 또 화해하기 전까지는 카스미는 요우에게 원한이 있는 듯한 태도를 보였으므로, 갑자기 이렇게 어리광쟁이가 되니까 어떻게 대해야 할지 몰라서 요우는 당황하고 말았다.

게다가 이렇게 어리광쟁이가 된 카스미를 계속 예뻐해 준 결과가 바로 '지독하게 의존하는 카스미'였다.

이대로 자신에게 어리광 부리는 것을 허락해도 되는 걸까. 요우는 속으로 심각하게 고민했다.

더구나 눈 둘 곳이 없다는 문제도 있었다.

현재 카스미는 평소에는 안 입을 것 같은 옷을 입고 있었다. 그것은 어깨와 겨드랑이가 드러난 민소매 상의와, 하반신이 거의 숨겨지지도 않는 미니스커트였다.

　요컨대 맨살이 많이 노출되어 있어서 어디를 봐도 난감해지는 것이었다.

　시선을 어디로 보내야 할지 몰라 난처해하는 요우. 그러자 카스미는 싱글벙글 웃으며 입을 열었다.

　"왜 그래? 무슨 문제라도 있나 봐?"

　"너, 다 알면서 물어보는 거지?"

　"글쎄. 무슨 소리야?"

　히죽히죽 웃는 카스미를 보자 요우는 그 뺨을 확 꼬집어 주고 싶다는 충동을 느꼈다.

　하지만 그런 짓을 해버리면 카스미가 화를 낼 것이다. 그래서 꾹 참고 입을 열었다.

　"어느새 노출을 좋아하게 되었구나."

　"착각하지 마. 이런 모습은 오직 너한테만 보여주는 거야."

　그런 말을 듣고 기뻐해야 할지, 말아야 할지.

　일단 이 차림새로 우리 집 앞에 있었으니까 이웃 사람들은 봤을 텐데. 카스미는 그런 것에는 신경을 안 쓰는 듯했다.

　"그런다고 누가 기뻐한대……?"

　"흐음~? 그래도 넌 맨다리는 좋아하잖아?"

　카스미는 도발적인 눈빛을 보여주더니, 자신의 하얗고

예쁜 다리를 손으로 쓰다듬기 시작했다.

그 움직임에 요우의 시선은 저절로 끌려갔다. 그러나 곧 허둥지둥 자제했다.

"난 그런 변태가 아니야."

"왜? 사춘기잖아. 자기 욕망에 솔직해지지 그래?"

"그런 말을 듣고 욕망을 해방하는 사람은 멍청이지."

요우는 그렇게 대답했지만, 저도 모르게 힐끔힐끔 카스미의 허벅지를 보고 있었으므로 설득력이 없었다.

"요우는 여자한테 관심 없는 척하지만, 사실 속으로는 여자를 밝히는 타입이잖아?"

"웃기지 마. 너 내려가라고 한다?"

"그런 짓을 하면 요우가 나를 괴롭혔다고 아주머니한테 이를 거야. 울면서."

"…………."

이 세상에서 요우가 유일하게 어려워하는 존재.

무엇을 숨기랴. 그게 바로 어머니였다.

날마다 무의미하다고 생각하면서도 마지못해 학교에 다니고 있는 것도 어머니에게 반항하지 못해서 그런 것이었다.

그 사실을 알고 있는 카스미는 요우의 어머니를 방패로 삼으면 대부분의 요구는 수용된다는 것을 어릴 때부터 파악하고 있었다.

단, 요우와 싸웠을 때는 그 힘을 사용하지 않았다. 아마도 그런 짓을 했다가는 진짜로 두 번 다시 요우와 화해하지 못한다는 것을 본능적으로 눈치챈 것이리라.

그러나 이제는 화해했으니까. 웬만한 일에 대해서는 자신만만하게 그 힘을 사용하기 시작할 게 틀림없었다.

"넌 진짜 예나 지금이나 치사하구나……."

"왜. 그냥 네가 순순히 나를 예뻐해 주면 되는 거잖아?"

"그리고 당당하게 그런 말을 하는 것도 존경스럽다."

결국 요우는 카스미를 내려놓는 것은 포기했다.

그러자 카스미는 기대하는 듯한 눈으로 이쪽을 쳐다봤다.

"자, 머리 쓰다듬어줘."

요우가 자기를 예뻐해 줄 거라고 생각했나 보다.

하는 수 없지. 요우는 카스미의 머리로 손을 뻗어 다정하게 쓰다듬어주기 시작했다.

그러자 카스미는 만족했는지 또다시 요우의 가슴에 머리를 대고 뺨을 비볐다.

◆

"——에헤헤, 요우~."

그로부터 몇 시간이 지났을까.

마치 그동안 잃어버렸던 시간을 되찾으려는 것처럼 카스미는 질리지도 않고 내내 요우에게 뺨을 비비고 있었다.

가끔 요우의 목에도 뺨을 붙이고 비볐으므로, 요우는 간지러움을 참느라 안간힘을 써야 했다.

'육체는 성장했는데 정신은 여전히 어린애구나…….'

카스미는 평소에 어른스럽게 행동하지만 사실 속마음은 완전히 어린애였다.

카스미는 어린 시절부터 요우처럼 남들을 멀리하는 태도였다.

그런데 그것은 카스미가 근본적으로 냉정한 사람이라서 그런 것이 아니었다. 실은 그냥 요우를 흉내 냈던 것이다.

요우는 자신과 카스미의 관계를 질투하거나 놀리는 사람이 싫어서 저절로 그들을 거부하게 되었다.

그리고 그 대신 어릴 때부터 같이 있었던 카스미를 예뻐했다.

그로 인해 카스미는 자신은 요우에게 특별대우를 받고 있다고 생각하게 되었다. 그래서 요우 이외의 존재를 무시해 버리면 요우와 단둘이 있는 공간을 만들 수 있다고 믿었다.

그리하여 타인을 멀리하게 되었는데. 사실 근본적으로는 어리광쟁이였다.

그래서 요우와 단둘이 있게 되면 이렇게 즉시 어리광을 부리는 것이다.

그리고 요우는 그런 카스미를 계속 예뻐해 주고, 카스미의 이기적인 요구를 거의 다 들어주고, 곤란한 일이 있으면 얼른 자기가 나서서 해결해줬다. 그 결과 카스미의 영혼은 여전히 어린아이 상태로 남아버린 것이다.

어린 시절부터 달라지지 않은 소꿉친구. 그걸 본 요우는 자신의 잘못을 새삼 인식했다.

하지만——.

"요우, 손이 멈췄잖아. 잘 쓰다듬어줘, 응?"

상대가 이렇게 어리광을 부리면, 냉정하게 내치기도 어려웠다.

그래서 카스미가 귀엽게 이쪽을 쳐다보면서 부탁을 하자, 요우는 또다시 다정하게 그 머리를 쓰다듬어주기 시작했다.

단지 그러기만 해도 카스미는 몹시 행복해했다.

'이 모습을 학교 애들이 본다면 다들 경악할 테지⋯⋯.'

평소의 냉정한 모습만 보면 상상이 안 될 정도로 심한 어리광쟁이가 된 카스미.

냉정하고 무뚝뚝한 카스미밖에 모르는 학교 학생들은 이런 광경을 본다면 '다른 사람인가?' 하고 의심할 것이다.

그 정도로 지금의 카스미는 학교에 있을 때와는 다른 성격이었다.

"——야옹~."

그렇게 카스미의 어리광을 받아주고 있는데, 거실에서 자고 있던 야옹~ 씨가 요우의 방에 왔다.

아마도 요우와 카스미를 찾으러 온 것 같았다.

두 사람을 발견한 야옹~ 씨는 점프해서 카스미의 허벅지 위에 올라왔다.

그리고 자기도 쓰다듬어 달라고 울면서 요우에게 어필을 했다.

그런데 현재 요우의 손은 두 개 다 바빴다.

왼손은 카스미의 등과 복부를 감싸 안아주면서 그 몸을 고정하는 역할을 하고 있었다.

그리고 오른손은 현재 카스미의 머리를 쓰다듬고 있었는데, 이걸 그만두면 카스미가 즉시 토라질 게 뻔했다.

그래서 요우한테는 야옹~ 씨를 쓰다듬어줄 손이 남아 있지 않았다.

그때 요우 대신 카스미가 야옹~ 씨에게 손을 내밀었다.

"야옹~ 씨는 내가 쓰다듬어줄게."

"야옹!"

카스미가 부드럽게 안아들자, 야옹~ 씨는 만족한 것처럼 카스미의 가슴에 머리를 맡겼다.

그대로 카스미는 요우에게 안긴 채 야옹~ 씨의 머리를 쓰다듬기 시작했다.

그 표정은 마치 어머니처럼 모성으로 가득 차 있었다. 야옹~ 씨를 진심으로 귀여워한다는 것을 알 수 있었다.

'평소에도 이런 표정을 지으면 좋을 텐데…….'

카스미의 다정한 표정을 보면서 요우는 저도 모르게 그런 생각을 해버렸다.

"있잖아, 요우."

"응?"

"야옹~ 씨를 동영상으로 찍어서 데뷔시키는 거. 생각해봤어?"

카스미의 얼굴을 보고 있는데, 카스미는 야옹~ 씨의 머리를 쓰다듬으면서 그런 질문을 했다.

그것은 2년 전부터 카스미가 요우에게 제안한 기획이었다.

"아니, 전에도 말했지만. 야옹~ 씨의 동영상은 인터넷에 올릴 생각이 없는데?"

"윽…… 뭐야, 모처럼 이런 재주까지 가르쳐놨는데……."

요우가 안 된다고 하자 카스미는 불만이 있는 것처럼 뺨이 살짝 통통해졌다.

"야옹~ 씨를 구경거리로 만들고 싶진 않아. 카스미도 인터넷에 얼굴을 공개하는 건 싫잖아?"

"그건 그렇지만…… 틀림없이 인기 있을 텐데……."

"뭐, 애초에 그것은 우리 채널이잖아. 야옹~ 씨에게 부담을 주지는 말자."

야옹~ 씨라면 얼마든지 카메라를 보면서 멋진 포즈를 취할 수 있을 것이다. 하지만 야옹~ 씨에게 부담을 주고 싶지 않은 요우는 절대로 그 점에서는 양보할 마음이 없었다.

그걸 아는 카스미는 한숨을 쉬더니 야옹~ 씨의 발바닥을 꾹꾹 누르며 놀기 시작했다.

그리고 천천히 입을 열었다.

"그래도 슬슬 서브 채널은 만들고 싶은데. 다른 유명한 동영상 크리에이터들은 다들 가지고 있잖아? 계속 풍경 동영상만 올리다가는 언젠가 한계가 올지도 몰라."

그것은 2년 전부터 카스미가 걱정하던 것이었다.

다행히 지금까지는 아직 시청자가 계속 늘고 있고, 요우도 다양한 풍경을 찾아 동영상을 촬영하고 있지만, 카스미는 언젠가는 그것도 한계가 올 거라고 생각했다.

그 의견에 대해서는 요우도 동감이었다. 뭔가 새로운 프로젝트를 시작해야 한다고 생각했는데──그 무렵에 카스미와 충돌하는 바람에 결국 그 문제는 뒤로 미룰 수밖에 없었다.

그러나 두 사람이 화해한 지금은 앞으로의 채널 운영에 관해 생각해봐야 할 것이다.

"카스미는 노래도 잘하잖아. 커버 곡을 올려보는 것은 어때?"

"하지만 그러다가 목이 상할 수도 있잖아……. 내레이션을 위한 목소리는 소중히 하고 싶어."

"으~음……."

"아, 그래! 요우와 둘이서 커플 채널을 만든다면 얼굴을 공개해도——."

"기각."

"——치! ——잇!"

"야, 아파. 때리지 마."

카스미의 말도 안 되는 제안을 즉시 거부했더니, 카스미는 뺨을 한껏 부풀리면서 요우의 가슴을 탁탁 때리기 시작했다.

어지간히 마음에 안 들었나 보다.

결국 두 사람은 그날 답을 찾아내지는 못하고, 그저 객관적으로 본다면 100% 커플처럼 보이는 행동만 계속했다.

◆

"——요우, 안녕?"

"…………."

다음 날 아침. 집에서 나왔더니 교복을 입은 소꿉친구가 기다리고 있었다. 그 앞에서 요우는 저도 모르게 말문이 막혀버렸다.

그 소꿉친구——카스미는 생글생글 웃으면서 그런 요우의 얼굴을 들여다보고 있었다. 요우는 머리를 싸쥐고 싶어졌다.

"이건 아니잖아."

"뭐?"

"너와 약속한 건 1주일에 하루만 내 방에서 자유롭게 지내게 해주겠다는 거였어. 그런데 너는 왜 나와 같이 등교하려는 거야?"

"뭐 어때? 등교나 다른 일이 금지된 것도 아니잖아. 문제없다고 생각하는데."

요우가 투덜거리자, 카스미는 불만이 있는 것처럼 살짝 토라진 표정을 지으면서 고개를 홱 돌렸다.

그 태도를 본 요우는 '네가 어린애냐!' 하고 한마디 해주고 싶었다. 하지만 일단 이렇게 된 카스미는 남의 말을 안듣는다는 것도 알고 있었다.

그래서 어쩔 수 없이 카스미 옆에 나란히 서서 입을 열었다.

"아니, 저기. 넌 일단 키노시타와 사귀는 것으로 되어 있잖아? 딴 남자와 같이 걷는 모습을 다른 학생이 보기라도 하면 어쩌려고. 네 평판이 나빠질 텐데?"

"이제 와서 뭔 소리야. 누구 덕분에 내 평판은 이미 나빠질 대로 나빠졌으니까 새삼스레 문제 될 것은 하나도 없어."

카스미는 요우의 부탁을 들어주느라 그저께 다른 학생들 앞에서 마린을 붙잡고 늘어졌었다.

그 사건으로 인해 학생들은 카스미를 이상한 녀석이라

고 생각하게 되었고 그만큼 평판이 나빠져 버렸다.

카스미는 그 이야기를 하는 것이었다.

"아니, 그게 무슨 내 탓인 것처럼 말하는데. 따지고 보면 네 탓이잖아?"

요우가 그런 부탁을 하기 전부터 카스미는 마린에게 시비를 걸고 다녔다.

그러니까 카스미의 평판이 나빠진 원인은 카스미 본인이 제공한 것이다. 요우는 그렇게 주장했다.

그러자 카스미는 관심 없다는 듯이 입을 열었다.

"뭐, 사실 남들이 나를 어떻게 보든 상관없지만. 어쨌든 너한테는 오해를 받지 않았고."

".........."

호의를 전혀 숨기려고 하지도 않는 카스미. 요우는 뭐라 형용할 수 없는 감정을 느꼈다.

그리고 어떻게 할까 고민하다가, 주위에 아무도 없는 것을 확인하고 카스미의 머리로 손을 뻗었다.

"──!"

갑자기 요우의 손이 자기에게 다가오자 카스미는 놀라서 몸을 움츠렸다.

요우는 그런 카스미의 머리를 다정하게 쓰다듬었다. 그리고 가능한 한 다정한 목소리를 내려고 노력하면서 입을 열었다.

"그래, 네 마음대로 해도 되는데. 더 이상 주변 사람들한테 폐를 끼치지는 마. 알았지?"

결국 요우는 주변 사람들한테 폐가 되지 않는 범위 내에서 카스미의 어리광을 받아주기로 한 것 같았다.

하루키와 카스미가 사귄다고 알려진 것은 골치 아픈 문제였지만, 만약에 카스미가 괜히 욕을 먹는다면 자신이 대처할 것이고, 현재 남자 친구 역할인 하루키와는 다시 대화해보면 될 거라고 판단한 것이다.

그런데——.

"에헤헤……."

요우가 자기 머리를 쓰다듬어주니까 카스미는 헤실헤실 웃고만 있었다. 요우의 이야기를 제대로 듣고 있는지 의문이었다.

아니, 실은 전혀 안 듣고 있는 듯했다.

"그렇게 성격이 확 바뀌는 거 말이야. 어떻게 못 고쳐?"

무척 행복해하는 카스미의 표정을 본 요우는 무심코 그런 말을 해버렸다.

카스미는 평소에는 냉정하게 굴기 때문에, 이렇게 무방비해진 모습을 보면 엄청난 갭이 느껴지는 것이었다.

옛날에는 요우는 그래도 상관없다고 생각했었다. 하지만 이미 고등학생이 되었는데도 이 모양이니 요우도 문제를 좀 느낄 수밖에 없었다.

아니, 솔직히 말하자면 집 안에서 단둘이 있을 때는 그래도 상관없었다. 하지만 밖에서 이러면 아무래도 주변 사람들의 시선이 신경 쓰였다.

"나도 일부러 그러는 거 아니거든……?"

그런데 카스미는 납득을 못 하고 삐쳐버렸다.

굳이 따지자면 어린아이 같은 이 모습이 본모습이니까 그냥 무뚝뚝한 태도를 버리면 될 텐데. 요우는 그렇게 생각했다.

하지만 그런 말을 해봤자 카스미가 귀담아들을 리 없었다. 어쩔 수 없다. 더 이상 쓸데없는 말은 하지 말자. 요우는 그렇게 결심했다.

그대로 요우는 카스미와 함께 전철을 타고 잡담을 하면서 등교했다.

그리고——.

"앗……?"

교문 근처까지 왔는데도 옆에서 떨어질 줄을 모르는 카스미 때문에 난처해하고 있는데, 그때 자주 들어본 귀여운 목소리가 등 뒤에서 들려왔다.

목소리가 들린 곳을 돌아봤다. 그리고 마린이 당황한 표정으로 요우와 카스미를 쳐다보고 있는 것을 발견했다.

'아니, 왜 하필이면 오늘 딱 마주치는 거야……?'

그동안 한 번도 등교하면서 마주친 적이 없었는데, 운

나쁘게도 마린과 딱 마주친 요우는 이후의 사건 전개를 상상하면서 두통을 느꼈다.

"안녕? 아키미."

요우는 최대한 평온한 태도를 유지하면서, 자신은 양심에 찔리는 게 없음을 어필하려는 것처럼 마린에게 인사를 했다.

그러자 마린은 정신을 차리고 허둥지둥 고개를 숙였다.

"아, 안녕하세요? 하자쿠라, 네모토."

"안녕? 아키미."

마린이 인사하자 카스미도 인사를 했는데, 마린은 저도 모르게 카스미의 얼굴을 가만히 응시하고 말았다.

'들었던 대로 진짜로 하자쿠라 옆에 있네요⋯⋯. 역시 얕잡아 볼 수 없군요⋯⋯.'

마린은 어젯밤에 나기사와 했던 대화를 떠올리면서 새삼스레 어떤 결의를 다졌다.

"신기하네. 이렇게 등교하다가 만나다니."

"앗⋯⋯ 아, 네. 이런저런 일이 있어서⋯⋯."

"왜? 무슨 문제라도 있었어?"

요우의 말에 마린이 이야기하기 어려운 것처럼 애매하게 말을 흐리자, 요우는 마린에게 무슨 일이라도 생겼나? 하고 걱정해줬다.

그런데 마린은 즉시 고개를 옆으로 흔들었다.

"아, 아뇨, 그런 것은 아니에요."

마린이 집에서 늦게 나온 이유——그것은 나기사와 길게 통화한 것 외에도 또 하나의 이유가 있었다.

하지만 그 이야기를 당장 꺼내지는 못했다. 마린은 수줍은 듯이 몸을 배배 꼬았다.

그 모습을 본 카스미는 불쾌하다는 듯 미간을 찌푸리더니, 요우의 얼굴을 쳐다보면서 입을 열었다.

"요우, 너무 느긋하게 있다가는 지각할걸?"

"아, 응. 그러네."

카스미가 재촉하자 요우는 등교 시간까지 남은 시간이 별로 없다는 사실을 깨닫고 학교로 가려고 몸을 돌렸다.

그런데——.

"저, 저기요, 하자쿠라……!"

마린이 요우의 이름을 불렀다. 요우는 다시 걸음을 멈추고 마린의 얼굴을 봤다.

그러자 마린은 또 부끄러운 것처럼 꼬물꼬물 몸을 배배 꼬더니, 뜨거운 감정을 숨긴 눈동자로 요우의 얼굴을 귀엽게 쳐다보기 시작했다.

그 모습을 보고 불길한 예감을 느낀 카스미는 즉시 입을 열어 끼어들려고 했다. 그러나 요우가 손을 들어 카스미의 발언을 막았다.

"응, 왜?"

그리고 마린을 향해 고개를 기울이면서 다정한 목소리로 물어봤다.

카스미는 뭔가 말하고 싶은 듯한 눈빛으로 요우를 쳐다봤다. 하지만 여기서 떼를 쓰는 것은 어리석은 짓이라고 판단하고 억지로 말을 삼켰다.

그런데 지금 몹시 흥분한 마린은 그런 두 사람의 상태를 눈치채지 못했다. 그저 요우를 향해 부끄러운 듯이 입을 열었다.

"저, 제가, 도시락을 2인분 만들어 왔거든요……. 오늘은 옥상에서 먹지 않을래요……?"

그것은 암암리에 단둘이 밥을 먹고 싶다고 제안하는 것이었다.

물론 누군가가 요우에게 그런 식으로 접근하는데 카스미가 그걸 무시할 수는 없었다. 이번에야말로——하고 마음먹고 입을 열려고 했다.

하지만 또다시 요우가 카스미를 막았다.

그러자 카스미는 요우를 탁탁 때리기 시작했고, 마린은 불안한 듯이 이쪽을 쳐다봤다.

이미 교문 부근까지 도착해서 학생들이 모여 있는 와중에 이런 대화를 하고 있으니, 주위에 있는 학생들은 "수라장?! 지금 수라장이 펼쳐진 거지?!" 하고 신나게 요우와 여자 둘을 멀리서 에워싼 채 그들의 대화를 지켜보고 있었다.

카스미와 마린이 단둘이 만나면 다들 걱정하지만, 지금
은 요우라는 억제제가 같이 있으니까 안심하고 구경할 수
있었다.

　그리고 정말 부럽게도 미소녀 두 사람의 쟁탈 대상이 된
남자가 저렇게 난처해하는 것은, 단순히 구경하기만 해도
재미있고 기분이 좋은 것이었다.

　그런 사람들의 시선을 한 몸에 받는 가운데 요우는 카스
미의 손을 적당히 피하면서 마린에게 말했다.

　"응, 뭔가 상담하고 싶은 거라도 있어?"

　"앗——아, 네……!"

　자신이 하고 싶은 말이 뭔지 요우가 금방 이해해주자,
마린은 기뻐하면서 끄덕끄덕 고개를 끄덕였다.

　"그렇대. 그러니까 이상한 억측은 하지 마."

　마린이 단둘이 있고 싶어 하는 이유를 밝혀낸 뒤, 요우
는 아직도 자기를 때리는 카스미에게 그렇게 말했다.

　그러나 마린의 태도를 보니 카스미는 점점 더 불안해지
기만 했다. 그래서 여전히 할 말이 있는 듯한 눈으로 요우
를 보고 있었다.

　"분명히 말해두는데. 너 우연인 척 옥상에 올라오면 안
된다, 알았지? 너는 이미 우리가 점심때 옥상에 간다는 것
을 알고 있으니까."

　"——!"

카스미는 점심때가 되면 우연인 척 그곳으로 쳐들어갈 계획을 슬슬 세우고 있었는데, 요우가 선수를 치자 '쿠—웅!' 하고 묵직한 충격을 받은 듯한 표정을 지었다.

그 표정을 본 요우는 무의식중에 한숨을 쉬었다.

'역시 저번에 식당에 나타난 것은 우연이 아니었구나.'

"저, 저기……?"

"아, 미안. 알겠어, 그렇게 하자."

울상을 지으면서 뭔가 말하고 싶은 듯한 눈빛으로 이쪽을 쳐다보는 카스미의 눈을 마주 보고 있는데, 옆에서 마린이 말을 걸었으므로 요우는 그쪽을 돌아보면서 고개를 끄덕였다.

그러자 마린은 확 밝아진 표정을 지었고, 카스미는 확 어두워진 표정을 지었다.

주위에 사람이 없었으면 카스미는 온 힘을 다해 떼를 썼을 것이다. 하지만 지금은 보는 사람들이 있고, 여기서 떼를 썼다가는 요우한테 미움받을 뿐이란 것은 알고 있었다.

그래서 그저 우울해할 수밖에 없었는데——그 광경을 보고 있던 주변의 학생들은 '결국 이 세 사람의 관계는 도대체 뭘까?' 하는 의문을 가지게 되었다.

그런 구경꾼들을 힐끗 보면서 요우는 생각에 잠겼다.

'아마 아키미의 용건은 순수한 상담일 텐데. 카스미가 문제구나…….'

노골적으로 마린과 요우가 같이 있는 것을 싫어하는 카스미. 그 모습을 본 요우는 카스미에 대한 나쁜 소문이 퍼질까 봐 걱정했다.

그래서 빨리 하루키와 상의를 해봐야겠다고 생각하면서 그는 이 학교의 2대 미소녀를 데리고 학교 건물로 들어갔다.

'──어라? 그러고 보니 네모토가 방금 하자쿠라를 요우라고 부르지 않았나요⋯⋯?'

마린은 현관으로 들어가다가 그런 의문을 느꼈다. 왠지 가슴이 좀 답답해졌다.

◆

"──하자쿠라, 갈까요⋯⋯?"

점심시간. 평소처럼 마린이 교실로 요우를 데리러 왔다.

뺨이 연분홍색으로 물들어 있었다. 어쩐지 부끄러워하는 것 같았다.

"응, 가자."

요우는 같은 반 학생들의 질투 섞인 시선에는 신경 안 쓰려고 하면서 마린 앞으로 갔다.

요우가 자신에게 다가오자 마린은 기뻐하면서 나란히 걷기 시작했다.

마린은 남자를 위한 큼직한 도시락과 작고 귀여운 도시

락을 손에 들고 있었다.

작고 귀여운 도시락은 평소에 마린이 사용하는 것이었다. 그러니까 큼직한 도시락이 요우를 위해 준비한 것인가 보다.

"일부러 준비해줘서 고마워."

요우는 주위의 시선을 받으면서 마린에게 도시락을 싸줘서 고맙다고 말했다.

그러자 마린은 부끄러워하는 것처럼 뺨을 살짝 붉히더니 귀여운 미소를 지으면서 요우의 얼굴을 쳐다봤다.

"아, 아녜요. 제가 다른 곳으로 가자고 부탁하는 입장인데요. 이 정도는 당연히 해야죠."

"넌 언제나 완벽한 여자구나."

"네?!"

요우가 마린을 칭찬하자, 마린은 약간 붉어졌던 뺨이 순식간에 새빨갛게 변하면서 갑자기 꼼지락거리기 시작했다.

그 태도를 본 요우는 고개를 갸웃거렸는데, 그 순간 싸늘한 한기를 느끼고 반사적으로 그쪽을 돌아봤다.

그랬더니 저쪽 모퉁이에서 얼굴만 내밀고 있는 카스미의 모습이 눈에 띄었다.

카스미는 분한 듯한 표정으로 온몸에서 검은 오라를 뿜어내면서 요우와 마린을 바라보고 있었다.

그런 카스미를 본 요우는 한숨을 내쉬고 휴대폰을 꺼냈다.

『너, 계속 이렇게 내 말을 안 들을 거야? 그럼 약속은 파기할 거야.』

그렇게 메시지를 보내자, 즉시 카스미는 휴대폰 알림을 눈치채고 화면을 봤다.

이어서 '쿠──웅!' 하고 충격받은 표정을 짓더니. 억울해하는 눈빛으로 요우의 얼굴을 쳐다봤다.

그 눈에는 약간 눈물이 맺혀 있었다.

그러나 곧 뭔가를 떠올린 것처럼 서둘러 휴대폰을 만지작거리기 시작했다.

몇 초 후에 요우의 휴대폰이 메시지 수신을 알리면서 진동했다.

『주 2회로 늘리는 것을 조건으로 물러날게.』

날아온 메시지를 확인해보니 웬 조건이 제시되어 있었다.

그것을 본 요우는 '왜 이런 상황에서 오히려 조건을 제시하는 거야?' 하고 한마디 해주고 싶어졌다.

하지만 여기서는 상대해주지 않는 것이 최선이다. 요우는 즉시 카스미를 좌절시키는 메시지를 보냈다.

『그럼 약속은 파기해야겠네.』

그 메시지를 본 카스미는 또다시 충격받은 표정을 지었다. 그리고 소리 없이 입을 열심히 움직이기 시작했다.

아마도 불평을 하는 것 같았다.

이에 대해 요우는 그다음 메시지를 보냈다.

『하지만 네가 내 말대로 해준다면, 많이 예뻐해 줄게.』

그 한마디가 결정타였다. 카스미는 신났는지 눈을 빛내면서 요우의 얼굴을 쳐다봤다.

그런 카스미와 다시 눈이 마주친 요우가 고개를 끄덕이자, 카스미는 활짝 웃으면서 기분 좋게 그곳을 떠났다.

'본의 아니게 점점 과거로 돌아가는 기분이 드는데……
뭐, 이 정도는 어쩔 수 없지…….'

"…………."

요우는 좀 전까지 카스미가 있었던 곳을 바라보면서 그런 생각을 했는데, 마린은 그런 요우를 가까이에서 가만히 쳐다보고 있었다.

◆

"──아주, 새빨간 색이네…….."

"네♪"

마린이 건네준 도시락의 내용물을 확인한 요우가 무심코 그런 말을 중얼거리자, 마린은 기분 좋게 고개를 끄덕였다.

그리고 기대하는 눈빛으로 요우의 얼굴을 쳐다봤다.

그래서 요우는 다시금 시선을 도시락으로 돌렸는데, 거기 있는 고기와 채소는 새빨갛게 물들어 있었다.

'어라? 이 키미가 요리를 못하는 편이었나……? 아니, 언제나 맛있어 보이는 음식들을 먹었는데? 게다가 이 반찬들도 색깔은 좀 그렇지만 모양새는 괜찮기도 하고…….'

요우는 눈 앞에 펼쳐진 새빨간 세계를 보면서 생각에 잠겼다. 그 후 힐끔 마린의 도시락 내용물을 봤다.

그랬더니 그쪽에는 같은 재료를 사용했는데도 알록달록해서 아주 맛있어 보이는 반찬들이 꽉 차 있었다.

"…………아키미. 설마 나를 위해 일부러 엄청 매운맛으로 만들어준 거야?"

그러한 물적 증거들을 보고 답을 도출해낸 요우는 뭐라 형용할 수 없는 기분을 느끼면서 마린에게 물어봤다.

그러자 마린은 기뻐하면서 열심히 고개를 끄덕거렸다.

"네, 노력해봤어요♪"

그리고 귀엽게 생긋 웃으면서 그런 말을 했는데, 요우는 저도 모르게 어이쿠 하고 이마를 짚을 뻔했다.

'아니, 일부러 나를 위해 만들어준 것은 기쁘지만, 노력의 방향이 잘못된 게 아닐까……?'

메인 반찬은 그렇다 쳐도 채소까지 새빨갛게 만들다니. 요우는 마린이 의외로 엉뚱한 여자애일지도 모른다고 생각했다.

아니, 그냥 순수하고 얼빠진 여자애다.

"굉장히 맵지만 그래도 맛있게 만들어졌다고 생각해요."

"맛을 봤어?"

"아무리 그래도 맛을 안 본 음식을 먹으라고 할 수는 없잖아요? 맛을 봤더니 눈물이 줄줄 나왔어요."

그 이야기를 들은 요우는 저절로 상상해버렸다. 매워서 끙끙거리는 마린의 모습을.

눈물이 줄줄 나왔다고 하는 것을 보면 엄청나게 맵게 만들었나 보다.

"저기, 일단 말해둘게. 나는 평범한 음식도 싫어하지 않아."

자신을 위해 무리해서 매운 음식을 만들어주다니. 요우는 왠지 미안해져서 앞으로 마린이 똑같은 실수를 하지 않도록 그런 말을 했다.

그러자 마린은 생글생글 웃으며 입을 열었다.

"하지만 매운 음식을 좋아하잖아요?"

"뭐, 그건 그렇지만……."

"네, 그럼 노력해서 만든 보람이 있네요♪"

요우의 말을 듣고 귀엽게 웃으면서 대꾸하는 마린.

마린의 그 멋진 미소를 본 요우는 어쩐지 멋쩍어져서 눈을 내리깔았다. 그리고 도시락통에 담긴 새빨간 반찬으로 젓가락을 가져갔다.

'맛있다…….'

상상보다 더 맛있는 음식을 먹은 요우는 계속해서 반찬

으로 젓가락을 가져갔다.

마린은 생글생글 웃는 얼굴로 그런 요우를 바라보고 있었다.

요우는 마린이 지켜보는 가운데 묵묵히 도시락을 계속 먹었다.

일견 새빨간 색으로 통일된 것처럼 보였던 도시락인데, 막상 먹어보니 맛은 다 다르고 매운맛의 정도도 달랐다.

채소도 김치처럼 양념한 것도 있고, 또 고춧가루를 듬뿍 뿌려 볶은 것도 있었다. 정말로 각양각색이었다.

도대체 이 도시락 하나에 얼마나 많은 정성이 들어갔을까. 요우는 상상도 할 수 없었다.

다만 한 가지 알 수 있었던 것은, 오늘 마린이 좀 아슬아슬한 시간대에 등교한 이유가 틀림없이 이 도시락과 관련이 있으리란 것이었다.

"——저기, 그런데. 상담하고 싶은 것은 뭐야?"

반쯤 도시락을 먹었을 때, 기쁘게 웃으면서 이쪽을 보고 있는 마린을 상대로 요우는 본론을 꺼냈다.

그러자 마린은 또 갑자기 꼬물거리기 시작했다.

얼굴도 빨갛게 변한 것을 보면, 지금부터 하려는 이야기가 부끄러운 내용이란 것은 알 수 있었다.

요우는 재촉하지 않고 마린이 결심할 때까지 기다리기로 했다.

이윽고 마린은 결심한 것처럼 요우의 얼굴을 쳐다보면서 입을 열었다.

"저──실은, 동영상 크리에이터가 되고 싶어요……!"

얼굴을 새빨갛게 붉히면서 진지한 표정으로 그렇게 말하는 마린.

그런 마린 앞에서 요우는 그 상상을 초월하는 내용에 대해 이마를 짚으면서 고개를 끄덕거렸다.

"아하……."

'그래, 일이 이렇게 되는구나…….'

마린이 어째서 동영상 크리에이터가 되고 싶다는 말을 꺼내게 되었는지, 어느 정도 사건의 흐름을 짐작한 요우는 다시 입을 열었다.

"나기사가 제안한 거야?"

"──?!"

요우의 질문에 마린은 몹시 놀란 표정을 지었다.

아마 정곡을 찔렀나 보다.

'하기야 아키미를 눈여겨보는 것도 당연한가…….'

마린은 이 학교의 2대 미소녀라고 불릴 정도로 예뻤다.

게다가 금발, 동안, 큰 가슴이라는 옵션까지 딸려 있었다.

그러니까 만인의 시선을 사로잡을 것은 확실했고, 또 귀여운 성격도 사람들을 매혹할 것이다.

동영상 크리에이터로서 인기인이 된 마린의 모습을 요

우는 쉽게 상상할 수 있었다.

그러나——.

"그만두는 게 좋아."

요우는 마린이 동영상 크리에이터가 되는 걸 반대했다.

"네⋯⋯?"

"나기사가 하는 일은 재미있어 보일지도 모르지만, 그 반면에 나쁜 녀석들한테 원한을 사기도 쉽거든. 그런데도 그 녀석이 아직 무사한 이유가 뭔지 알아? 돈이 아주 많아서 보안이 완벽한 곳에 살고 있기 때문이야. 그리고 가장 큰 이유는, 그 녀석이 그래 보여도 호신술 같은 것을 배워서 엄청나게 강하기 때문이고. 요컨대 누가 원한을 가지고 덤벼들어봤자 알아서 퇴치할 만한 능력이 있다는 거야."

그러나 마린은 달랐다.

우아한 몸짓과 말투를 보면 좋은 집에서 잘 자랐다는 것은 알 수 있지만, 그래도 재벌가의 딸만큼 대단한 아가씨는 아니었다.

게다가 연약하고 착하기까지 했다.

그런 아이가 나쁜 놈들한테 원한을 샀다가는 어떻게 될지. 상상할 필요도 없었다.

특히 마린은 무척 귀여워서 마니아들이 열광할 만한 외모이기도 했다.

이상한 놈들의 눈에 들었다가는 무슨 짓을 당할지——

상상만 해도 요우는 기분이 안 좋아졌다.

그런데 요우의 이런 반응에 대해 마린은 좀 어려워하면서 입을 열었다.

"어, 저기…… 정확히 설명하자면요. 나기사가 말한 건 동영상 크리에이터를 해보자는 거지, 나기사 채널에서 활동하자는 것은 아니었어요……."

"어? 달랐어?"

"그게…… 동영상 크리에이터 활동은 재미있으니까, 채널을 만들어보면 어떻겠냐는 이야기를 들었거든요."

요컨대 나기사는 마린에게 동영상 크리에이터로 데뷔해보라고 했을 뿐이지, 마린을 자기 채널의 멤버로 영입할 마음은 없는 듯했다.

그 이야기를 들은 요우는 내심 안도했다. 다만 약간 위화감이 남았다.

"그 녀석이 자신에게 도움도 안 되는 일로 움직이진 않을 것 같은데. 대체 어쩌다가 그런 이야기가 나온 거야?"

요우는 단순히 궁금해서 가볍게 물어본 것이었다.

하지만 그 질문을 받은 마린은 즉시 얼굴이 새빨개지더니 허둥거리기 시작했다.

"아, 아니, 그냥 잡담하다가 그랬어요! 여자들의 수다, 여성 모임, 뭐 그런 거예요!"

"여성 모임?"

요우는 마린의 말을 듣고 뭔가 마음에 걸렸다. 그런데 마린이 계속 떠들어댔다.

"아, 아무튼 그래서, 하자쿠라——아니, 요우에게 부탁하고 싶은 것이 있어요……!"

"으음. 그런데 왜 갑자기 성을 이름으로 고쳐 부른 거야?"

마린이 마치 강조하는 것처럼 요우의 이름을 불렀으므로, 요우는 그 말을 정확히 듣고 마린에게 물어봤다.

그러자 마린은 요우의 관심을 딴 데로 돌리는 데 성공해서 한순간 안도하는 표정을 지었다. 그리고 이번에는 눈을 귀엽게 뜨고 요우의 얼굴을 쳐다봤다.

"저, 그러면 안 돼요……?"

상대가 그렇게 사랑스럽게 조르듯이 물어보자, 요우는 잠깐 고민에 빠졌다.

그 후——.

"안 돼."

깔끔하게 마린의 부탁을 거절해버렸다.

그러자 마린은 충격을 받은 것처럼 몸을 움츠렸다.

그리고 소심하게 밥알을 조금씩 집어서 입에 집어넣는 행위를 반복하기 시작했다.

요우는 그런 마린을 보고 죄책감을 느꼈다. 하지만 그러면 곤란해지는 이유가 두 개쯤 있었다.

첫 번째 이유. 단순히 상대가 자기 이름을 불러주는 것이 부끄럽다는 것.

카스미 때문에 그런 것에는 이미 익숙해졌지만, 마린이 부르니까 괜히 간질간질한 느낌이 드는 것이었다.

그리고 또 하나의 이유. 그것은 여기서 마린이 자신의 이름을 부르는 것을 허락해준다면, 틀림없이 엄청나게 불쾌해할 한 소녀의 존재가 퍼뜩 뇌리에 떠올랐기 때문이다.

그런데 이렇게까지 정성을 다해 도시락을 만들어준 소녀를 냉정하게 내치기도 어려웠다. 그 결과——.

"으음, 단둘이 있을 때는 그래도 돼."

단둘이 있을 때는 카스미한테 들키지 않을 테고 부끄러움도 줄어들 테니까. 그렇게 생각한 요우는 자기 이름을 친근하게 부르는 것을 허락하고 말았다.

"앗…… 네, 네! 요우!"

"…………."

"요우, 요우♪"

요우의 허락을 받은 마린은 즐겁게 몇 번이나 요우의 이름을 말했다.

그런 마린을 보고 요우는 또다시 간질간질한 감각을 느꼈지만, 기분 좋아 보이는 마린을 방해하지는 않았다.

그렇게 수십 초쯤 기다렸을까. 마린이 귀엽게 웃으면서 이쪽을 쳐다봤으므로 요우는 입을 열었다.

"자, 그럼 본론으로 돌아갈까. 아키미. 넌 정말 동영상 크리에이터가 되고 싶어?"

요우는 아까 마린의 이야기를 듣고 생각했다. 나기사가 부추겼을 뿐이지, 마린 본인의 의지로 결정한 일은 아닌 것 같다고.

본인의 의지가 아니라면 시작하고 나서 후회하게 될 것이다. 그래서 이 점만은 정확히 확인하고 싶었다.

"무, 물론이죠, 저도 하고 싶어요!"

"그래?"

마린의 성격상 이렇게 남들에게 주목받는 일을 자진해서 하고 싶어 할 것 같지는 않았다.

그러나 마린은 스스로 하고 싶다고 말했다. 그렇다면 그런 거겠지.

"어떤 일을 하고 싶은데? 뭔가 이미지는 있어?"

좀 전에는 그만두는 게 좋을 거라고 말했지만, 나기사 채널에 끼어드는 것은 아니라고 하고, 또 마린 본인이 하고 싶어 하는 것 같아서 일단 이야기는 들어보기로 했다.

처음부터 무작정 반대하는 것도 좋지 않으니까. 요우는 그것을 잘 알고 있었다.

"어, 그러니까. 우리는 앞으로 주말마다 풍경을 보러 갈 거잖아요?"

"응, 그렇지."

"그러면 저번처럼 틀림없이 그 풍경을 감상하기 전에 기다리는 시간도 있을 거잖아요. 그 시간에는 관광을 하겠죠? 그러니까 그 모습을 촬영해서 업로드하면 어떨까 하는데요…….”

고양이 동영상이라도 올리고 싶다. 요우는 대충 그런 것을 상상했었다. 그런데 실제로 마린이 하고 싶어 하는 것은 예상치 못한 내용이었다.

자신이 무엇을 하고 싶은지 구체적인 이미지를 가지고 있구나. 요우는 그 점에 감탄했다.

'자기 외모가 상품 가치가 있다는 사실을 정확히 알고 있다는 것이 아키미의 강점이구나.'

마린같이 엄청난 미소녀가 즐겁게 여행을 다니는 동영상이라면 아마 상당히 인기 있을 것이다.

남자들은 물론이고, 어린애처럼 귀여운 외모는 여자들한테도 잘 먹힐 것이다.

편집만 제대로 한다면 마린이 인기 동영상 크리에이터가 되는 것도 어렵진 않을 것이다. 요우는 그렇게 생각했다.

하지만——.

“그러려면 카메라맨이 필요할 텐데. 생각해둔 사람은 있어?”

혼자서 셀프 촬영을 할 수도 있겠지만, 마린의 외모를 상품화하려면 남이 촬영해주는 것이 좋을 것이다.

그러려면 당연히 마린은 카메라맨이 되어줄 사람을 찾

아야 할 텐데. 요우는 마린이 누구를 염두에 두고 있는지 이미 눈치챘다.

눈치챘으면서도 그 답이 오답이기를 기도하면서 물어본 것이었다.

그러나——.

"저…… 그 일을, 요우에게 부탁하고 싶은데요……."

요우의 기도도 소용없었다. 마린은 귀엽게 요우를 쳐다보면서 그런 부탁을 했다.

풍경을 보러 간 곳에서 촬영한다면, 같이 가는 사람에게 카메라맨 역할을 부탁하는 것이 자연스러운 흐름일 것이다.

더구나 이번에 마린은 요우에게 상담하고 싶은 것이 있다고 했다. 지금까지의 이야기 흐름을 기억한다면, 마린이 이런 말을 꺼내리란 것은 쉽게 상상할 수 있었다.

'대체 왜 이렇게 골치 아픈 일들이 줄줄이 일어나는 거지……?'

이 타이밍에 요우가 마린의 채널을 도와준다면, 예전부터 서브 채널을 만들고 싶어 했던 카스미한테 싸움을 거는 거나 마찬가지일 것이다.

안 그래도 마린과 같이 여행하는 것을 카스미는 별로 달갑지 않게 여기는데, 한술 더 떠서 촬영까지 해준다고 하면 과연 얼마나 화를 낼까.

요우는 상상만 해도 두통이 날 것 같았다.

"나는 그럴 만한 능력이 없다고 생각하는데……."

여기서 마린의 부탁을 들어주는 것은 어리석은 짓이다. 그렇게 판단한 요우는 어떻게든 부드럽게 거절하려고 했다.

그러나──.

"네? 나기사는 요우가 그런 게 특기라고 했는데요……? 게다가 동영상 편집에 관한 지식도 있다고……."

마린의 입에서 예상치 못한 정보가 튀어나오자, 요우는 깜짝 놀라 무심코 숨을 삼켰다.

그리고 한숨을 쉬고 싶은 심정으로 하늘을 우러러봤다.

'멍청한 녀석, 왜 그렇게 솔직하게 털어놓은 거야…….'

평소에 얼굴을 숨기고 있는 동영상 크리에이터는, 정체를 들킬 만한 정보는 최대한 공개하지 않는다.

특히 타인의 정보라면 함부로 남에게 가르쳐주지 않는 것이 예의였다. 그런 예의를 무시해버린 나기사한테 요우는 불만을 터뜨리고 싶었다.

나기사에게는 나중에 전화하자. 요우는 일단 마린을 똑바로 봤다.

"어, 그래. 지식은 있어."

"정말요?!"

"하지만 그 일을 하고 싶은 마음은 없어."

"──!"

처음 한마디를 듣고 눈을 반짝 빛내던 마린은 누 번째 말을 듣고 풀이 죽었다.

그런 마린에게 요우는 계속해서 이야기했다.

"그걸 꼭 하고 싶어?"

"네, 하고 싶어요⋯⋯."

"⋯⋯⋯⋯."

요우는 말없이 마린을 바라봤다.

그러자 마린은 부끄러운지 뺨을 붉히면서 딱 한순간 시선을 피했지만, 곧 다시 요우의 눈을 쳐다보기 시작했다.

의도치 않게 서로 마주 보게 된 상황. 그대로 요우는 마린을 바라보면서 생각을 해봤다.

그리고 느리게 입을 열었다.

"그렇게까지 고집을 부리는 이유가 뭐야?"

돈? 명예?

마린이 무엇을 위해 동영상 크리에이터가 되고 싶어 하는지 요우는 알고 싶었다.

"⋯⋯⋯⋯."

그런데 마린은 입을 다물어버렸다. 아무 대답도 해주지 않았다.

어쩌면 말을 안 하는 게 아니라 못 하는 걸지도 모른다.

그렇게 추측한 요우는 다시 입을 열었다.

"하룻밤만 생각할 시간을 줘. 생각해보고 결론을 낼게."

"고려해주시는 거예요……?"

"응. 아키미가 하고 싶다며? 그렇다면 나도 진지하게 생각해봐야지."

"…………."

요우가 그렇게 말하자, 마린은 열기를 띤 눈동자로 가만히 요우의 얼굴을 응시했다.

그렇게 마린이 귀엽게 밑에서 자기를 쳐다보니까 쑥스러워진 요우는 얼른 시선을 피해버렸다.

그리고 무뚝뚝하게 입을 열었다.

"그 대신 아키미도 하루만 더 곰곰이 생각해봐. 시간이 지나면 생각이 달라질 수도 있으니까."

"아, 알았어요."

애초에 마린은 요우가 자기 이야기를 진지하게 들어줄 가능성도 적다고 봤으므로, 요우가 생각해본다고 해준 것만으로도 고마웠다.

그러니까 이제는 요우가 긍정적인 대답을 해주기만을 기도할 뿐이었다. 그걸 위해서라도 여기서는 순순히 그의 말을 듣는 게 좋을 것이다.

'우선 원흉의 이야기를 들어본 다음에 결정하자…….'

요우가 하루 유예를 얻은 이유는, 나기사가 대체 무슨 생각으로 마린에게 동영상 업로드를 권했는지 물어보기 위해서였다.

나기사가 아무 의미도 없이 그런 짓을 할 리가 없다. 요우는 그렇게 생각했으므로 그 목적을 알기 전까지는 섣불리 행동할 수 없었다.

어쩌면 더욱 골치 아픈 일이 기다리고 있는 게 아닐까. 분명히 그럴 것이다.

"그럼 점심시간도 거의 다 끝나 가니까 빨리 먹자."

"네……!"

이야기는 일단락됐다. 그 후 요우와 마린은 식사를 하고 잡담을 나누면서 점심시간을 만끽했다.

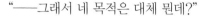

"——그래서 네 목적은 대체 뭔데?"

집에 돌아온 요우는 당장 나기사에게 전화를 걸었다.

잘도 이렇게 골치 아픈 일을 새로 만들어줬구나. 그런 짜증도 좀 있었다.

『아하하, 너무 화내지 마.』

그런데 나기사의 목소리는 느긋하기만 했다. 그래서 요우는 한층 더 화가 났다.

"화내지 말라고? 예전에 말했지. 내 주변 사람은 건드리지 말라고."

이 '예전'이란 것은 하루키와 관련된 사건을 말하는 것은 아니었다.

그 전——나기사와 요우가 처음 만난 직후의 일이었다.

그 시절에 한번 나기사와 요우는 충돌한 적이 있었다.

그리고 그때 둘이서 약속을 했다. 요우는 그 이야기를 하는 것이었다.

『그건 카스미한테 손을 대지 말라는 이야기였잖아. 그걸 네 입맛대로 바꿔놓으면 곤란한데?』

그런데 나기사는 요우와 '주변 사람에게 손대지 않는다'는 약속은 한 적 없다고 주장했다.

나기사의 말이 정말이라면, 이번 일에서는 그가 그들의

약속을 깨뜨리진 않았다는 뜻이 된다.

이에 대해 요우는 '확실히 그건 그럴지도 몰라' 하고 생각을 돌이켰다.

그 당시에 요우한테 주변 사람이라고 할 만한 존재는 카스미밖에 없었고, 그는 오직 카스미만 소중히 여겼었다.

그러니까 그때 카스미에 관해서만 약속을 했을 가능성은 충분히 있었다.

"그래, 그건 네 말이 맞을지도 몰라. 그런데 너는 왜 갑자기 아키미를 우리 업계에 끌어들이려고 하는 거야?"

『그런 식으로 말하는 것도 좀 너무한 거 아냐? 나는 그 사람을 생각해서 말을 걸었고, 그 사람은 스스로 고민하다가 결론을 내렸어. 그것에 대해 네가 뭐라고 할 권리는 없지 않아?』

나기사가 평소와는 달리 진지한 어조로 말했다. 그래서 나기사가 장난으로 마린에게 그런 권유를 한 것이 아니란 것은 알게 되었다.

아니, 그럼 처음부터 진지하게 이야기하든가. 요우는 그런 생각을 했지만, 진지해진 나기사를 상대하게 된다면 자신은 금방 그 화술에 넘어가서 설득을 당할 게 뻔했다.

그래서 나기사가 장난을 쳤던 점에 관해서는 더 이상 신경 쓰지 않기로 했다. 다시 마음을 다잡고 입을 열었다.

"얼굴을 공개한 동영상 크리에이터가 얼마나 큰 위험을

감수하는지, 너라면 잘 알지 않아? 아키미의 외모를 봐. 위험한 녀석들이 얼마나 들러붙을지 모른다고. 알아?"

요우가 특히 걱정하는 부분이 그것이었다.

지금은 연예인도 위험해질 수 있는 세상이다. 그런데 마린처럼 자신을 지킬 수단이 거의 없는 일반인이 나쁜 놈들의 표적이 된다면, 최악의 일이 생길 수도 있다.

그래서 마린이 동영상 크리에이터가 되는 것에는 별로 찬성하고 싶지 않았다.

물론 똑똑한 마린이 그런 위험성을 모를 리는 없었다.

그러니까 실제로 얼굴을 공개하고 동영상을 올리고 있는 나기사가 뭔가 조언을 해줘서, 마린은 그걸 듣고 괜찮겠구나 하고 판단한 것이리라.

요우는 나기사가 마린을 잘 설득해서 그 위험성을 잊어버리게 만든 게 아닐까? 하고 짐작했다.

『아, 물론 이 일을 권유한 사람으로서 나도 보안에 관해서는 그 애를 도와줄 거야. 게다가 네가 옆에 있잖아? 그것만으로도 안심할 수 있지. 안 그래?』

"무슨 착각을 하는 건지 모르겠지만, 그 녀석의 집과 우리 집은 멀리 떨어져 있어. 그 녀석이 도와 달라고 할 때 뛰어가 봤자 너무 늦는다고."

『아, 그 점에 관해서도 생각해둔 것이 있어.』

"뭔데?"

『응, 그건 나중에 알게 될 테니까 기대해.』

요우가 물어보자 나기사는 가볍게 얼버무렸다.

아마도 나기사에게는 불리한 내용인가 보다. 그렇게 추측한 요우는 일부러 그 부분에는 파고들지 않고 이야기를 쭉 진행했다.

"네 말을 믿어도 되는 거겠지?"

『여전히 너는 마음에 드는 상대에 대해서는 마치 사람이 달라진 것처럼 과보호하는구나. 그야 물론이지. 나를 믿어도 돼.』

나기사가 단언했으므로 요우는 안도했다.

지금까지의 경험을 토대로 요우는 '나기사가 이런 일로 단언할 때는 신뢰해도 된다'고 생각한 것이다.

"──좋아, 그럼 네가 그렇게까지 해서 아키미를 이 업계에 끌어들여서 얻는 이득이 뭔데? 굳이 내 이야기까지 하면서 말이야."

마린에 대한 걱정거리가 하나 사라졌으므로 요우는 또같은 화제를 꺼냈다.

여기서 나기사가 이야기해주지 않는다면, 요우는 이번 일에서 발을 뺄 생각이었다.

그런데도 마린이 그 일을 하겠다고 한다면 자신은 뒤에서 조용히 응원해줄 것이다.

『글쎄, 별거 없는데? 난 그냥 마린을 응원해주고 싶었어.』

"그런 식으로 얼버무리겠다?"

나기사의 대답을 들은 요우는 그가 진지하게 대답할 마음이 없는 것 같다고 판단했다.

그런데 이에 대해 나기사가 즉시 대꾸했다.

『아니, 진심이야. 평소에 더러운 녀석들만 상대해서 그런지, 마린 같은 아이한테는 약하거든. 보고 있으면 응원하고 싶어진단 말이지.』

그것이 진심인지 아닌지 요우로서는 판단할 수 없었다.

그래서 지금 여기서는 판단하지 않고 질문을 더 해보기로 했다.

"응원? 그러면 꼭 동영상 크리에이터를 시킬 필요는 없는 거 아냐? 그 녀석은 공부도 전교에서 손꼽을 정도로 잘해. 그냥 가만히 있어노 명문대에 들어갈 수 있는데, 그런 녀석의 시간을 빼앗아서 어쩌자는 거야?"

혹시 이러다가 마린의 성적이 나빠지기라도 하면 비극일 것이다.

요우는 그런 의미에서 그렇게 말했는데, 그 질문을 받은 나기사는 쓴웃음을 짓는 듯한 소리를 냈다.

『네가 그런 말을 하는 거야?』

요우도 쉬는 날 마린을 이리저리 데리고 다닌다는 뜻인걸까, 아니면 다른 뜻이 숨어 있는 걸까──.

그것은 나기사밖에 모를 것이다.

"그 녀석의 성적이 나빠진다면 나는 걔를 밖으로 데리고 돌아다니지는 않을 거야. 그러니끼 나와 같이 다니는 것은 그렇게까지 부담이 되진 않을 거라고 생각해. 하지만 한번 활동을 시작해버리면, 시간을 빼앗긴다는 것을 알면서도 좀처럼 그만둘 수가 없잖아?"

『뭐, 그건 그렇지.』

그것은 창작자의 공통 인식이므로 나기사도 요우의 말을 긍정했다.

하지만 그 후에 얼른 다른 말을 이어서 했다.

『그 애는 스스로 후회하지 않도록 열심히 해보고 싶다고 했어. 그래서 그 소원을 이룰 수 있는 최고의 지름길이 무엇인지 나는 가르쳐줬을 뿐이야.』

"아키미가 열심히 해보고 싶어 했다고? 대체 그게 뭔데?"

나기사의 말을 듣다가 요우는 뭔가 이야기의 초점이 어긋난 듯한 느낌을 받았다. 그래서 궤도를 수정하려고 그 신경 쓰이는 부분에 관해 물어봤다.

그런데——.

『본인도 아닌 내가 그것을 너한테 가르쳐주는 것은 잘못된 거라고 생각해. 궁금하면 네가 본인에게 물어봐.』

나기사는 그 점에 관해서는 요우에게 뭔가 가르쳐줄 마음이 없는 듯했다.

자신에게는 말하지 않고 나기사에게 상담을 요청한 마린.

이에 대해 요우는 조금 생각하는 바가 있었다.

그런데 곰곰이 생각해보니 마린은 원래부터 나기사를 동경하는 것 같았다.

그래서 그런 거구나 하고 납득했다.

"좋아. 아키미가 후회하지 않는다면, 나도 더 이상 아무 말도 하지 않을게. 결국 그 녀석의 인생이니까. 그 녀석 마음대로 하게 놔두는 게 최고지."

『오? 그건 마린이 원한다면 네가 촬영과 편집을 도와주겠다는 뜻?』

마린은 요우가 자신을 도와주기를 바라고 있었다.

그러니까 마린이 하고 싶은 일을 하게 놔두겠다는 것은, 암암리에 요우가 그 일을 도와주겠다는 뜻이기도 했다.

"그래. 그 대신 나기사, 너도 촬영에 참여해."

『뭐? 나, 나도?』

요우가 뜻밖의 말을 꺼내자 나기사는 당황하고 말았다.

"당연하잖아? 네가 시작한 일이니까. 실컷 부채질해놓고 방관만 하려 했어? 그럴 수는 없지."

『아, 아니, 그건 좀…… 틀림없이 마린도 별로 원하지 않을 텐데……?』

"왜 그렇게 동요해? 내가 이런 말을 하는 것도 상정하지 않았어?"

나기사는 고양이 캐릭터로 이미지 메이킹을 하고 있지

만 실은 머리가 엄청 좋아서, 온갖 상황을 상정하면서 이야기를 하는 타입이었다.

그런 나기사가 이러한 사건 전개를 상상하지 못했을 리 없다. 요우는 그렇게 생각했다.

요우에게 다 들켰다는 것을 깨달은 나기사는 체념한 것처럼 입을 열었다.

『네가 지금까지 이야기를 진행하면서 카스미의 이름을 한 번도 꺼내지 않고 결론을 내리고, 심지어 나한테도 참가하라고 하는 것을 보면…… 역시 그런 거잖아, 안 그래……?』

요우가 무슨 목적으로 자신을 참가시키려고 하는지 알고 있는 나기사는 그것에 관해 요우에게 물어봤다.

그러자 요우는 좀 유쾌한 듯이 말을 이었다.

"뭐, 내가 참가하려면 그렇게 할 수밖에 없잖아?"

『너도 참 무섭다……. 설마 그런 가시밭길을 스스로 선택할 줄은 몰랐어…….』

"무슨 바보 같은 소리야? 너 때문에 어느 쪽을 선택해도 가시밭길이 되었다고. 그렇다면 가능한 한 나한테 부담을 덜 주고, 또 아키미와 카스미가 둘 다 납득할 만한 길을 골라야지."

『그래서 나를 산 제물로 바쳐 희생시키려고…….』

"자업자득이야."

요우는 그 말만 남기고, 나기사가 투정을 부리기 전에

전화를 뚝 끊어버렸다.

그리고 채팅 앱을 통해 '동영상 크리에이터인 나기사란 것을 들키지 않도록 신경 써서 옷을 입고 올 것'이란 메시지만 보내놓고 천장을 우러러봤다.

'말은 그렇게 했지만, 이거 자칫하면 진짜 큰일 날 수도 있겠는데…….'

요우가 선택한 길.

그것은 마린과 함께하는 동영상 촬영에 카스미도 참가시키는 것이었다.

어제오늘 카스미를 지켜본 결과, 카스미는 틀림없이 요우와 마린을 쫓아올 것이다.

아무리 말려도 듣지 않을 것이다.

그러니까 괜히 카스미가 나중에 쫓아와서 합류했다가 싸움이 나는 것보다는, 처음부터 참가시켜서 불만이 쌓이지 않게 하는 것이 낫다. 요우는 그렇게 생각했다.

그리고 나기사를 이 일에 끌어들여 조금이나마 자신의 부담을 줄이기로 했다.

하지만 자칫하면 두 개의 폭탄이 한꺼번에 터질 가능성이 있는 상황.

그런 상황을 스스로 만들어내더라도, 일단 신중해질 필요는 있을 것이다.

가장 중요한 것은 카스미와의 협상을 잘 해낼 수 있느냐

없느냐이다.

──요우가 그런 생각을 하고 있는데, 아래층에서 어머니가 부르는 소리가 들렸다.

그래서 1층으로 내려갔더니──.

"아니, 네가 왜 여기 와 있어⋯⋯?"

예상치 못한 인물이 등장하는 바람에 한층 더 머리가 아파졌다.

요우의 집에 온 사람은 카스미였다.

◆

"──너, 약속을 지킬 생각이 없지⋯⋯?"

요우는 집에 찾아온 카스미를 자기 방으로 데려온 뒤, 침대에 앉아 이마를 손으로 짚으면서 한숨을 쉬었다.

이에 대해 카스미는 삐친 것처럼 뾰로통한 표정을 짓더니 뭔가 할 말이 있는 듯한 눈빛으로 요우를 쳐다봤다.

"요우가 나를 많이 예뻐해 줄 거라고 했잖아⋯⋯."

아마도 카스미는 점심시간에 나눴던 대화를 통해 '어리광 부려도 될 것이다'라고 생각하고 요우를 찾아온 것 같았다.

그 말을 들은 요우는 또다시 한숨을 쉬었다.

"아니, 그렇다고 내가 일주일에 예뻐해 주는 횟수를 늘

려준다는 말은 안 했잖아?"

"흥…… 거짓말쟁이."

"거짓말은 안 했어. 네가 일주일에 두 번으로 늘려 달라는 말을 꺼냈을 때 나는 분명히 거절했고, 그 대안으로 많이 예뻐해 주겠다고 했던 거잖아?"

"그럼 일주일에 세 번은 된다는 거야?"

카스미가 침대를 양손으로 누르고 귀엽게 이쪽을 쳐다보면서 그런 질문을 던졌다. 그래서 요우는 '왜 허락받으려고 하면서 거꾸로 횟수를 늘리는 거야……?' 하고 투덜거리고 싶은 기분을 느꼈다.

하지만 여기서 투덜거려봤자 어차피 카스미는 더 삐치기만 할 것이다. 요우는 지금 여기서 카스미를 불쾌하게 만들 수는 없었으므로 꾹 참았다.

"안 되는 것을 알면서 물어보는 거지?"

"요우라면 혹시나? 하고 기대해봤지."

"유감이지만 안 돼."

요우가 그렇게 말하자, 카스미는 또다시 뾰로통한 표정을 지었다.

그리고 불평하는 대신 요우 옆에 앉더니 요우의 어깨에 자기 머리를 기대었다.

어설프게 말로 협상하는 게 아니라 행동으로서 요우의 정에 호소하려는 것 같았다.

그렇게 상대가 어리광을 부리자, 요우는 어떻게 했느냐 하면——.

"……이번 한 번만이야. 알았지?"

카스미를 거부하지 않고 그 허리에 팔을 둘러줬다.

이러니저러니 해도 소꿉친구한테는 약한 남자인 것이다.

——그런데 이번만은 요우에게는 다른 목적도 있었다.

요우가 그대로 카스미의 몸을 들어 올리려고 힘을 주자, 카스미는 기뻐하는 것처럼 엉덩이를 들더니 요우의 무릎 위에 올라가 앉았다.

그리고 요우의 가슴에 머리를 기대었다.

요우는 그런 카스미의 머리를 부드럽게 쓰다듬으면서 천천히 입을 열었다.

"카스미는 진짜 어리광쟁이구나."

"응, 요우에게 어리광 부리는 거 좋아해."

"…………."

아무리 그래도 다짜고짜 본론으로 들어가는 것은 좋지 않다고 판단한 요우는 잡담을 하려고 했다. 그런데 생각도 못 한 카운터펀치를 맞고 입을 다물어버렸다.

뺨이 뜨거워지는 것을 느끼면서 카스미의 얼굴을 봤다. 그러자 카스미는 뭔가를 기대하는 것처럼 요우의 눈을 쳐다봤다.

요우에게는 그 눈이 마치 "나를 한없이 예뻐해 줘"라고 말하는 것처럼 느껴졌다.

'아, 이거 망한 거 같은데…….'

카스미의 비위를 맞춰주려고 했던 행동이 완전히 역효과를 낳았다. 요우는 자신에 대한 카스미의 의존도가 몇 단계나 더 높아졌다는 사실을 뒤늦게 깨달았다.

"너 왠지 옛날보다 더 솔직해진 것 같다……?"

당당하게 어리광 부리는 것을 좋아한다고 말하는 카스미에게 요우는 그렇게 물어봤다.

물론 옛날에도 똑같이 어리광쟁이였지만, 이렇게 어리광 부리는 것을 좋아한다고 말한 적은 없었다.

그래서 그 솔직해진 태도에 관해 요우가 물어봤더니, 카스미는 수줍은 듯이 요우의 가슴에 얼굴을 묻으면서 이쪽을 살짝 쳐다봤다.

그리고 천천히 입을 열었다.

"이미 고백까지 해버렸는데, 이제 와서 숨길 이유가 없잖아?"

아마도 카스미는 요우에게 자기 마음을 다 털어놨으니까 더 이상 억지로 참으면서 감정을 숨길 필요는 없다고 생각하는 것 같았다.

카스미가 솔직해진 이유는 알았다. 그런데 과거의 고백 이야기가 튀어나오는 바람에 이번에는 요우의 마음이 불편해졌다.

한번 거절하긴 했어도, 요우는 지금 카스미와 사귀지 않으면서 카스미를 예뻐해 주는 상황이었다.

　제삼자가 본다면 당연히 사이좋게 연애하는 것처럼 보이는 상태. 이러면서 사귀지 않는다고 말한다면 아무도 믿어주지 않을 것이다.

　그런 행동을 하면서도 카스미의 마음은 받아주지 않고 있으니 나도 참 나쁜 놈이구나. 요우는 그런 생각을 했다.

　"넌 자존심도 없어?"

　"어릴 때부터 너한테 창피한 모습을 잔뜩 보였는데, 새삼스럽게 무슨 소리야."

　카스미의 말마따나 어린 시절부터 쭉 함께 있었던 두 사람은 서로의 부끄러운 부분을 잔뜩 봤었다.

　그러니까 이제 와서 숨겨봤자 아무 의미도 없다. 카스미는 그렇게 생각하는 듯했다.

　"……소꿉친구란 관계도 문제가 많구나."

　어린 시절부터 서로 잘 알았고, 둘이 같이 있는 것이 당연했다. 그래서 좀처럼 떨어지지 못하는 것이다.

　한번은 결별했었지만 이렇게 또다시 같이 있는 관계로 돌아갔으니, 이제는 이 관계를 쉽게 끝내지 못할 것이다. 요우는 그 사실을 눈치챘다.

　"어? 뭐야, 불만 있어?"

　"아니, 그냥."

"…………."

"왜 그래?"

요우의 대답을 들은 카스미는 불만스러운 것처럼 요우의 얼굴을 쳐다봤다.

그리고 갑자기 상의를 벗기 시작했다.

"뭐 하는 거야?!"

자신의 품속에서 옷을 벗기 시작한 카스미. 요우는 허둥지둥 카스미의 팔을 붙잡으려고 했다.

그러나 카스미는 재주도 좋게 요우의 무릎 위에서 몸을 비틀면서 가볍게 요우의 손을 피했다. 그리고 탱크톱 같은 셔츠 한 장 차림으로 변해버렸다.

"걱정하지 마. 더 이상은 안 보여줄 거니까."

"…………."

"왜? 보고 싶어?"

카스미의 그런 태도에 요우가 뭐라 형용할 수 없는 표정을 짓자, 카스미는 히죽히죽 웃으면서 요우의 얼굴을 쳐다봤다.

그리고 자기 셔츠 끄트머리를 붙잡더니 슬쩍슬쩍 하얀 피부를 보여줬다.

그런 카스미 앞에서 요우는——.

"앞으로는 너를 노출증 환자라고 불러줄게."

이대로 당하고만 있을 수는 없다고 생각했다. 그래서 카스미가 신경 쓸 만한 말을 골라서 반격했다.

그 순간 카스미는 기분이 확 나빠지더니 눈을 가늘게 뜨고 요우를 흘겨봤다.

"⋯⋯⋯⋯."

"지금 네가 하는 짓은 그런 짓이야."

"우리 학교 남자애들이라면 울면서 기뻐할 텐데."

"자기 평가가 왜 이렇게 후해?"

요우는 그렇게 말했지만, 속으로는 '울지는 않아도 감격해서 발광하긴 하겠지'란 생각을 했다.

카스미는 알맹이는 그렇다 쳐도 겉모습만 보면 인기 아이돌 뺨칠 정도로 예뻤다.

그렇게 예쁜 여자애가 가벼운 옷만 입고 있다면, 그걸 보고 흥분하지 않는 남자는 없을 것이다.

"⋯⋯⋯⋯."

그런데 요우의 속마음을 모르는 카스미는 그의 말을 도발이라고 받아들였나 보다. 또 불만을 품은 것처럼 가만히 요우의 얼굴을 쳐다봤다.

그리고 이번에는 자기 미니스커트 속으로 살짝 손을 집어넣더니 슬금슬금 스타킹을 미니스커트 바깥으로 끌어내렸다.

그 후 도발적인 표정으로 입을 열었다.

"벗기게 해줄게."

그러더니 카스미는 요우의 손을 잡아서 자기 스타킹 쪽으로 끌어당기기 시작했다.

"——아니, 그런 짓은 그만하라니까."

카스미한테 손을 붙잡힌 요우는 그 스타킹에 닿기 직전에 확! 하고 손을 뿌리쳤다.

그러자 카스미는 불만스럽게 요우의 얼굴을 또 쳐다봤다.

"왜? 너도 좋아하잖아."

"사람을 변태 취급하지 말라고."

"변태라고 하지는 않았는데? 그냥 너는 옛날부터 다리를 좋아했다고 하는 거지."

요우에게 거절을 당한 카스미는 불만이 있는 것처럼 입술을 삐죽거리면서 토라진 듯한 목소리로 그렇게 말했다.

"네 마음대로 나를 다리 집착 변태로 만들지 마."

"하지만 중학교 때는 자주 내 다리를 힐끔힐끔 봤잖아."

"…………그런 적 없어."

"침묵! 방금 그 침묵은 뭔데! 역시 너도 알고 있었구나?!"

요우가 대답할 때까지 1초 미만의 침묵이 흘렀는데, 카스미는 그 기회를 놓치지 않고 날카롭게 지적했다.

요우는 그런 카스미한테서 눈을 떼고 가능한 한 냉담한 목소리로 말했다.

"기분 탓이겠지."

"윽……!"

철저히 상대를 안 해주려고 하는 요우.

자신의 행동을 받아들여주지 않는 요우한테 카스미는 계속 불만을 느끼면서 뺨을 퉁퉁 부풀렸다.

그리고 이판사판인 것처럼 엉덩이를 살짝 들고 스타킹을 벗기 시작했다.

요우는 그런 카스미의 모습을 무심코 응시했다.

카스미는 요우의 시선이 자기 다리에 꽂혀 있는 것을 눈치챘으면서도 일부러 그 점은 지적하지 않고 계속해서 스타킹을 벗었다.

몇 초 후. 카스미의 희고 아름다운 다리가 전부 드러났다.

카스미는 스타킹을 다 벗은 뒤 곱게 접어서 바닥에 내려놨다.

그리고——요우의 얼굴을 밑에서 새침하게 흘겨봤다.

"변태."

그렇게 비난하는 카스미한테 요우는 납득을 못 하겠다는 듯이 대꾸했다.

"부당하군……. 네가 네 마음대로 벗은 거잖아……?"

"네가 안 보면 되는 거였는데 계속 봤잖아. 이러쿵저러쿵 떠들어봤자 결국 요우는 음흉한 변태인 거야."

"……너, 내려보낸다?"

야점을 지적당한 요우는 얼렁뚱땅 넘어가려는 것처럼 카스미의 다리 밑에 팔을 집어넣더니 카스미의 몸을 들어 올리려고 힘을 줬다.

그러자 카스미는 내려가지 않으려고 팔로 요우의 목을 와락 끌어안으면서 황급히 입을 열었다.

"형세가 좀 불리해졌다고 당장 실력 행사에 나서다니, 치사해!"

"네가 계속 사람을 놀리니까 그렇지……!"

"앗! 안 돼! 안 된다고! 나 떨어져! 진짜로 떨어진다니까!"

카스미는 떨어진다고 난리를 쳤지만, 사실 요우가 카스미를 내려놓으려고 하는 곳은 침대 위였다.

호들갑스럽게 떠들어대면 요우가 그만둘 거라고 생각한 걸까, 아니면 자세가 불안정해져서 등 뒤의 상황을 모르는 걸까──.

아무튼 요우는 신경 쓰지 않고 그대로 침대에 카스미를 눕히려고 했다.

그런데──.

"야, 이거 놔……."

카스미를 침대에 눕히긴 했는데, 정작 카스미는 팔을 풀지 않았으므로 요우는 카스미한테서 벗어나지 못하게 되어버렸다.

"……히히."

한편 카스미는 생각도 못 한 기회가 찾아오자 히죽히죽 웃고 있었다.

그 표정을 본 요우는 소름이 끼쳤다. 허둥지둥 카스미한 테서 멀리 떨어지려고 했지만, 날씬한 몸매에 어울리지 않는 엄청난 힘으로 카스미가 목을 붙잡고 있어서 요우는 벗어날 수 없었다.

"너 대체 무슨 생각을 하는 거야……?"

카스미가 뭔가를 꾸미고 있는 것은 확실했다. 그래서 요우는 그게 무엇인지 알아내려고 했다.

그런 요우에게 카스미는 여전히 히죽히죽 웃으며 말했다.

"있잖아, 요우. 기성사실이라는 말. 알아?"

"……야. 농담이지……?"

카스미가 일부러 그런 말을 한 이유를 눈치챈 요우는 식은땀을 줄줄 흘리기 시작했다.

그런데 카스미가 생각하고 있는 것은 요우의 상상과는 전혀 다른 방향의 내용이었다.

"추가로 이런 말도 있거든? 본성을 함락시키려면 먼저 주변부터 공략하라는 말. 어때, 눈치챘어? 좀 전에 아주머니가 집에 돌아오신 것 같아."

요우의 어머니는 카스미와 요우를 만나게 해준 다음에 잠깐 물건 사러 나갔다 온다면서 외출하셨다.

요우는 눈치채지 못했는데, 아마도 어머니는 이미 집에

돌아오셨나 보다.

카스미는 귀도 밝으니까. 현관문이나 잠금장치가 열리는 소리를 듣고 눈치챈 것이리라.

그런데 여기서 두 사람에게 중요한 것은, 좀 전에 요우의 어머니가 집에 돌아왔다는 사실이었다.

카스미가 하고 싶은 말이 무엇인지 이해한 요우는 이 자세가 얼마나 위험한지 깨달았다.

"야, 그건 진짜 큰일 나잖아······!"

"후후. 네가 심술을 부려서 이렇게 된 거야."

당황한 요우를 보면서 카스미는 의기양양한 미소를 지었다.

그 직후——요우와 카스미의 귀에 달칵, 소리가 들려왔다.

그것에 반응해 소리가 난 쪽을 돌아봤더니, 요우의 방의 문이 서서히 열리기 시작했다.

그리고 이 자리에는 없었던 여성이 모습을 드러냈다.

"카스미, 요우. 케이크 사 왔는데——어머, 세상에······!"

안에 들어온 여성——요우의 어머니는 자기 마음에 드는 여자애가 침대 위에서 옷을 덜 갖춰 입은 모습으로 아들에게 떠밀려 넘어져 있는 모습을 보고, 몹시 신이 난 것처럼 눈을 반짝 빛냈다.

그 표정을 본 요우는――.

'아, 진짜…… 제발…….'

――머리가 지끈거리는 것을 느꼈다.

◆

"――카스미, 맛있니?"

"응, 맛있어."

저녁 식사――평소에는 별 대화도 없이 조용했던 식탁이 오늘은 제삼자의 존재로 인해 활기차게 변해 있었다.

요우는 자기 옆에 딱 달라붙듯이 앉아서 생글생글 웃고 있는 소꿉친구와 대각선 맞은편에 기분 좋게 앉아 있는 어머니를 곁눈질로 보면서 한숨을 꿀꺽 삼켰다.

앞을 보니 주식인 밥이 있었다. 밥은 붉게 물들어 있었고, 그 위에는 붉은 콩이 군데군데 올라와 있었다.

두 사람의 관계가 진전된 것을 축하하기 위해 만들었다는 팥밥이다.

그 밥을 앞에 둔 채, 결국 어머니의 오해를 풀지 못한 요우는 두통을 느꼈다.

"아무튼 너희 둘이 다시 사귀게 되어서 정말 다행이야~."

"아니, 애초에 사귀지도 않았다니까."

기분이 좋아진 어머니가 뺨에 손을 대고 신나게 그런 말을 했으므로, 요우는 즉시 그 말을 부정했다.

그러자 옆에서 카스미가 삐친 것처럼 뾰로통한 표정을 지으면서 뭔가 말하고 싶은 눈빛으로 이쪽을 쳐다봤다. 그러나 요우는 일부러 그쪽에는 눈길을 주지 않고 어머니의 얼굴을 노려봤다.

그러나——.

"응, 그래. 부끄러워할 필요 없어."

어머니는 아들이 부끄러워서 거짓말하는 거라고 단정 짓고 완전히 무시해버렸다.

아까부터 쭉 이런 상태였다.

"진짜 끈질기네! 그게 아니라니까?!"

"응? 그럼 뭐야. 넌 여자 친구도 아닌 여자애를 덮쳤다는 거야?"

어머니가 자신의 말을 하나도 안 들어주니까 요우는 언성을 높이면서 화를 냈다. 그 순간 어머니는 분위기가 확 달라졌다.

마치 건드리면 안 되는 분노의 화신 같은 분위기를 발산하면서, 요우의 얼굴을 똑바로 보고 있었다.

"아, 아니, 그러니까. 애초에 덮친 게 아니라고……."

어머니의 분위기가 달라지자 요우는 그야말로 뱀을 만난 개구리처럼 긴장해서 몸을 경직시킨 채 오해를 풀려고 했다.

얼굴에서는 식은땀이 줄줄 흘렀다. 현재 요우는 어머니가 자기 심장을 움켜쥔 듯한 기분을 느끼고 있었다.

'아주머니는 여전히 요우한테만 엄하시고, 요우도 화난 아주머니한테는 약하구나.'

그런 요우와 어머니의 충돌에는 이미 익숙해진 카스미는 그다지 신경 쓰지도 않고 마치 남의 일 구경하듯이 두 사람의 대화 장면을 지켜보고 있었다.

요우의 발언 중에는 마음에 걸리는 부분이 있었지만, 요우의 어머니가 있을 때는 자신이 아무 말도 안 해도 그분이 지켜주시니까. 이곳은 카스미에게는 편안한 공간이었다.

그리고 언제나 어머니한테 설교를 들은 다음에는 요우는 카스미한테 무척 친절하게 대해준다. 그래서 은근히 이후의 상황을 기대하고 있었다.

"너는 카스미를 그 꼴로 만들어놓고, 그런 변명이 통할 거라고 생각해?"

현재 카스미의 복장은 이 집에 놀러 왔을 때와 같은 상태로 되돌아와 있었다.

요우의 어머니가 방에 들어왔을 때 카스미는 부끄러워하는 척하면서 얼른 옷을 입었다.

그 행동을 본 요우의 어머니는 '부끄러워하는 카스미의 옷을 요우가 억지로 벗기고 그대로 카스미를 덮쳤다'고 판단한 것이다.

한편 요우는 저번에 집 앞에서 태연하게 얇은 옷을 입고 기다리고 있었던 카스미가 이제 와서 그걸 부끄러워한다는 게 말이 안 된다, 어차피 어머니가 오해하도록 연기를 했을 뿐이다, 그렇게 생각하고 있었다.

하지만 그런 지적도 어머니 앞에서는 할 수 없었다.

요우는 그저 속만 부글부글 끓이면서, 눈앞에서 자신을 노려보고 있는 어머니의 압박을 어떻게 이겨낼까 생각하고 있었다.

그러다가──.

"카스미. 네가 제대로 설명해. 안 그러면 더 이상은 상대해주지 않을 거야."

스스로 해결하는 것을 포기하고, 어머니를 쉽게 설득할 수 있는 사람을 협박하기로 했다.

"──?!"

혼자 신이 났던 카스미는 요우의 말을 듣고 '쿠──웅!' 하고 묵직한 충격을 받은 표정을 지었다.

당연히 그 장면을 본 어머니는 요우에게 화를 내려고 했다. 그런데 여기서 요우에게 버림받았다간 큰일 나는 카스미가 허둥지둥 요우와 어머니 사이에 끼어들었다.

"아, 아주머니, 난 괜찮아요! 저기, 내가 요우한테 장난친 거였어. 더 이상 화내지 마!"

"카스미, 그렇게 무리할 필요는 없어. 알지? 이렇게 못

된 소리나 하는 남자를 보호해줄 필요는 없단다."

"아, 아냐. 진짜로 내가 장난쳐서 그런 거라니까⋯⋯!"

여기서 요우가 혼났다가는, 어머니가 없는 곳에서는 더이상 요우는 자기 말을 들어주지도 않을 것이다. 그 사실을 눈치챈 카스미는 울상을 지으며 고개를 옆으로 흔들었다.

그런데 그 모습을 본 어머니는 더더욱 화가 났다.

"요우. 너 이따가 카스미가 간 다음에는 각오해."

그러면서 요우의 얼굴을 째려보는 어머니.

아마도 카스미가 집에 간 다음에 설교하려는 것 같았다.

그런 어머니 앞에서 요우는 느리게 입을 열었다.

"카스미."

"아주머니⋯⋯!"

요우가 자기 이름을 부르자, 카스미는 애원하는 것처럼 요우의 어머니를 불렀다.

카스미의 말을 무시할 수 없었던 요우의 어머니는 결국 노여움을 드러내면서도 입을 꾹 다물었다.

일단 카스미를 위해 화를 참기로 한 것 같았다.

'──좋아. 앞으로는 계속 이렇게 하자.'

처음으로 어머니를 이기는 데 성공한 요우는 이에 못 들여서, 앞으로도 카스미를 방패로 삼아야겠다고 속으로 결심했는데──.

"⋯⋯상 줘."

방에 돌아온 후 카스미가 싱을 달라고 했으므로, 앞으로 이 수단은 두 번 다시 쓰지 말아야겠다는 식으로 마음을 고쳐먹었다.

◆

"……♪"

"…………."

밥을 다 먹고 이제는 집에 돌아가야 할 시간이 됐는데도 카스미는 요우의 품속에서 기분 좋게 쉬고 있었다.

그런 카스미를 품에 안고 머리를 쓰다듬어주면서 요우는 내내 카스미의 비위를 맞춰주고 있었다.

현재 요우는 마린의 상담에 관한 이야기를 언제 꺼낼까? 하면서 카스미와 협상할 기회를 노리고 있었다.

그런데 타이밍을 잘못 잡으면 카스미가 불쾌해할 뿐만 아니라 격노할 게 뻔한 내용이었다. 그래서 요우는 '이 타이밍에 이야기를 꺼내면 설득할 수 있겠다' 싶은, 카스미의 기분이 가장 좋아지는 타이밍을 기다리는 중이었다.

그러는 사이에 사랑하는 고양이 야옹~ 씨가 자기 잠자리에서 벌떡 일어나더니 하품을 하고 기지개를 쭉 폈다.

이어서 요우와 카스미가 딱 붙어 있는 것을 발견했다. 타박타박 두 사람을 향해 걸어오기 시작했다.

야옹~ 씨는 두 사람 옆에 다가오더니 그대로 카스미의 허벅지 위로 점프해서 올라왔다.

그리고 예쁘게 눈을 치뜨고 요우와 카스미를 보면서 귀여운 울음소리를 냈다.

아마도 '만져 달라'는 뜻인가 보다. 그것을 눈치챈 카스미는 얼른 야옹~ 씨를 안았다.

"야옹~ 씨는 어리광쟁이구나~."

요우의 품속에 있어서 기분이 좋아진 건지, 아니면 상대가 야옹~ 씨라서 그런 건지는 몰라도, 평소보다 귀여운 말투로 말하면서 야옹~ 씨의 머리를 쓰다듬어주는 카스미.

그 모습을 본 요우는 '네가 그런 말을 해……?'라고 한마디 해주고 싶었지만, 여기서 괜히 지적했다간 카스미의 기분이 나빠질 테니까 꾹 참았다.

그 대신 아까부터 꺼내고 싶었던 화제를 이 타이밍에 꺼내보기로 했다.

"카스미. 하고 싶은 이야기가 있어."

"뭔데?"

기분 좋게 야옹~ 씨의 머리를 쓰다듬고 있던 카스미는 요우가 자기를 부르자 어리둥절한 표정으로 요우의 얼굴을 쳐다봤다.

요우는 그런 카스미의 머리를 다정하게 쓰다듬으면서 천천히 말을 꺼냈다.

"서브 채널. 만들고 싶지?"

"―――!"

요우의 말을 듣자마자 카스미는 표정이 확 밝아졌다.

그리고 기대하는 듯한 눈빛으로 요우의 얼굴을 응시했다.

'그렇게 만들고 싶었구나……'

카스미의 태도를 본 요우는 비로소 그 마음이 얼마나 간절했는지 깨달았다. 그래서 몹시 미안해졌다.

뭐니 뭐니 해도 요우는 카스미를 소중히 여겼고, 가능한 한 카스미의 마음을 존중해주고 싶어 했다.

그러니까 카스미가 이렇게 기뻐할 줄 알았더라면 좀 더 빨리 진지하게 고민해볼걸. 그런 생각이 드는 것이었다.

그런데 이번 일은 카스미가 원하는 형태와는 100% 다를 것이다. 그래서 요우는 조금 주저하고 말았다.

이대로 이야기하면 카스미가 슬퍼하거나 화내지 않을까――그런 생각이 요우를 덮쳤다.

"……또 그렇게 애타게 하네……."

그렇게 요우가 생각에 잠기자, 품속에 있는 카스미가 마치 참을성 없는 어린애처럼 뾰로통한 표정을 지으면서 삐친 듯한 눈빛으로 요우의 얼굴을 쳐다봤다.

기다려! 하고 명령을 받은 강아지가 된 기분일까.

"아니, 그런 건 아닌데……."

"…………."

이야기를 꺼내도 될지 어떨지 고민하는 요우. 카스미는 그런 요우의 얼굴을 간절하게 바라봤다.

이미 완전히 서브 채널을 만들려는 의욕이 넘치고 있는 듯했다.

'내가 너무 잘못된 방식으로 이야기를 꺼냈구나…….'

카스미의 표정을 본 요우는 자신의 실언을 후회했다.

그러나 한번 뱉은 말을 주워 담을 수는 없었다. 그래서 야옹~ 씨가 싫증 나서 카스미의 손안에서 벗어나기 전에 요우는 빨리 이야기를 꺼내기로 했다.

"저기, 실은 아키미와 함께 채널을 만들게 될 것 같아. 그러니까 카스미도 같이 하지——."

"뭐?"

"아, 아무것도 아냐……."

요우는 나름대로 결심하고 말을 꺼냈지만, 거의 절대영도만큼이나 차가운 상대의 음성을 듣고 즉시 방향 전환을 했다.

그새 야옹~ 씨는 순식간에 카스미의 품속에서 뛰쳐나오더니, 안전하고 안심되는 곳을 찾아 요우의 등 뒤에 숨어 버렸다.

카스미는 그런 야옹~ 씨의 행동에는 신경도 쓰지 않았다. 그저 서로의 숨결이 닿을 정도로 가깝게 얼굴을 들이대면서 요우의 눈을 들여다봤다.

"뭐야, 뭔데? 여기서 아키미가 왜 튀어나와?"

그렇게 말하는 카스미의 눈에서는 '전부 다 털어놓지 않으면 가만 안 둘 거야'라는 의지가 느껴지는 듯했다.

"대체 무슨 일인데? 혹시 내가 잘못 들은 거야?"

카스미는 요우의 왼쪽 뺨에 오른손을 대더니, 귀엽게 살짝 고개를 갸웃거리면서 요우의 눈을 들여다봤다.

그런데 그 태도와는 정반대로 온몸에서는 시커먼 오라가 분출되고 있는 게 아닐까? 하는 생각이 들 정도로 분노가 흘러넘치고 있었다.

"그게 문제야. 내가 싫어하는 게 그거라고."

요우는 식은땀이 등골을 타고 흐르는 것을 느끼면서 카스미의 문제점을 지적했다.

그러자 카스미는 헉 하고 숨을 삼키더니, 불만스러운 티를 내면서 요우의 가슴에 얼굴을 묻었다.

아마도 꾹 참으려고 하는 것 같았다.

'그래도 성장한 건가……?'

설마 카스미가 참으려고 할 줄은 몰랐다. 그런 태도를 보고 요우는 의외라고 생각했다.

카스미는 얼굴을 꾹꾹 비비듯이 눌러 붙이면서 불만을 표시하기 시작했는데, 요우는 그런 카스미의 머리를 다정하게 쓰다듬으면서 카스미가 진정할 때까지 기다렸다.

그렇게 몇 분쯤 기다렸더니 카스미가 꾸물꾸물 고개를

들었다.

"대체 왜, 일이 그렇게 된 거야……?"

"그건 어떤 경위로 우리가 같이 동영상 촬영을 하게 되었느냐는 뜻이야? 아니면 아키미가 동영상 크리에이터가 되기로 한 이유가 궁금한 거야?"

"둘 다…….'

카스미는 토라진 것처럼 살짝 뺨을 부풀리면서 삐친 목소리로 두 개 다 이야기해보라고 했다.

요우는 잠깐 생각해보고 나서 차근차근 설명하려고, 우선 마린이 왜 동영상 크리에이터가 되기로 했는지부터 이야기하기로 했다.

"아키미에게 동영상 크리에이터가 되어보라고 권유한 사람은 나기사인 것 같아."

"그 여자가……?!"

요우의 말을 듣더니 화르르~ 하고 카스미의 몸을 감싸듯이 분노의 불꽃이 한순간 구현된──것처럼 보였다.

현재 카스미는 사소한 일로도 금방 분노가 머리끝까지 치솟을 듯한 기세였다. 그래서 요우는 어쩌면 좋을지 몰랐다.

그런데 그와 동시에 어떤 위화감을 느꼈다.

"그 여자……?"

"앗.'

요우가 위화감을 느낀 말을 입에 담자, 뭔가 깨달은 것처럼 카스미는 헉 하고 놀란 표정을 지었다.

그리고 허둥지둥 말하기 시작했다.

"그, 그 여자 같은 남자……라고 말했어!"

"아닌 것 같은데……?"

"아냐, 그랬어! 아, 아무튼, 나기사가 겨우 그런 말 한마디를 했다고 아키미가 동영상 크리에이터가 되기로 했다니, 그게 뭔 소리야?! 이상하지 않아?!"

요우가 갑자기 당황하는 카스미를 의심하자, 카스미는 다른 화제를 꺼냈다.

그 태도 때문에 요우는 더욱 카스미를 의심하게 되었지만——.

'여기서 자세히 캐물으려고 하면 틀림없이 또 기분이 안 좋아질 테지…….'

지금 우선시해야 하는 것은 무엇인가.

그리고 카스미가 자신에게 뭔가를 숨기려고 한다는 것은 그만큼 꿀리는 기분을 느낀다는 뜻이니까, 설득할 기회는 지금밖에 없지 않을까? 하는 생각이 들었다.

그래서 요우는 카스미의 거짓말에 일부러 장단을 맞춰 주기로 했다.

"아키미는 나기사를 동경하는 것 같아. 아니, 어쩌면 좋아하는 게 아닐까? 그래서 나기사의 제안을 받아들인 거지."

"흐음……?!"

요우가 은근히 '마린이 나기사를 좋아하는 걸지도 모른다'라는 식으로 말했더니, 카스미는 무척 기뻐하는 것처럼 얼굴이 확 밝아졌다.

그런 카스미를 본 요우는──.

'정말로 이런 데서는 단순한 녀석이라니까.'

──그렇게 생각했다.

그 후 카스미는 손바닥 뒤집듯이 쉽게 승낙해줬다. 협상은 그럭저럭 무사히 끝났다.

◆

"──요우도 참 너무하네요…….."

카스미를 설득한 요우는 다음 날 점심시간에 마린에게 그 이야기를 했는데──마린의 반응은 이 모양이었다.

마린은 뺨을 살짝 부풀리고 뭔가 말하고 싶은 듯한 눈빛으로 요우의 얼굴을 쳐다봤다.

요우는 마린이 손수 만든 도시락을 먹으면서 고개를 갸웃거렸다.

"내가 뭐가 너무한데?"

마린이 싫어할 가능성은 충분히 있다고 생각했다. 그런데 그 결과 자신이 너무하다는 결론이 나오게 된 이유를 알 수 없었다.

그런 요우 앞에서 마린은 여전히 뺨을 부풀린 상태로 불만스럽게 그를 쳐다보면서 입을 열었다.

"일부러 그러는 거예요?"

"저기, 정말 뭐가 문제인데?"

"…………."

요우가 되물어보자 마린은 불만이 있는 것처럼 고개를 숙였다.

그리고 깨작깨작 밥알을 젓가락으로 집어서 입에 집어넣기 시작했다.

'생각보다 더 많이 삐쳤구나…….'

마린은 모든 사람과 친하게 지내는 아주 착한 여자아이였다.

그러니까 카스미와도 다시 친해지고 싶어 하지 않을까 했었는데, 마린의 반응을 보니 그건 어려울 것 같았다.

하지만 카스미를 내버려 둔 채 마린만 우선시하면 또다시 카스미가 폭주할 테니까——결국 얘한테 잘해주면 쟤한테 소홀해지는 난감한 상황이 되어버린 것이다.

일단 마린의 기분을 달래주지 않으면 이야기가 진행되지 않는다.

그래서 요우는 어떻게 하면 마린의 기분을 달랠 수 있을까? 하고 생각해봤다.

'상대가 카스미라면 머리를 쓰다듬어주면 될 텐데, 아키

미는 어린애 취급을 했다면서 화를 낼 테니까…….'

최근에는 늘 같이 있었으므로 요우는 마린이 아이 취급을 당하는 것을 싫어한다는 것은 잘 알고 있었다.

그러니까 그런 쪽으로 해석될 만한 행동은 당연히 삼가야 하는데, 지금까지 카스미밖에 상대해본 적이 없는 요우로선 어쩌면 좋을지 알 수 없었다.

지금은 점심시간이니까 아름다운 풍경을 보여주기 위해 어딘가로 데려갈 수도 없는 노릇이었다. 요우는 어쩌면 좋지? 하고 고민했다.

그때 마린이 힐끔 요우의 얼굴을 쳐다봤다.

그러다가 마린을 바라보던 요우와 눈이 딱 마주치자, 허둥지둥 다시 고개를 숙여버렸다.

그 반응을 본 요우는 의문을 느꼈다.

"왜 그래?"

"아뇨, 아무것도 아니에요……."

그런데 마린은 요우의 질문에 대답하지 않았다.

왠지 여기 있는 게 불편한 것처럼 꼼지락꼼지락 몸을 꼬면서 움직이고 있었다.

마린이 왜 갑자기 이렇게 꼬물거리기 시작했는지 요우는 이해할 수 없었는데, 일단 여기서 그것을 지적하면 마린이 싫어할 것 같아서 다른 화제를 꺼내기로 했다.

"아까 했던 이야기 말인데, 일부러 너를 괴롭히려고 네모토를 넣은 건 아니야. 네 작업을 도와주려고 하는 거지."

"그게 무슨 뜻이에요……?"

요우의 말을 듣고 마린은 당혹감과 의문이 섞인 듯한 표정으로 요우의 얼굴을 쳐다봤다.

마린은 눈치가 빠르지만, 이번만은 요우의 의도를 파악하지 못한 듯했다.

"아키미가 유능한 건 알지만, 아무리 그래도 혼자 오랫동안 떠들기는 어렵잖아? 그러니까 대화 상대가 있는 게 좋을 거야."

혼자 계속 이야기하는 것과, 대화 상대가 있는 상태에서 계속 이야기하는 것.

어느 쪽이 더 쉬울지는 생각해볼 필요도 없을 것이다.

그리고 여러 명이 시끌벅적하게 노는 동영상은 혼자 행동하는 동영상보다도 더 극적인 부분을 만들 수 있고, 또 단순히 대화하는 것만으로도 시청자를 즐겁게 해줄 수 있다.

그래서 요우는 마린의 대화 상대를 마련해준다는 명분을 내세워 카스미를 추천해봤다.

이렇게 하면 위화감 없이 카스미를 데려갈 수 있을 것이다. 요우는 그렇게 생각했다.

그 외에는 요우가 추천할 수 있는 여자가 없다는 사실은 마린도 알고 있을 테니까.

그러나——.

"대화 상대는, 카메라맨인 당신이 해주시면……."

마린은 요우가 대화 상대가 되어주길 바라는 것 같았다.

물론 요우는 마린이 그렇게 생각하리란 것도 상정하고 있었다. 그는 마린의 말을 듣고 고개를 가로저었다.

"그건 안 돼."

"왜, 왜요……?"

거절당하자 마린은 매달리는 듯한 눈빛으로 요우의 얼굴을 쳐다봤다.

그런 마린의 눈을 본 요우는 미안함을 느꼈지만, 이렇게 거부하는 데에도 분명히 이유가 있었으므로 그것을 설명하기 위해 입을 열었다.

"화면에 나오지 않는 사람과 대화하는 것은 시청자들이 별로 좋아하지 않아. 게다가 아키미의 귀여움을 무기 삼아 동영상을 촬영한다면, 거기에 남자 목소리가 들어가는 것은 피하는 게 좋을 거야."

귀여운 여자를 보려고 동영상을 보는 남자들은 그 동영상 크리에이터를 아이돌처럼 여기는 경향이 있다.

그러니까 남자의 존재만 느껴져도 질색하면서 팬을 그만두는 경우도 있다.

인기 동영상 크리에이터가 되려면 그런 팬들도 잘 데리고 가야 한다. 그래서 요우는 자기 목소리가 동영상에 들어가는 것은 피해야 한다.

"으......."

하지만 마린은 납득을 못 했는지 또다시 불만스럽게 뺨을 부풀렸다.

안 그래도 어려 보이는 외모 때문에 마치 어린애가 삐친 것처럼 보였다. 요우는 진심으로 그 점을 지적하고 싶어졌다.

아이 취급을 당하는 것을 싫어하면서도 실제로는 아이처럼 행동하는 마린.

본디 요우가 알고 있었던 마린은 이런 캐릭터가 아니었다. 최근 들어 이런 모습의 마린을 보게 됐다.

구체적으로 무슨 변화가 일어났는지는 잘 모르겠지만, 어쨌든 이 모습은 분명히 마린이 요우에게 마음의 문을 열었기 때문에 보여주는 일면일 것이다.

그래서 요우가 내린 결론은——.

'역시 아키미의 본모습은 어린애구나.'

——마린은 어른스럽게 행동하고 있을 뿐이지 실제로는 어린애 같은 여자인 것이다. 그런 결론이었다.

"…………."

요우 옆에서 묵묵히 밥을 먹는 마린.

그런 마린을 곁눈질로 보면서 요우는 어쩌면 좋을까? 하고 머리를 굴렸다.

그리고——.

"아키미는 정말 요리를 잘하는구나."

아이 취급은 하지 않으면서 마린을 기분 좋게 해주려고 요리 실력을 칭찬해봤다.

여자애가 요리를 잘한다고 칭찬받았을 때는, 아마 기뻐하는 사람은 많아도 싫어하는 사람은 거의 없을 것이다.

게다가 마린의 요리 실력은 정말로 좋았다.

요우를 위해 어린 시절부터 요리를 연습했던 카스미와도 비슷한 수준으로 마린은 요리를 잘했다. 요우는 그렇게 생각했다.

그런데——.

"…………."

마린은 의심하는 눈초리로 요우의 얼굴을 쳐다봤다.

'어차피 내 비위를 맞추려는 거잖아요?'라고 말하고 싶은 듯한 표정이었다.

그 표정을 본 요우는 뒤통수를 긁적거리면서 약간 귀찮은 듯이 입을 열었다.

"아키미는 내 앞에서만 그렇게 태도가 달라지더라. 왜 그러는 건데?"

이 학교 학생들에게 아키미 마린이란 사람은 '언제나 웃는 얼굴로 천사같이 다정하게 행동하는 귀여운 여자아이'라는 이미지였다.

마린은 상대가 누구여도 평등하게 웃는 얼굴로 이야기하

기 때문에 그런 인식이 생긴 것인데, 거꾸로 말하자면 지금처럼 의심하는 표정은 오로지 요우한테만 보여주었다.

전에도 이야기했듯이 요우는 마린의 이런 태도의 차이에 불만을 느끼는 것은 아니었다. 하지만 왜 그러는지 궁금하긴 해서 이 기회에 물어봤다.

그러자 마린은 잠시 생각해보더니 천천히 입을 열었다.

"상대가 요우라면, 그래도 될 것 같아서……."

마린은 왼손으로 머리카락을 귀 뒤로 넘기면서 좀 부끄러워하는 것처럼 자기 생각을 이야기했다.

요우를 신뢰하기 때문에 그런 말을 한 것이다.

그런데——.

"아, 그래? 하기야 아무렇게나 취급을 당하는 것은 익숙하니까."

요우는 마린의 말을 다른 뜻으로 이해하고 말았다.

"그, 그런 뜻이 아니에요! 다만, 당신이라면 이러니저러니 해도 잘 받아줄 것 같은 느낌이 들어서——앗!"

요우가 오해하자 허둥지둥 그것을 부정하는 마린.

그런데 반사적으로 부정하는 바람에 실언을 해버렸다. 마린은 얼굴이 새빨개지더니 양손으로 입을 막았다.

그리고 민망한지 약간 눈물이 고인 눈으로 슬금슬금 요우의 얼굴을 쳐다봤다.

그랬더니——.

"응, 애초에 내가 너한테 말했잖아. 나를 마음껏 이용해도 된다고."

요우는 마린의 실언을 다른 방식으로 해석하고 있었다.

그 모습을 본 마린은 안도했지만, 그와 동시에 뭐라 표현할 수 없는 짜증을 느꼈다.

평소에는 눈치 빠른 남자인 주제에 왜 이런 문제에 관해서는 이렇게 둔감해지는 걸까.

이쯤 되면 일부러 이러는 게 아닐까? 마린은 그런 생각까지 했다.

"요우, 실은 지금까지 많은 여자애를 울리고 다녔죠?"

둔감한 요우 때문에 답답해진 마린은 삐친 듯한 눈빛으로 요우에게 그런 질문을 던졌다.

이에 대해 요우는 의아한 듯이 고개를 갸웃거렸다.

"아니, 그럴 리 없잖아? 처음부터 여자와 얽힌 적이 없는데."

"그건——아, 아뇨. 그래요. 그런 거였군요."

마린은 순간적으로 요우의 말을 부정하려고 했는데, 그때 퍼뜩 어떤 생각이 머릿속에 떠오르자 오히려 납득하고 말았다.

마린은 1학년 때부터 요우를 알았고, 그가 남을 멀리하는 성격이란 것도 알고 있었다.

하지만 여자가 먼저 요우에게 접근하지 말라는 법도 없

지 않은가. 처음에는 그렇게 생각했는데——그 순간 어떤 여자애의 얼굴이 떠올랐다.

그것은 요우에게 다른 여자가 접근하는 것을 싫어하는 카스미의 얼굴이었다.

카스미가 요우에게 접근하는 여자애를 모조리 치워버려서 아예 접근을 못 하게 했던 것이 아닐까. 마린은 그런 생각을 한 것이다.

오늘도 카스미는 마린과 요우가 같이 점심을 먹으러 간다고 하니까 몹시 불쾌한 표정을 지었다.

그리고 1학년 때는 요우에게 다른 여자애가 접근하지 않도록 일부러 나쁜 소문을 퍼뜨렸다. 그러니까 마린은 자신의 가설이 정답일 거라고 판단했다.

"……뭐, 그러니까 나는 많은 여자애를 울린 적은 없어."

요우는 마린이 무슨 상상을 하고 있는지 왠지 알 것 같았지만, 그 점은 부정하지 않고 자기 할 말을 계속했다.

물론 한 번도 울리지 않은 것은 아니었다.

딱 한 명, 울린 적이 있었다. 하지만 그때뿐이다.

당연히 요우는 그 사실을 굳이 입 밖에 내지는 않았다. 그리고 옆길로 빠져버린 이야기를 제대로 돌려놨다.

"아무튼 넌 진짜로 음식을 잘 만드는구나. 날마다 먹고 싶을 정도야."

"——?!"

요우는 마린이 싸준 도시락을 냠냠 먹으면서 그렇게 말했다.

그런 요우의 옆에서는 또다시 얼굴이 새빨개진 마린이 깜짝 놀란 것처럼 요우의 얼굴을 쳐다보고 있었다.

그 입은 뻐끔뻐끔 움직이고 있었다. 뭔가 말하고 싶은데 말이 안 나오는 것 같았다.

"응? 왜 그래?"

마린의 상태가 이상하다는 것을 눈치챈 요우는 의아한 듯이 고개를 갸웃거리며 물어봤다.

그랬더니——.

"요우는 위험한 사람이에요……!"

이유는 몰라도 마린은 얼굴이 새빨개진 채 그렇게 화를 내는 것이었다.

◆

"——여자는 이해하기 어려운 생물이야."

"갑자기 불러내서 무슨 일인가 했더니. 왜 그래?"

방과 후. 옥상에서 펜스에 몸을 기대면서 요우가 한탄하자, 여기까지 불려 나온 하루키는 쓴웃음을 지었다.

"아니, 어, 그냥."

카스미는 어리광쟁이인 주제에 다른 여자의 존재가 조

금만 끼어들어도 즉시 불쾌해하고, 마린은 또 마린대로 화내는 포인트가 뭔지 잘 이해할 수가 없었다.

둘 다 납득시켜서 이야기를 잘 마무리하고 싶은데. 개성이 강한 두 여자 때문에 그것이 마음대로 되지 않아서 요우는 투덜거리고 싶어졌다.

하지만 그것은 하루키와는 상관없는 일이었다. 요우는 생각을 관두고 다시 입을 열었다.

"아무튼 여기까지 불러내서 미안해."

"아니, 뭐. 어차피 방과 후에는 한가해서 괜찮아."

하루키는 그렇게 말하더니 온화하게 웃었다.

그 집단 괴롭힘 사건 이후로 하루키의 상태는 안정되었다.

일단 표면적으로는 카스미와 사귀는 중이라서 점심시간에는 카스미와 함께 도시락을 먹는 모양인데, 이에 관해 나쁜 소문은 들리지 않으니까, 아마도 무난하게 지내는 것 같았다.

그리고 마린과도 예전처럼 소꿉친구로서 사이좋게 지낸다고 들었다.

이야기만 들어본다면, 하루키는 완전히 미래를 보면서 나아가기 시작한 것 같았다.

하지만 결국 그건 소문으로 전해 들은 이야기이고, 요우가 자기 눈이나 귀로 확인한 것은 아니었다.

그래서 요우는 카스미에 관한 이야기도 할 겸 한번은 하루키와 직접 이야기를 해보고 싶었다.

"어, 그럼 뭐부터 이야기하면 좋을까."

"뭐든지 물어봐도 돼. 요우한테는 빚을 졌으니까."

"아, 그래? 고마──아니, 잠깐만."

요우는 하루키에게 고맙다는 인사를 하려다가 문득 위화감을 느꼈다. 그래서 무심코 그쪽을 물고 늘어졌다.

"응? 왜?"

"아니, 너 지금 뭐라고 불렀어?"

"요우?"

"역시 잘못 들은 게 아니었구나……. 왜 갑자기 나를 성이 아니라 이름으로 부르는지 궁금한데."

요우는 불길한 예감을 느끼면서 하루키에게 물어봤다.

그러자 하루키는 싱긋 웃으며 입을 열었다.

"글쎄, 마린이 신나게 그런 식으로 불렀으니까?"

"…………."

불길한 예감이 적중했다. 요우는 저도 모르게 이마를 손으로 짚으면서 하늘을 쳐다봤다.

'쳇, 그 녀석. 단둘이 있을 때만 한다는 약속을 깨뜨렸구나…….'

마린이 어떤 경위로 하루키 앞에서 요우의 이름을 불렀는지는 모르겠다.

다만 이것이 카스미의 귀에 들어간다면 엄청나게 골치

아픈 사태가 벌어지리란 것은 확실했다.

그래서 요우는 앞으로는 마린이 자신을 '요우'라고 부르는 것을 금지하는 방안을 검토하기 시작했다.

그런 요우를 본 하루키는 급하게 끼어들었다.

"앗, 저기, 걱정하지 마. 내 앞에서만 그렇게 말한 거고, 평소에는 제대로 하자쿠라라고 부르고 있으니까. 그냥 흥분했을 때만 무의식중에 요우라고 부르는 것 같더라고."

"아니, 나에 관한 이야기 중에서 흥분할 만한 화제가 도대체 뭐가 있는데?"

"으~음. 그건 아마도 비밀일걸?"

요우의 질문에 웃는 얼굴로 애매하게 대답하는 하루키.

대답하지 않는 하루키한테 요우는 불만을 품었는데, 우선은 마린이 어떤 상황에서 자기를 요우라고 부르는지 알아내기로 했다.

"키노시타. 잘 생각해봐. 자신이 모르는 곳에서 자신에 관한 소문이 떠돈다면 기분 나쁘지 않겠어? 그리고 그 대화 내용이 궁금해지는 것은 당연하고."

"응, 하지만 너도 자주 본인이 없는 곳에서 그 사람 이야기를 하는 것 같던데?"

"험담은 안 했어."

"그럼 우리도 괜찮겠네."

요우의 말을 들은 하루키는 여유로운 미소로 답했다.

어디서 본 적이 있는 듯한 태도였다. 요우는 '둘 다 똑같은 녀석들이었어……' 하고 투덜거리면서 한숨을 쉬었다.

"어떻게 해도 안 가르쳐줄 거야?"

"응, 나도 그렇게까지 센스 없는 짓은 안 하거든."

"…………."

뚝심 있게 마린을 감싸주는 하루키 앞에서 요우는 더 이상 설득해봤자 소용없다는 사실을 깨달았다.

뭐든지 물어보라고 했으면서 이게 뭐야. 그런 생각이 들었지만, 실은 이런 것을 물어보려고 불러낸 것도 아니었으므로 요우는 미련을 버리고 원래 목적이나 달성하기로 했다.

"그래, 알았어. 그보다도 너한테 물어보고 싶은 게 있는데. 키노시타. 너는 앞으로 어떻게 하고 싶어?"

"내가 앞으로 어떻게 하고 싶냐고? 그건 왜?"

의아한 듯이 물어보는 하루키.

요우는 그에게서 시선을 떼고 무뚝뚝한 표정으로 입을 열었다.

"네가 네모토를 이용하긴 했지만, 애초에 너를 이용하려고 했던 사람은 그 녀석이었잖아. 그로 인해 이것저것 엉망이 되어버렸으니까, 뒷수습을 해야지."

"너는 이러니저러니 해도 카스미를 참 좋아하는구나."

"그런 게 아니야. 단지 소꿉친구가 멍청한 짓을 했는데 못

본 척 넘어갈 수가 없을 뿐이지. 너도 그렇잖아?"

"으~음, 글쎄. 그럴까? 그동안 마린의 실수를 수습해줄 기회는 없었는데. 반대로 마린이 내 실수를 수습해주고 다녔을지도 몰라."

카스미와 마린은 같은 소꿉친구라도 타입은 전혀 달랐다.

그것은 요우와 하루키도 마찬가지였다. 고로 그들은 그동안 같은 길을 걷지는 않았다.

오히려 요우는 무의식중에 상대의 어리광을 다 받아주는 타입이니까, 남을 위해 노력하고 싶어 하는 마린과 비슷한 입장이었을 것이다.

그래서 하루키는 요우의 생각을 이해는 할 수 있어도 똑같이 생각하지는 않았다.

거꾸로 말하자면 하루키의 대답에 대해 요우도 그렇구나 하고 동조할 수는 없었다.

"그런가? 아키미도 은근히 사고를 치는 타입이라고 생각하는데……."

현재 요우가 보기에는 마린은 꽤 위험한 여자아이 같은 이미지였다.

얌전하고 어른스러워 보이던 성격은 본인이 꾸며낸 것이었고, 지금은 마음에 안 드는 일이 있으면 마치 반려동물이 주인의 손을 무는 것처럼 반격하는 것이었다.

그리고 상당히 덤벙거리는 면도 있어서, 반격할 때 이상한 짓을 하다가 상대뿐만 아니라 자신도 부끄러운 꼴을 당하는 여자애였다. 요우가 보기에는.

그런데——요우의 이야기를 들은 하루키는 돌연 뜬금없이 웃음을 터뜨렸다.

"하하, 그건 너한테만 그러는 거야. 나한테는 그런 모습을 보여준 적이 없거든."

"나한테만이라고? 도무지 이해할 수가 없네……."

"너무 나쁘게만 생각하지 마. 언제나 남을 돌봐주기만 하던 마린이, 너한테는 자기도 어리광을 부릴 수 있겠다고 생각하게 되었다는 뜻이니까."

"너, 남의 일이라고 생각하는 표정인데."

마치 자신과는 상관없다는 듯이 웃으면서 이야기하는 하루키. 요우는 억울한 눈빛으로 그를 바라봤다.

그러자 하루키는 난처해하면서 뺨을 긁적였다. 그 후 옥상에서 보이는 풍경으로 시선을 돌리고 입을 열었다.

"나는 그릇이 너무 작았어."

"그릇?"

자조적으로 말하는 하루키에게 요우는 저도 모르게 물어봤다.

그런 요우에게 하루키는 힘없는 미소로 답했다.

"보통은 마린처럼 예쁜 여자애가 자기 곁에 있으면 붙잡고 싶다고 생각하잖아? 하지만 나는 그게 무거운 짐처럼 느껴졌어……."

마린은 교내에서 1, 2위를 다투는 용모와 학력을 자랑할 뿐만 아니라, 타인을 존중하고 공감해주는 착한 성격의 소유자이기도 했다.

몸집이 작고 동안인 것은 사람에 따라서는 단점처럼 보일 수도 있지만, 그런 아쉬움이 싹 사라질 정도로 여자다운 일부분은 남들보다 더 크게 발달되어 있었다.

그런 여자애가 곁에 있다면 보통은──이라고 하루키는 말하고 싶어 하는 것이었다.

그리고 그런 여자애를 싫어하면서 매몰차게 내쳐버린 자기 자신을 책망하고 있었다.

"글쎄, 그건 사람마다 다르지 않을까."

그러나 요우는 하루키의 말을 긍정해주지 않았다.

여기서 긍정한다는 것이 어떤 의미인지 요우는 알고 있었기 때문이다.

게다가 그 외에도 개인적으로 생각하는 바가 있었다.

"십인십색이라는 말이 있잖아? 모든 사람은 저마다 사고방식이 달라. 네가 아키미와 잘 맞지 않았던 것은 사실이지만, 그래도 이제는 네가 잘못했다고 말하고 싶진 않아."

요우는 아무것도 몰랐던 시절과는 달리 지금은 하루키의 사정을 알고 있었다.

그런데도 여전히 하루키가 잘못했다! 하고 비난할 정도

로 요우는 단순하지는 않았다.

"……너는 참 신기한 사람이구나."

요우의 말을 들은 하루키는 왠지 모르게 놀라는 것 같았다.

그런 하루키에게 요우는 반박하고 싶은 기분이 들었지만, 하루키의 이야기가 아직 끝나지 않은 것 같아서 그 말은 꿀꺽 삼켰다.

"하지만 마린에게 상처를 준 것은 용서받을 수 없는 일이잖아. 그런데도 그 애는 왜 생글생글 웃으면서 내 곁에 있는 걸까……."

하루키와 마린은 예전처럼 사이좋은 소꿉친구 관계로 돌아갔다.

보통은 자신에게 상처를 준 사람과 같이 있고 싶어 하는 사람은 없을 것이다.

그러나 마린은 하루키에 대한 혐오감을 드러내지 않고 예전처럼 생글생글 웃는 얼굴로 대하면서 먼저 말을 걸어 줬다.

이에 대해 하루키는 불편함을 느끼는 걸지도 모른다.

'그거야 그 녀석이, 자기 때문에 상처받았다고 생각하는 사람한테 화를 내는 성격이 아니라서 그런 거잖아……?'

어째서 마린이 하루키에게 전혀 불만을 말하지 않는가 ──그 이유를 알고 있는 요우는 뭐라 형용할 수 없는 기분을 느꼈다.

하지만 여기서 그 이유를 말해주는 것을 마린이 원할 리는 없었다. 그래서 요우는 그냥 화제를 바꾸기로 했다.

"그건 다음에 아키미에게 직접 물어보면 되지 않을까? 아까도 말했지만, 내가 지금 알고 싶은 것은 '앞으로 네가 어떻게 하고 싶은가'야."

"으~음. 솔직히 말하자면 어떻게 하고 싶은지, 나도 잘 모르겠어."

요우의 질문에 하루키는 난처한 듯한 미소를 지었다.

얼마 전까지는 정신적으로 망가져 있었으니까. 자신의 진심이 뭔지 모르는 것 같았다.

그런 하루키를 본 요우는 입을 다물고 펜스에 기대었다.

"넌 네모토를 어떻게 생각해?"

"어떻게라니, 무슨 뜻이야?"

"아직 사귀는 척을 하고 있잖아. 그렇다면 네모토한테 조금이라도 호감이 있다는 거야?"

학교에서는 하루키와 카스미는 여전히 사귀는 것으로 되어 있었다.

사실 요우는 그것에 대해 참견할 자격은 없었다. 그러나 카스미와 하루키가 원치 않는데도 그저 현재 상황에 몸을 맡기고만 있는 거라면, 자신이 참견해야겠다고 생각했다.

그래서 우선 확인해보기로 한 것이다.

그런데 이에 대해 하루키는 어리둥절한 표정을 지었다.

"아니, 미치지 않고서야 카스미를 좋아할 리가 없잖아?"

"미치다니……? 저기, 그래도 그 녀석은 일단 교내에서 1, 2위를 다툴 정도로 인기가 있는데?"

하루키가 너무 심한 악담을 했기 때문에 요우는 무심코 카스미를 감싸줬다.

그러자 하루키는 당황했는지 양손을 자기 얼굴 앞으로 들어 올리더니 좌우로 흔들었다.

"앗, 아니, 그게 아니라! 카스미가 매력이 없다는 뜻은 아니었어!"

"그렇게 당황하면서 수습할 필요는 없는데?"

"그런 게 아니라니까. 카스미는 요우, 너한테 푹 빠져 있잖아! 거의 스토커처럼 행동할 정도로 오직 너만 보고 있다니까?!"

"그건 그것대로 악담 아니야……?"

"그게 아니라……! 아무리 봐도 다른 남자를 좋아하는 여자를, 굳이 좋아할 이유가 없다는 뜻이야……!"

그렇게 말하면서 허둥지둥 수습하는 하루키.

상대가 이미 좋아하는 사람이 있으니까 좋아할 수 없다 ──사람의 마음은 그렇게 단순하지도 않고, 그렇게 이성적으로 제어되는 것도 아니다.

그리고 하루키가 흘린 말을 통해서 요우는 하루키의 생

각을 이해했다.

'그동안 카스미의 어두운 면모를 잔뜩 봤기 때문에 그 녀석을 좋아할 수는 없다는 뜻이겠지…….'

요우에 관해서는 카스미는 비정상적인 집착심을 보인다.

얼마 전까지는 학교에서는 얽히지 않았으므로 볼 기회가 거의 없었지만, 최근에는 요우가 마린과 얽히기 시작하는 바람에 카스미가 자주 온몸에서 검은 오라를 뿜어내게 되었다.

그 모습과 언동을 가까이에서 지켜본 하루키의 입장에서는 카스미를 연애 대상으로 볼 수 없는 것이리라.

"뭐, 그래. 네가 네모토에게 관심이 없다는 것은 알겠어. 그럼 너는 지금 이 관계를 끝내고 싶은 거야?"

여기서 자신이 괜히 찔러보면 하루키가 곤란해질 뿐이다. 그렇게 생각한 요우는 이야기를 쭉 진행했다.

그런 요우의 질문에 하루키는 고개를 끄덕였다.

"응, 맞아. 하지만 지금 헤어지면, 카스미에 대한 주변 사람들의 평가가……."

"글쎄, 그냥 서로 마음이 안 맞았나 보다 하고 다들 넘어가지 않을까? 오히려 네모토가 솔로가 된다면 기뻐하는 녀석들이 더 많을 것 같은데."

"아니, 그 애가 남자 친구라는 무게추가 사라지면 무슨 행동을 할지, 벌써 예상이 되지 않아? 그렇게 되면 주변 사람들이 무슨 생각을 할지도 쉽게 상상이 가는걸."

"아, 그건…… 뭐, 그것도 자업자득이라고 생각하면 되지 않아?"

카스미가 스스로 행동해서 나온 결과라면, 그건 본인의 책임이라고 할 수밖에 없다.

하루키가 그런 것에 신경 쓸 필요는 없다. 요우는 그렇게 생각했다.

"너도 참 대단하다. 아마도 그 피해를 받는 사람은 너일 텐데……."

"똑바로 마주하기로 했거든. 똑같은 실수를 하는 것은 이제 지겹고, 아키미의 소원을 이루어주기 위해 필요한 일이라고도 생각해."

"아하, 그래……. 하지만 그게 정말로 마린을 위해서 하는 일인지, 아니면 그저 마린은 구실일 뿐이고 실은 카스미를 우선시하고 싶어서 그런 것인지……. 네 진심은 도대체 뭐야?"

"……글쎄. 아무튼 내가 물어보고 싶었던 것은 이게 다야. 불러내서 미안해. 그럼 이만 가볼게."

이미 알고 싶었던 정보는 알아냈으므로, 하루키의 질문을 얼버무리듯이 대답한 뒤 옥상을 떠났다.

◆

"──뭐야, 갑자기 왜 불렀어? 나도 바쁜데."

그날 밤 요우의 방에 찾아온 카스미는 기분이 안 좋은 것처럼 그렇게 말했다.

하지만 말과는 반대로 기대에 차서 초롱초롱 빛나는 눈동자로 요우를 보고 있었다.

사실 요우한테서 메시지를 받은 카스미는 서둘러 요우의 방으로 달려왔다.

물론 요우가 자기를 예뻐해 줄 것을 기대하면서 그런 것이었다.

그런데 요우는 변함없이 노출이 심한 카스미의 옷차림을 보고 시선을 어디에 두면 좋을지 몰라 당황했다.

그것은 잠옷처럼 보이기도 했지만, 최근에 있었던 일들을 생각해보면 카스미가 일부러 그런 옷을 골라 입었다는 생각밖에 안 들었다.

'이제 슬슬 이 옷차림에 관해서는 주의를 주는 게 좋을까……?'

아무리 봐도 요우의 반응에 맛 들인 것처럼 보이는 카스미. 요우는 이대로 놔두는 것은 좋지 않다고 생각했다.

카스미는 한번 맛을 들이면──다시 말해 한번 성공해서 의기양양해지면, 똑같은 짓을 몇 번이나 반복하는 아이였다.

이건 어쩌면 요우가 주의를 줄 때까지 죽어라 계속할지도 모른다.

하지만 또 주의를 준다고 순순히 말을 듣는 아이도 아니었다.

더 이상 어리광을 받아주지 않겠다고 협박한다면 카스미도 즉시 그의 말을 들을 테지만, 그것은 요우에게는 최종 수단이었다. 그다지 쓰고 싶은 수단은 아니었다.

"춥지 않아?"

"앞으로 점점 날이 더워질 테니까 괜찮아."

"계속 하나의 패턴만 고수하면 상대가 질릴 텐데?"

"걱정 마. 네 눈은 그렇게 말하고 있지 않거든."

요우는 간접적으로 말해서 이런 짓을 그만두게 할 생각이었지만, 카스미는 자신 있는 표정으로 그렇게 대꾸했다.

이에 대해 요우는 할 말이 없어져서 입을 다물어버렸다.

그랬더니──.

"저기, 이거 대신에. 고양이 옷이라도 입고 올까……?"

카스미는 살짝 뺨을 붉히고 이쪽을 쳐다보면서 그렇게 물어봤다.

몸은 부끄러운지 꼬물꼬물 움직이고 있었고, 촉촉한 눈동자는 요우의 얼굴을 쳐다보고 있었다.

그런 카스미 앞에서 요우는 저도 모르게 숨을 삼켰는데, 얼른 정신을 차리고 이마를 짚으면서 입을 열었다.

"대체 왜 그런 결론이 나온 거야……?"

"그야 뭐, 남자들은 고양이 코스튬 플레이를 좋아한다고 하니까……."

"아니, 그런 정보는 어디서 입수했어……?"

"……비밀."

요우의 질문에 카스미는 고개를 홱 하고 반대쪽으로 돌려버렸다.

대답하기 부끄러워서 그러는지, 아니면 요우의 반응에 만족하지 못해서 그러는지는 모르겠지만, 아무튼 카스미가 정상적인 경로로 얻은 지식이 아니란 것은 요우도 눈치챘다.

"너무 이상한 책만 읽지 마라……."

"헉?! 아니, 나 야한 책은 안 읽었거든?!"

"아무도 야한 책 이야기는 안 했는데. 그렇게 부정하는 게 오히려 수상하다고."

기막혀서 한숨을 쉬는 요우.

말은 이렇게 했지만, 진심으로 카스미가 야한 책을 읽을 거라고 생각하지는 않았다.

어쨌거나 카스미는 기본적으로는 성실한 성격이었고, 중학교 시절에는 성적인 것을 몹시 싫어했었다.

옛날에 다른 남자가 요우에게 그런 이야기를 하려고 했을 때 카스미는 불같이 화를 내면서 그 녀석을 쫓아내기도 했었다.

그러니까 카스미는 그런 책을 읽어본 적도 없을 것이다.

요우는 그렇게 생각했는데——.

"…………."

이유가 뭘까. 카스미는 얼굴이 새빨개지더니 요우의 시선을 피해버렸다.

그 행동을 본 요우는 또다시 놀라서 숨을 삼켰다.

"너 설마……."

"아, 아냐! 그런 거 안 샀어! 다른 여자애가 억지로 나한테 줘서, 그냥 방에 놔뒀을 뿐이야!"

카스미의 태도를 보고 사정을 눈치챈 요우가 말을 꺼내자, 카스미는 당황하여 그 말을 가로막았다.

그리고 변명하기 시작했는데, 당연히 카스미를 잘 아는 요우에게는 그런 거짓말이 먹힐 리 없었다.

"아니, 애초에 너한테 억지로 책을 줄 만한 사람이 없잖아?"

"…………."

카스미는 요우를 흉내 내서 남들과 거리를 두고 있다.

특히 요우, 하루키, 마린 이외의 타인은 아주 차갑게 대하고 있으므로, 그런 카스미에게 책을 억지로 줄 것 같은 학생은 요우가 아는 한 없었다.

그 점을 지적당한 카스미는 다시 한번 어색하게 시선을

피하고 말았다.

"아키미도 그러던데. 여자들은 의외로 은근히 야한 것을 좋아하는구나."

어느새 야한 책에 관심이 많아진 소꿉친구 앞에서 요우는 저도 모르게 그런 한마디를 툭 던졌다.

그런데 이것이 스스로 지뢰를 밟는 언동이란 것은 그 말을 뱉은 직후에 깨달았다.

"잠깐만. 거기서 왜 아키미가 튀어나와?"

"…………."

"요우, 평소에 그 애랑 무슨 이야기를 하는 거야? 화내지 않을 테니까 가르쳐줘. 응? 자, 빨리."

좀 전까지 부끄러워하던 카스미는 이제 요우의 단 한마디를 통해 '요우가 마린을 은근히 야한 아이라고 생각할 만한 사건이 있었다'는 사실을 눈치채고, 몹시 차가운 눈빛으로 요우의 얼굴을 들여다보고 있었다.

"아니, 저기. 너 그런 짓은 하지 말라니까……."

눈에서 빛이 사라져버린 카스미. 그런 카스미 앞에서 요우는 약간 뒷걸음질 치면서 주의를 줬다.

하지만 카스미는 저번과는 달리 더욱 적극적으로 얼굴을 들이댔다.

서로의 숨결이 닿을 정도로 가까운 곳까지 카스미의 얼굴이 다가왔으므로 요우는 당황하여 숨을 삼켰다.

"이번에 잘못한 사람은 100% 너야. 그러니까 괜찮아."

"아니, 이건 내가 어떻게 받아들이는가의 문제니까……."

"그런 변명은 안 통해."

카스미는 그렇게 말하면서 요우의 목에 손을 대고 그의 눈을 들여다봤다.

"뭐 하는 거야……?"

"이렇게 하면 네가 거짓말할 때는 알 수 있거든."

"무슨 말도 안 되는……."

"시험해보면 알게 될걸? 단, 거짓말하면 용서하지 않을 거야."

근거리에서 압력을 가하는 카스미.

요우는 카스미의 말이 참인지 거짓인지 알 수 없었지만, 아마도 이건 거짓말일 거라고 생각했다.

그런 짓을 할 수 있는 사람은 특수한 훈련을 받은 사람밖에 없다. 그러니까 평범하게 살아온 카스미는 못할 것이다.

하지만 카스미는 은근히 뭐든지 할 수 있는 능력자라는 것도 알고 있었으므로, 만에 하나 이게 사실일 경우를 생각한다면 함부로 거짓말을 할 수도 없게 되었다.

어쩌면 이렇게 되는 것이 카스미의 노림수였을지도 모른다——그런 생각을 하면서 요우는 입을 열었다.

"아무리 과거는 잊어버리기로 했어도, 앞으로의 미래에

신경을 안 쓰겠다고 말한 적은 없어. 사귀는 사이라면 또 몰라도, 사귀지도 않는데 네가 이렇게 나를 압박한다면. 난 역시 너를 받아들이지 못하게 될 거야.”

“──!”

카스미의 눈을 들여다보면서 요우가 그렇게 말하자, 카스미는 눈을 크게 뜨고 숨을 들이켰다.

그리고 고개를 숙이더니 부들부들 떨기 시작했다.

요우는 그런 카스미의 모습을 바라보면서 입을 다물어 버렸다.

‘정말 나쁜 짓일지도 모르지만…… 이대로 있다가는 또다시 같은 일을 반복하게 될 테니까…….’

요우로서는 솔직히 말하자면 카스미를 더 이상 매몰차게 내치고 싶지 않았다.

하지만 카스미를 가장 소중히 여겼던 중학교 시절에도 결국 카스미를 거부하고 말았다.

요우도 정신적으로는 중학교 시절보다 성장했지만, 이러다가는 다시 카스미를 받아들이지 못하게 되리란 것은 불 보듯 뻔했다.

게다가 서로 떨어져 있었던 약 2년 사이에 카스미의 집착이 더욱 심해졌다는 것을 요우는 느끼고 있었다. 전보다 더 심각해질 가능성도 있었다.

그래서 아직은 요우가 제어할 수 있는 지금 이 단계에서 어떻게든 해보고 싶었다.

"…………요우가 잘못한 건데……."

몇 초 후에 카스미는 그렇게 소리 내어 말했다. 마치 어린애처럼 토라져서 눈물 맺힌 눈으로 요우의 얼굴을 쳐다봤다.

카스미의 예상외의 표정에 요우는 깜짝 놀랐지만, 여기서는 꾹 참고 상대를 달래주지 않기로 했다.

"아니, 그래도. 그렇게 나한테 병적으로 집착하는 것은 좋지 않다니까."

요우가 달래주지 않고 냉정하게 내치듯이 말하자, 카스미는 얼굴을 확 일그러뜨리고 고개를 숙였다.

그리고 바들바들 떨면서 천천히 입을 열었다.

"……하지만, 그러면, 그 애랑 친하게 지내지 말란 말이야……."

카스미는 요우와 마린이 친해지는 바람에 요우를 빼앗겨버릴까 봐 두려워하고 있었다.

그래서 요우와 마린이 친하게 지내는 듯한 이야기를 들으면 화를 내는 것이다.

거꾸로 말하자면, 요우가 마린과 친하게 지내지만 않으면 자신이 이렇게 되지는 않을 것이다. 카스미는 에둘러서 요우에게 그런 말을 하고 있는 것이었다.

그러나 당연히 요우는 그 부탁을 들어줄 수 없었다.

"미안하지만 그건 안 돼."

"──! 대체 왜──?!"

"네가 이런 상황을 만들어놨잖아?"

요우의 대답을 들은 카스미는 반사적으로 반박하려고 했다.

그런데 이번에는 요우가 다정한 목소리로 카스미의 말을 막았다.

"하지만, 나는⋯⋯."

"응, 알아. 너희 둘의 승패가 결정됐을 때, 너는 그럴 마음이 없었다는 것쯤은. 만약에 우연히 내가 그 장면을 목격하지 않았더라면 이런 일이 생기진 않았을 테니까. 하지만 실제로는 이런 상황이 되어버렸고, 그것은 너와 키노시타 때문이야. 네가 아무리 변명해봤자 그 사실은 변하지 않아."

"하지만⋯⋯!"

"카스미. 너와 키노시타의 행동 때문에 가장 큰 피해를 본 사람은 아키미야. 그럼 그 녀석을 돌봐주는 것을 가장 우선시해야 하는 게 당연하잖아?"

"⋯⋯⋯⋯."

요우의 말을 듣고 카스미는 다시 고개를 숙이고 말았다.

카스미도 마린에게 상처를 줬다는 사실은 자각하고 있었다. 여기서 마린을 소홀히 하는 듯한 발언을 한다면 틀

림없이 요우는 화를 낼 것이다.

그렇게 반박의 여지도 없이 요우에게 내쳐질 것 같은 상황에 처하자, 카스미는 훌쩍훌쩍 울기 시작했다.

요우는 그런 카스미의 머리를 다정하게 쓰다듬어줬다.

"하지만 그렇다고 너를 소홀히 하겠다는 뜻은 아니야. 그러니까 울지 마."

만약에 그가 카스미를 내쳐버릴 작정이었다면 이렇게 골치 아픈 상황이 되지도 않았을 것이다.

카스미를 내치지 않아도 되는 상황을 만들려고 요우는 이런저런 일을 했던 것이다.

그러나 요우의 마음을 모르는 카스미는 당연히 요우가 자신을 위해 움직여주고 있다는 것을 몰랐다.

그래서 납득을 하지 못했다.

"그런데 그 애랑은, 친하게 지내겠다는 거잖아⋯⋯."

"응, 맞아. 카스미가 싫다고 해도 나는 그만둘 수 없어. 네가 싫어한다면 그것은 벌이라고 생각해."

"벌⋯⋯?"

"그래. 남에게 상처를 줬을 때는 자기도 상처를 받는 게 당연하다는 거야. 결국 너는 아무런 벌도 안 받았잖아. 아키미에 관한 것은 그 벌이라고 생각해줘."

요우는 원래 속죄하는 의미에서 카스미에게 뭔가 벌을 주려고 했었다.

그리고 자신이 마린과 친하게 지내는 것이 카스미를 괴롭게 만든다면, 어차피 마린을 내버려 둘 수 없는 상황이니까 그것을 벌이라고 해서 카스미를 납득시키기로 마음먹었다.

그러나 당연히 이런 것으로는 카스미가 병적 집착녀로 변해버리는 문제는 전혀 해결할 수 없었다.

그래서 요우는 하나 더 방안을 제시했다.

"게다가 앞으로 너는 아키미와 함께 행동할 거잖아? 그렇게 해서 네가 그 녀석과 친해진다면, 아키미와 내가 친하게 지내도 별로 신경 쓰이지 않게 될 거야. 안 그래?"

자신과 친하게 지내는 두 사람이 서로 친해진다면, 불쾌함보다는 기쁨을 느낄 것이다.

요우는 그렇게 생각했다.

그래서 마린의 동영상 촬영에 카스미를 동행시키기로 한 것이다.

자신도 같이 행동할 수 있다면 카스미도 좀 더 쉽게 납득할 테고, 그 과정에서 마린과 친해진다면 만사가 잘 해결될 것이다.

그것을 위한 준비도 했다.

그런데──.

"안 돼……."

카스미의 대답은 부정적이었다.

"그렇게 싫어? 원래 카스미도 아키미와는 사이가 좋은 편이었잖아?"

요우가 기억하는 한 카스미와 마린과 하루키는 언제나 같이 있었고, 이러니저러니 해도 사이좋은 3인조처럼 보였다.

왜냐하면 마린이 워낙 착한 여자애라서 천하의 카스미도 그런 아이한테 못된 말을 하지는 못했기 때문이다.

실은 요우도 마린한테는 도저히 강경하게 대하지 못하니까. 단순히 요우의 흉내를 내는 카스미가 그러지 못하는 것도 당연했다.

그리고 마린과 카스미는 학업 면에서는 1, 2위를 다투는 사이였다. 서로를 인정하는 라이벌처럼 보이기도 했다.

요우가 보기에는 하루키의 존재만 제외한다면 카스미와 마린은 가장 사이가 좋은 친구처럼 보였을 정도이다.

그래서 요우는 다시 마린과 카스미를 친해지게 만들 수 있을 거라고 생각했다.

그러나──.

"그때와 지금은 상황이 전혀 다른걸……."

카스미는 계속 고집을 부렸다.

"아키미가 너를 싫어하게 되어서? 물론 지금은 너에게 좋지 않은 감정을 품고 있을지도 모르지만, 네가 먼저 다가가면 괜찮아질걸? 그 녀석은 겉으로는 어린애처럼 보여도 속은 어른보다 더 넓으니까."

"그런 이야기가 아니라……. 정말이지 요우는 이런 때마다 바보가 된다니까……."

그렇게 말하면서 토라진 표정으로 카스미는 할 말이 있는 듯한 눈빛으로 쳐다봤다.

물론 뜬금없이 바보 소리를 들은 요우는 납득하지 못하겠다는 듯이 불만스러운 표정을 지었다.

그때 자연스럽게 머리를 쓰다듬던 손이 멈췄는데, 카스미가 얼른 요우의 손을 붙잡아 스스로 움직이기 시작했다.

쓰다듬어주는 것은 계속해야 하나 보다.

"야, 너 진짜 왜 그래……?"

이런 상황에서도 어리광을 부려야지만 직성이 풀리는 이 소꿉친구를 요우는 난처한 듯이 바라봤다.

"예쁨을 받고 싶어……."

"……아니, 그 이야기가 아니라. 아키미하고는 사이좋게 지낼 수 없다고 하고, 나를 바보라고 했잖아. 그게 이해가 안 간다는 뜻인데……."

여전히 자신이 원하는 것에는 너무 순순히 따르는 카스미. 요우는 약간 동요하면서 정정을 했다.

그런데 카스미는 오해해서 그런 대답을 했던 게 아니었다. 카스미는 요우의 옷소매만 자꾸 잡아당겼다.

아마도 예뻐해 달라는 뜻인가 보다.

"너 대충 얼버무리고 넘어가려는 거 아냐······?"

"윽······."

요우가 물어보자, 카스미는 불만이 있는 것처럼 뺨을 살짝 부풀리더니 탁탁 요우의 가슴을 때리기 시작했다.

그런 카스미의 손을 부드럽게 잡으면서 요우는 진지한 목소리로 카스미에게 말했다.

"뭐가 그렇게 싫어?"

"그야 뭐, 사이좋게 지낼 수가 없는걸······."

"일단 중간 다리 역할을 해줄 나기사를 불러놨는데······."

"그럼 더더욱 안 되잖아!"

나기사의 이름을 듣더니 갑자기 카스미가 불같이 화를 냈다.

아마도 나기사가 끼어드는 것은 싫은가 보다.

"으~음······ 그럼 카스미는 이제 나와 같이 행동하지 않을 거야?"

이렇게 자꾸 싫다고만 하면 더 이상은 방법이 없었다. 마린을 우선시해야 하는 요우로서는 카스미가 끝까지 타협하지 않는다면, 최종적으로는 카스미를 잘라낼 수밖에 없었다.

그래서 마침내 요우는 최종 확인 질문을 카스미에게 던졌다.

"——넌 왜 그렇게 심술궂은 말만 해······?"

요우가 자신을 밀쳐내려고 한다는 것을 이해한 카스미는 요우의 가슴팍의 옷을 꽉 붙잡으면서 힘없는 목소리로 요우에게 하소연을 했다.

매달리듯이 그렇게 물어보는 카스미 때문에 요우는 당황하여 눈을 이리저리 굴리면서 입을 열었다.

"아니, 이건 심술을 부리는 게 아니잖아."

"심술이야……. 아까부터 너는 진짜 잔인한 말을 하고 있어……."

"……하지만 내가 몇 번이나 말했듯이, 애초에 네가 이런 상황을 자초했으니까……."

"아무리 그래도, 이건 너무 잔인해……."

카스미의 입장에서는 요우와 연이 끊어지는 것이 가장 용납할 수 없는 일이었다.

하지만 아무리 그래도 마린과 사이좋게 지내는 길을 선택할 수는 없었다.

카스미가 지금 가장 위험시하는 것은 마린이었다. 그래서 마린과 요우가 얽히는 것을 몹시 싫어했다.

그런데 사랑의 라이벌이라고 할 수 있는 상대와 친하게 지내라니. 그건 불가능했다.

결국 최종적으로는 서로 쟁탈전을 벌이게 될 것이 뻔했다. 그리고 요우의 목적대로 서로 친해진다면 그것도 문제였다. 최종 결론이 날 때는 상대에게 미안해서 가슴이 아파질 게 틀림없으니까.

그래서 카스미는 마린과 친해질 수 없다고 말하는 것이었다. 그런데 요우는 마린이 자신을 잘 따르기는 해도 연애 감정을 품고 있으리라는 생각은 전혀 안 했으므로, 그런 카스미의 마음을 이해해주지 못했다.

이 때문에 카스미는 막막한 기분을 느꼈는데, 그렇다고 '마린에게 요우를 빼앗길 가능성이 있다'는 것이나 '마린이 요우를 좋아할 가능성이 있다'는 것을 솔직히 말할 수는 없었다.

그랬다가 요우가 완전히 마린한테 넘어가면 그 순간 게임이 끝날 테니까.

카스미의 머릿속에서는 그런 생각이 이루어지고 있었다.

"카스미. 네가 만들고 싶어 했던 서브 채널도 만들 수 있는데……."

"그건 너와 단둘이 하는 게 아니면 의미가 없어……."

"다 함께 떠들썩하게 하는 게 즐겁지 않아?"

"절대로 그렇게 되지는 않을 거야……."

"왜? 아키미는 착한 녀석인데……?"

"그것과 이것은 별개의 문제라니까……."

요우는 어떻게든 카스미를 설득해보려고 노력했지만, 무슨 말을 해도 카스미는 고개를 위아래로 흔들지 않았다.

어떻게 해야 카스미가 납득을 해줄까?

요우가 그런 생각을 하기 시작했을 때, 방에서 나가 있던 야옹~ 씨가 요우의 방으로 돌아왔다.

그리고 울고 있는 카스미를 보더니 가볍게 카스미의 몸을 밟고 올라왔다.

"야, 야옹~ 씨……?"

"야옹."

어깨에 올라간 야옹~ 씨는 발바닥으로 카스미의 뺨을 몇 번이나 살살 만지기 시작했다.

어쩌면 위로해주고 있는 걸지도 모른다.

"야옹~ 씨, 고마워……."

"야옹!"

카스미가 손으로 눈가를 문지르면서 웃는 얼굴로 인사하자, 야옹~ 씨는 기운찬 울음소리로 카스미에게 답했다.

그리고 이번에는 요우의 눈을 응시하기 시작했다.

"저기, 야옹~ 씨……?"

야옹~ 씨는 울음소리도 내지 않고 동글동글한 눈동자로 가만히 요우의 눈을 보면서 뭔가를 호소했다.

일반적으로는 고양이가 눈을 맞추는 것은 싸우겠다는 신호인데, 어릴 때부터 집고양이로 살아온 야옹~ 씨는 자신의 마음을 전달하고 싶을 때 이러는 경우가 많았다.

그것을 아는 요우는 야옹~ 씨가 무슨 말을 하려는 걸까? 하고 생각해봤다.

"카스미를 괴롭히지 말라고?"

"야옹!"

그리고 상황에 맞춰 짐작해봤더니, 야옹~ 씨는 아주 크게 울었다.

아마도 긍정하는 것이리라.

한동안 헤어졌던 기간은 있어도, 카스미는 요우가 야옹~ 씨를 처음 분양받으러 갈 때도 따라왔었고, 그 후에도 새끼 고양이였던 야옹~ 씨를 무척 예뻐했었다.

그래서 야옹~ 씨에게는 카스미는 또 하나의 주인이었다. 아무리 그게 요우여도, 카스미를 울리는 것은 용서할 수 없는 걸지도 모른다.

"괴롭히는 게 아닌데……."

"거짓말. 나한테 심술을 부리고 있잖아……."

요우가 긁적긁적 머리를 긁으면서 부정하자, 아이처럼 삐쳐버린 카스미가 즉시 부정했다.

야옹~ 씨는 말은 알아듣지 못해도 표정을 보고 감정은 알아낼 수 있었다. 그래서 이 상황을 본 야옹~ 씨는 또다시 귀여운 눈으로 요우를 쳐다봤다.

"야옹~ 씨를 아군으로 삼다니, 비겁하지 않아……?"

"하지만 네가 나한테 심술을 부렸잖아……."

"야옹! 야옹, 야옹!"

카스미의 말에 호응하듯이 큰 소리를 내는 야옹~ 씨.

그런 야옹~ 씨를 본 요우는 정말로 이 고양이는 사람 말을 알아듣는 게 아닐까? 하고 의심했다.

"야옹~ 씨. 카스미도 잘못이 있거든?"

"야옹~?"

적의를 드러내는 야옹~ 씨에게 요우는 '자신이 일방적으로 카스미를 공격하는 게 아니다'라고 설명하려고 했지만, 야옹~ 씨는 귀엽게 고개만 갸웃거렸다.

요우가 무슨 말을 하는지 모르는 것처럼 보였다.

"이 녀석, 시치미 떼기는……."

"야옹~ 씨는 고양이니까 어려운 말을 해봤자 못 알아듣는 게 당연하잖아."

"이게 그렇게 어려운 말이야……?"

"어때? 야옹~ 씨. 어렵지?"

"야옹!"

카스미가 웃는 얼굴로 야옹~ 씨에게 물어보자, 야옹~ 씨는 힘찬 울음소리로 답했다.

그 모습을 본 요우는 '역시 다 이해하고 있는 거지……?' 하고 한마디 해주고 싶어졌다.

하지만 그런 감정을 꾹 누르고 상황 타개에 나섰다.

"뭐, 카스미가 그렇게 싫다고 한다면, 하나만 더 네 요구를 들어줄게."

"――헉?!"

이게 웬 떡이냐.

너무 싫어서 계속 떼를 쓰고 있었을 뿐인데, 요우의 입에서 예상치 못한 제안이 튀어나오자 카스미는 눈을 반짝빛냈다.

"그러니까 내 부탁도 들어줘. 그걸로 타협하자, 어때?"

"지, 진짜?! 그래도 돼?! 이제 와서 취소하기 없기야!"

요우의 마음이 변하기 전에 카스미는 확실한 약속을 받아내려고 했다.

그런 카스미를 향해 요우는 진지한 표정으로 고개를 끄덕였다.

"응, 진짜야."

"만약에 거짓말이면 야옹~ 씨는 내가 데려갈 거야!"

"야옹~?"

갑자기 자기 이름이 나오자 야옹~ 씨는 의아한 듯이 카스미를 쳐다봤다.

그러나 큰 관심은 없나 보다. 앞발을 할짝할짝 핥은 뒤자기 머리를 비비적비비적 문지르기 시작했다.

요우는 그런 야옹~ 씨를 보면서 쓴웃음을 지으며 말했다.

"너 야옹~ 씨가 얼마나 비쌌는지 알아……?"

"어차피 너는 얼마든지 낼 수 있는 돈이잖아!"

"거참 듣기 안 좋은 말을 하네……. 아니, 그렇게 갖고싶으면 너도 돈 내고 분양받으면 되잖아. 나와 비슷하게,

아니, 너는 옷이나 미용 도구를 살 때만 제외하면 거의 돈을 쓰지도 않으니까, 나보다 돈도 더 많잖아?"

"난 고양이가 아니라 야옹~ 씨를 좋아하는 거야……! 아니, 그리고 옷이나 미용 도구는 네가 생각하는 것보다 몇 배나 더 비싸──다는 게 문제가 아니고! 하마터면 엉뚱한 이야기로 넘어갈 뻔했잖아?!"

카스미는 요우한테 불평을 늘어놓으려다가 문득 이야기가 옆길로 샌 것을 눈치채고 허둥지둥 아까 하던 이야기로 돌아가려고 했다.

사실 요우는 의도적으로 화제를 바꾸려고 한 것은 아니었는데, 확실히 이야기는 야옹~ 씨 쪽으로 넘어가고 있었다.

하지만 그것도 카스미가 이상한 말을 했기 때문인데──.

요우는 좀 불만을 느끼면서 머리를 긁적거리더니 입을 열었다.

"거짓말은 안 해. 만약에 내가 약속을 지키지 못하면, 너의 요구를 하나 더 들어줄게──그걸로 이번에는 진짜 타협을 보자. 어때? 아무리 그래도 야옹~ 씨를 줄 수는 없어. 그렇게 담보물처럼 취급하기도 싫고."

"야옹!"

요우의 말을 듣고 야옹~ 씨는 만족한 듯이 고개를 끄덕거렸다.

그 태도를 본 요우는 다시금 야옹~ 씨에게 한마디 하고 픈 기분을 느꼈지만, 그보다 먼저 불만이 있는 듯한 카스미가 입을 열었다.

"치…… 난 야옹~ 씨를 가지고 싶었는데……."

"야, 너 목적이 완전히 달라진 것 같지 않아……?"

"뭐, 일단 알았어……. 너만 약속을 지켜준다면. 좋아, 그럼 내 요구는──."

카스미는 불만을 표시하면서도 자신의 요구를 말하려고 했다.

그런데 말을 하기 직전에 갑자기 마음을 바꾼 것처럼 입을 다물어버렸다.

그리고 진지한 표정으로 뭔가 생각하기 시작했다.

"왜 그래? 요구하고 싶은 게 뭔데?"

카스미가 침묵하자 요우는 왠지 불길한 예감을 느꼈다. 그래서 일부러 재촉하려고 했다.

그런데 카스미는 요우의 말을 무시하고 계속 생각에 잠겼다.

그러다 갑자기 무슨 생각을 했는지, 자기 어깨에 있는 야옹~ 씨를 품에 끌어안더니 목을 간질간질 긁어주기 시작했다.

"──저기, 요우. 뭐든지 요구해도 되는 거지?"

"아니, 상식적인 범위 내에서만 해."

"양보는?"

"가능한 한 할게."

"그래? 그럼 나는——야옹~ 씨의 동영상 데뷔를 원해!"

카스미는 그렇게 말하더니 야옹~ 씨를 요우에게 보여주려는 것처럼 안아 들었다.

"야옹~ 씨의 동영상 데뷔……?"

당연히 매일 예뻐해 달라고 요구할 줄 알았는데, 예상치 못한 내용이라 요우는 당황스러움을 숨길 수 없었다.

그리고 카스미가 들어 올린 야옹~ 씨에게 시선을 돌렸다. 야옹~ 씨는 카스미가 자기를 안아준 줄 알았는지 꼬리를 천천히 살랑살랑 흔들고 있었다.

완전히 편안하고 기분이 좋아 보였다.

"이 정도면 상식적인 범위 내의 요구잖아? 애초에 너도 나를 아키미의 동영상에 출연시키려고 하고 있으니까."

카스미의 주장은 매우 논리적이었다. 카스미에게 동영상 출연을 요구하고 있으므로 요우도 간단히 거절할 수는 없었다.

하지만 역시 야옹~ 씨에게 스트레스를 주고 싶지 않다는 생각은 변함이 없었다. 그래서 요우는 어떻게 대답하면 좋을까 하고 고민했다.

"……일단 이유를 들어볼까. 너는 왜 그렇게 야옹~ 씨를 동영상으로 데뷔시키고 싶어 하는 거야?"

"귀여우니까! 인기 있을 테니까!"

"야옹~ 씨를 돈벌이에 이용할 생각이라면――."

"아니야! 귀여운 내 자식을 모든 사람에게 자랑하고 싶은 거야!"

그렇게 말하면서 카스미는 흥분한 것처럼 야옹~ 씨를 위아래로 흔들었다.

아무래도 그 행동은 야옹~ 씨도 싫었는지, 카스미의 손을 탁! 때리고 뛰어내렸다.

그러자 카스미는 순식간에 풀이 죽었다. 한편 요우는 자기 발밑으로 다가온 야옹~ 씨를 안아 들고 가만히 들여다보면서 생각에 잠겼다.

'물론 카스미가 하는 말도 이해는 되지만…….'

야옹~ 씨는 외모가 귀여울 뿐만 아니라 재주도 잘 배웠다.

그러니까 남에게 자랑하고 싶은 마음은 요우도 이해할 수 있었다.

더구나 그 재주를 가르쳐준 사람은 카스미니까. 그걸 모든 사람이 봐줬으면 좋겠다고 생각하는 것도 이상하진 않았다.

'하지만…… 고양이는 렌즈를 들이대면 싫어한다는 이야기도 있는데…….'

저번에 요우는 마린과 영상 통화를 할 때 야옹~ 씨를 보여쭸지만, 그때는 화면에 마린이 나오고 있어서 야옹~ 씨의 관심을 그쪽으로 유도할 수 있었다.

그러니까 야옹~ 씨도 별로 스트레스를 받지는 않았을 텐데, 진짜 촬영을 시작한다면 그렇게 되지는 않을 것이다.

게다가 오랫동안 렌즈를 들이대야 할 가능성도 있었다. 그래서 도무지 마음이 내키지 않았다.

"야옹~ 씨. 렌즈는 괜찮아?"

"야옹?"

품속에 있는 야옹~ 씨에게 물어보자, 야옹~ 씨는 의아한 듯이 고개를 갸웃거렸다.

"안 괜찮은 것 같아."

"아니잖아! 야옹~ 씨는 그냥 렌즈가 뭔지 모르는 거야!"

"하지만 싫어하는 것 같은데?"

"그건 요우의 편견이고! 야옹~ 씨, 어때? 이거 괜찮지?!"

요우가 거절할 의욕이 넘친다는 것을 눈치챈 카스미는 휴대폰을 꺼내더니 카메라 렌즈를 야옹~ 씨에게 보여줬다.

그러자 야옹~ 씨는 카스미의 휴대폰을 향해 양손을 내밀기 시작했다.

"이거 봐, 관심이 있잖아!"

"……그러네. 하지만 너무 가까이 들이대진 마, 알았지? 할퀴면 안 되니까."

"괜찮아, 야옹~ 씨는 똑똑하니까!"

그렇게 말하더니 요우의 충고를 무시하고 야옹~ 씨에게 휴대폰을 가까이 대는 카스미.

그러자 야옹~ 씨의 눈이 한순간 번쩍 빛났다. 탁! 하고 그의 앞발이 파리채처럼 카스미의 휴대폰을 힘껏 때렸다.

카스미의 휴대폰이 소리를 내면서 바닥에 떨어지고 말았다.

"아아아아아앗! 내 휴대포오오오오온!"

"그러게 내가 뭐랬어."

휴대폰이 떨어지자 비명을 지르는 카스미. 요우는 어이없다는 듯이 한숨을 쉬었다.

그리고 카스미의 목소리에 화들짝 놀란 야옹~ 씨의 머리를 다정하게 쓰다듬으면서 진정시켰다.

"야옹~ 씨. 그런 짓은 장난감한테만 하는 거야. 알았어?"

"냐하옹~."

요우는 그렇게 주의를 줬지만, 야옹~ 씨는 기분 좋은 소리만 낼 뿐이지 제대로 듣는지 안 듣는지 알 수 없었다.

실은 그동안 카스미가 아까처럼 장난감을 야옹~ 씨에게 보여주면서 놀아줬던 적이 자주 있었다. 고로 카스미의 휴대폰을 야옹~ 씨가 장난감이라고 인식했을 가능성은 높았다.

그러니까 요우도 진심으로 주의를 줄 마음은 없었다.

결국 충고를 무시했던 카스미가 잘못한 것이다.

"아아, 내 휴대폰……."

"미안. 어디 문제 생겼으면 내가 변상할게."

"아냐, 괜찮아……. 그런데 사진 데이터가 날아갔을까 봐 걱정인데……."

그러더니 카스미는 휴대폰 속의 데이터를 확인하기 시작했다.

그 안에는 부모님이 휴대폰을 사주셨을 때부터 꾸준히 찍었던 요우와의 사진이 저장되어 있었는데, 그게 사라지지 않았나 확인하는 것이었다.

울상을 지으면서 그러고 있는 카스미를 보자 요우는 미안해졌다. 그래서 천천히 입을 열었다.

"……어, 일단 싫어하는 것처럼 보이진 않았으니까. 너무 오래 촬영하지만 않으면 한번 해봐도 돼."

"정말?!"

요우의 말을 들은 카스미는 눈을 반짝반짝 빛내면서 얼굴을 가까이 들이댔다. 그래서 요우는 방금 전의 그 태도는 연기였던 게 아닐까? 하고 의심했다.

그러나 카스미의 다음 말을 들은 순간, 그게 문제가 아니게 되어버렸다.

"아, 그런데 기억해둬. 가능한 한 날마다 촬영할 거니까!"

"아하, 그런 의도였구나……."

어째서 카스미가 아까 잠시 말을 중단하고, 자기 자신이 예쁨을 받는 것보다도 야옹~ 씨의 동영상 데뷔를 우선시했는지.

그 의도를 눈치챈 요우는 진심으로 '한 방 먹었구나'라고 생각했다.

'나 참, 역시 이 녀석은 머리가 좋다니까…….'

요우는 야옹~ 씨를 밖에 내보내는 것을 싫어했다.

혹시나 이상한 벌레가 들러붙을까 봐 무섭기도 했고, 또 다른 동물이 야옹~ 씨를 공격할까 봐 걱정도 됐기 때문이다.

그러니까 야외 촬영은 불가능하다.

그렇다면 실내의 어딘가에서 촬영하는 수밖에 없는데, 야옹~ 씨의 스트레스를 생각한다면 익숙한 환경인 요우의 집에서 촬영하게 될 것이 뻔했다.

그러면 필연적으로 카스미는 요우와 날마다 같이 있게 되는 것이다.

무엇을 요구할까 고민할 때 카스미는 '매일 요우와 같이 있고 싶다'는 제안은 거절당할 가능성이 높다고 판단했다.

아니, 실은 하루였던 것을 이틀로 늘려 달라는 최소한의 요구만 받아줄 가능성도 있었다. 그래서 카스미는 이런 계책을 꾸민 것이다.

이렇게 하면 야옹~ 씨의 동영상 데뷔를 성공시킬 뿐만 아니라 카스미 자신도 날마다 요우와 같이 있을 수 있다.

그렇게 생각한 것이다.

그리고 같이 있기만 하면, 이러쿵저러쿵해도 결국 어리광을 받아주는 것을 좋아하는 요우는 자신을 예뻐해 줄 것이다.

야옹~ 씨의 스트레스에 관한 것도 문제가 되진 않았다. 촬영할 때 놀아주면 야옹~ 씨는 스트레스를 받기는커녕 무척 기뻐하리란 것을 카스미는 알고 있었으니까. 그런 야옹~ 씨의 모습을 보여주면 요우는 납득할 수밖에 없다. 그것도 카스미는 알고 있었다.

그래서 이런 계책을 꾸민 것이다.

요우는 거기까지 파악하고 한숨을 푹 내쉬었다.

"그 촬영은 내가 담당해도 돼?"

"당연히 안 되지!"

"네, 그러시겠죠~."

정말로 카스미한테 한 방 먹었구나. 그렇게 생각하면서 요우는 마지못해 카스미의 요구를 수락했다.

그다음 토요일——카스미와 거래를 한 요우는 오카야마 역 동쪽 출구에 있는 분수대 앞에 있었다.

그 옆에는 생글생글 웃는 카스미가 서 있었다.

요우와 같이 있을 수 있어서 행복한 것 같았다.

두 사람은 그대로 상대가 오기를 기다리고 있었다.

몇 분 후——.

"오, 오래 기다리셨습니다……."

왠지 긴장한 듯한 마린이 두 사람 앞에 나타났다.

마린은 뺨을 살짝 붉히면서 뭔가 기대하는 것처럼 요우의 얼굴을 쳐다봤다.

그러자 요우는 손가락으로 뺨을 긁적거리면서 입을 열었다.

"안녕? 아키미. 오늘은 또 다른 옷을 입고 왔네."

오늘의 마린은 평소에 선호하는 얌전한 복장과는 거리가 먼 검은색 오프숄더 상의와 회색 미니스커트를 입고 있었다.

대체로 검은색인 그 옷은 금발 머리인 마린과 잘 어울렸다. 그런데 아무래도 평소보다는 성숙하게 꾸미려고 노력한 것 같았다.

"안녕하세요. 이런 스타일은 어떨까? 하고 한번 도전해봤어요."

마린은 수줍은 미소를 지으면서 손가락으로 머리카락을 만지작거리기 시작했다.

평소에는 입지 않는 옷을 입어서 부끄러운 것이리라.

마린은 안절부절못하다가 이번에는 힐끔 카스미를 봤다.

그랬더니 카스미의 시선은, 유난히 강조된 마린의 어떤 부분에 고정되어 있었다.

"저, 저기, 그렇게 쳐다보시면 좀 부끄러운데요……."

카스미가 무엇을 보고 있는지 눈치챈 마린은 부끄러운 것처럼 양팔로 가슴을 가리면서 얼굴을 붉혔다.

아무리 동성이어도 그렇게 쳐다보면 부끄러운가 보다.

"뭐 어때? 아주 훌륭하잖아."

마린이 민망해하면서 귀엽게 눈을 치뜨고 쳐다보자, 카스미는 툭 내뱉듯이 그렇게 대꾸했다.

온몸에서 시커먼 질투의 오라를 뿜어내고 있었다.

"그, 그게 문제가 아닌데요……. 네, 네모토는 상당히 어른스러운 패션이네요……. 그런데 안경은 왜……?"

현재 카스미는 가슴팍을 은근히 드러낸 셔츠를 섹시하게 입고 있었다.

상의는 흰색, 스커트는 검은색으로 색을 나눈 패션. 섹시한 여교사나 비서를 연상시키는 어른스러운 복장이었다.

덤으로 머리카락은 포니테일 스타일로 묶었고, 뜬금없

이 알 없는 안경도 쓰고 있었다.

진짜로 고등학생인가 의심이 드는 모습이었다. 마린이 의문을 느끼는 것도 이상하진 않았다.

사실 요우는 일부러 그 패션을 지적하지 않았다.

카스미가 그걸 언급해주길 바란다는 걸 요우는 오래 사귄 경험으로 알고 있었고, 또 실제로 언급했다가는 카스미가 즉시 요우를 어떤 식으로든 유혹하거나——뭔가 행동을 할 것이 뻔했기 때문이다.

"요우가 이런 걸 좋아하거든."

"아하……?"

카스미가 왜 이런 옷차림을 하고 있는지 대답해주자, 마린은 요우를 보면서 생긋 웃었다.

동안 미소녀답게 아주 귀여운 미소였다. 그런데 요우가 보기에는 왠지 모르게 그 배경에서 시커먼 기운이 모락모락 피어나는 것 같았다.

그와 동시에 뭐라 형용하기 어려운 오한도 느껴졌다.

"네모토…… 아무 말이나 하지 마. 난 좋다고 한 적 없어."

여기서 침묵하는 것은 좋은 선택이 아니다. 그렇게 판단한 요우는 거의 노려보는 듯한 눈으로 카스미의 얼굴을 봤다.

그러자 카스미는 요우한테서 시선을 떼고 퉁명스럽게 입을 열었다.

"흥, 하지만 요우의 컴퓨터 속에는 비서나 여교사 자료가 많았는걸."

"아하⋯⋯?"

그리고 또 카스미의 말을 들은 마린은 재차 요우를 보면서 웃었다.

그런데 배경에 깔린 검은색 아지랑이 같은 기운은 아까보다 몇 배나 더 진해진 것처럼 보였다.

"이상한 모함하지 마. 애초에 난 그런 적이 없어."

당연히 짚이는 것이 없는 요우는 카스미한테 화를 냈다.

그리고 아무리 봐도 약속을 지킬 마음이 없어 보이는 카스미한테 다시 주의를 주려고 했는데, 여기서 예상치 못한 인물이 끼어들어 그를 공격했다.

"──정말이에요? 하자쿠라는 비서처럼 어른스러운 여성을 무척 좋아할 것 같은데요."

의외로 그런 발언을 한 사람은 마린이었다.

마린은 키가 작은데도 열심히 발돋움해서 최대한 요우에게 얼굴을 가까이 들이댔다.

"아니, 왜 그렇게 정색을 해⋯⋯?"

"정색한 적 없어요."

그렇게 대꾸하는 마린. 그러나 아무리 봐도 요우가 대답하기 전에는 납득하고 넘어가주지 않을 듯한 태도였다.

"좀 진정해봐. 나한테 그런 취미는 없어."

"정말인가요……?"

마린은 요우의 말을 듣고 수상하다는 듯이 요우를 흰 눈으로 봤다.

아마도 요우의 말을 전혀 믿지 않는 것 같았다.

그리고 마린을 도발한 장본인——냉담한 표정으로 요우와 마린을 보고 있는 카스미는, 지금까지 본 적 없는 마린의 표정을 보고 속으로는 몹시 초조해하고 있었다.

'뭐, 뭐야, 저 표정은……?! 경멸하는 것처럼 보이지만, 실은 친한 사람한테만 보여주는 표정이잖아?! 저런 표정은 키노시타한테도 보여준 적이 없을 텐데……?! 그리고 얼굴! 얼굴이 너무 가까워! 그렇게까지 가까이 붙을 필요는 없잖아?!'

그렇게 속으로 소리를 지르는 카스미. 그러나 섣불리 끼어들지는 않고 꾹 참았다.

요우는 아직 마린의 호의를 눈치채지 못했으니까. 저렇게 경멸하는 눈초리도 그냥 단순히 '마린이 싫어하나 보다'라고 해석할 것이다.

그러니까 카스미는 여기서는 괜히 자극했다가 마린이 부끄러워한다든가 하는 귀여운 모습을 보여주는 일은 없도록, 일부러 대화에 끼어들지 않았다.

하지만 그런 생각을 하면서 가만히 지켜보던 몇 초 사이에 마린이 적극적으로 요우에게 얼굴을 가까이 댔다. 그래서 카스미의 마음속에서는 분노가 부글부글 끓어올랐다.

"──그러고 보니 나기사는 어떻게 된 거지? 슬슬 올 때가 됐는데…… 설마 도망친 건가?"

카스미가 화를 참으면서 요우와 마린을 지켜보고 있는데, 그때 요우가 마린에게서 시선을 떼고 주위를 둘러봤다.

그러나 요우가 노골적으로 화제를 돌리려고 하자, 아직 납득하지 못한 마린이 그의 가슴팍의 옷을 잡아당겼다.

"얼렁뚱땅 넘어가려고 하지 마세요."

"아니, 이제 그만해도 되지 않아?"

끈질기게 구는 마린 때문에 요우는 불쾌한 표정을 짓고 말았다.

요우는 이런 화제에 관해 끈질기게 질문을 받는 것을 싫어했다.

그래서 지금도 기분이 안 좋아진 것이다.

──하지만 카스미는 알고 있었다.

요우가 어물쩍 넘어가려고 할 때는, 실제로 그 이야기가 자신에게 불리한 내용일 때라는 것을.

"미안해요……."

요우가 불쾌해하자 마린은 풀이 죽어버렸다.

자신이 좀 심하게 굴었다는 것을 눈치챘나 보다.

"아니, 화난 거 아니니까 그렇게 기죽지 마……."

기죽은 마린을 본 요우는 다정한 목소리로 신경 써주는

티를 냈다.

카스미는 그 상황이 달갑지 않았다. 그래서 퉁퉁 부은 얼굴로 지켜보고 있었다.

실은 두 사람을 방해하고 싶었지만, 여기서 방해하면 요우가 화를 낼 게 뻔했다.

그래서 꾹 참고 있었다.

그러고 있는데——.

"와, 뭐야. 아침부터 싸우고 있네~?"

요우가 마린을 달래는 그 상황에서 돌연 유쾌한 목소리가 들려왔다.

그쪽을 봤더니, 모자와 마스크를 쓴 자그마한 사람이 요우 일행을 향해 다가오고 있었다.

대충 보면 남자인 것 같았다.

"나기사, 맞지?"

모자와 마스크 때문에 얼굴이 거의 보이지 않았지만, 낯익은 실루엣과 목소리를 근거로 요우는 그렇게 물어봤다.

그러자 손가락으로 모자챙을 들어 올리더니 나기사가 히죽 웃었다.

"정답. 아니, 사실 나 말고 누가 있겠어~?"

정답자가 나와서 기뻤는지 나기사는 기분 좋게 대답했다.

평소에는 고양이 귀가 달린 모자를 쓰고 다니는데, 이번에는 평범한 모자를 쓰고 있어서 유난히 소년 같아 보였다.

"미안. 아침 일찍부터 불러내서."

"아, 어제부터 저쪽에 있는 호텔에서 묵었으니까 그건 괜찮아."

그렇게 말하더니 나기사는 오카야마 역과 이어져 있는 커다란 호텔을 가리켰다.

아마도 저 호텔에 묵고 있나 보다.

"하긴, 도쿄에서 신칸센을 타고 아침 일찍 올 리가 없나."

"응, 난 아침에 못 일어나는 타입이니까~."

어휴 하고 양쪽 손바닥을 하늘로 펼치고 으쓱하면서 나기사는 고개를 좌우로 흔들었다.

동영상 크리에이터는 대부분 야행성 인간이라고 한다. 나기사도 예외는 아닌 것 같았다.

"뭐, 그건 그렇고. 너는 왜 마린을 슬프게 한 거야?"

나기사가 등장한 덕분에 겨우 관심을 딴 데로 돌려놨는데, 나기사가 그 점을 지적하자 요우는 불쾌한 표정을 지었다.

그걸 본 나기사는 싱긋 웃었다.

그래서 요우는 나기사가 일부러 이러는구나 하고 확신했다.

"그냥 좀, 이런저런 일이 있었어."

"그 이런저런 일이 뭐냐고 물어보는 건데?"

"나기사와는 상관없어."

그 화제가 또다시 튀어나오면 곤란하다. 요우는 나기사의 질문에 답하지 않았다.

그러나 나기사는 대충 넘어갈 마음이 없는 것 같았다. 손가락으로 자기 관자놀이를 누르면서 생각에 잠기기 시작했다.

"그럼 내가 추리해줄게. 흠, 그래⋯⋯. 카스미가 비서 같은 옷을 입고 왔다. 마린이 거기에 관심을 가졌다. 그랬더니 카스미가 요우의 취향이 이런 거라고 대답했다. 그래서 마린이 요우를 힐문했고, 요우는 싫증이 나서 화를 냈다. 그런 거 아냐?"

마치 다 보고 있었던 것처럼 아까 그 사건을 알아맞히는 나기사.

그걸 본 마린은 놀라서 눈을 휘둥그렇게 떴는데, 요우와 카스미는 별로 놀라지 않았다.

"여전히 직접 본 것처럼 정확하게 추리하는구나⋯⋯. 실은 어디 숨어서 보고 있었거나 도청기라도 붙여놓은 거 아냐?"

"그렇게 시시한 짓은 안 해. 난 이미 너희들의 성격을 알고 있으니까, 이 정도는 그냥 보기만 해도 대충 알아."

나기사의 본업은 탐정이다.

탐정이란 무엇인가. 물적 증거나 상황 증거 등을 토대로 추리를 해나가는 직업인데, 실은 발상의 유연성과 뛰어난 직감도 필요하다.

그리고 나기사는 직감이 보통 사람들보다 훨씬 더 발달했다.

그래서 이 정도는 순식간에 알아맞히는 것이다.

"여전히 변태 같은 녀석이야."

"으응~? 카스미. 너 나한테 빚이 있다는 사실을 잊어버린 것은 아니지?"

카스미가 나기사를 변태라고 부르자, 나기사는 관자놀이를 씰룩거리면서 카스미를 쳐다봤다.

"그건 빚이 아니야. 의뢰였잖아."

"내가 해주는 일 중에 '글짓기'는 없는데? 솔직히 말하자면 너한테 질려버렸다고."

나기사는 저번에 카스미와 함께 요우에게 보내는 메일을 작성했던 일을 이야기하는 것이었다.

그날은 폭주하는 카스미 때문에 몇 번이나 계속해서 글을 다시 써야 했다. 나기사는 그 일을 아직도 마음에 담아두고 있었다.

"왜, 무슨 일이야?"

조용히 불꽃을 튀기며 충돌하는 나기사와 카스미. 그런 두 사람의 분위기가 어쩐지 좋지 않다는 것을 눈치챈 요우가 거기에 끼어들었다.

그러자 카스미는 난처한 듯이 시선을 피했고, 나기사는

웃는 얼굴로 입을 열었다.

"글쎄? 아무것도 아니야."

"아무것도 아닌 것처럼 보이진 않던데……?"

"센스 없는 질문은 하는 거 아니야. 알지?"

나기사는 요우에게 가르쳐줄 마음이 없는 듯했다.

이럴 때의 나기사는 절대로 입을 열지 않는다. 그래서 요우는 카스미에게 물어볼까? 하고 생각했다.

그러나 그들의 여행은 아직 시작되지도 않았다.

그런데 초반부터 카스미를 기분 나쁘게 하고 싶지는 않았다.

"흠, 뭐, 그건 그렇다 치고……. 나기사를 부른 것은 네모토와 아키미 사이의 완충재 역할을 맡기기 위해서였어. 그러니까 네모토와 싸우지 마. 알았지?"

"아하하, 그건 좀 장담하기 어려운데."

"대체 왜……? 너희들은 원래 사이가 좋았잖아?"

요우의 기억에 의하면 중학교 시절의 카스미와 나기사는 자주 같이 있는 것처럼 보였다.

아니, 정확히 말하자면 요우와 카스미가 같이 외출한 곳에 이따금 나기사도 나타나서, 요우가 촬영하는 동안에는 둘이서 놀고 있었다.

그래서 요우에게는 두 사람이 친하다는 인상이 있었다.

"매번 카스미가 나한테 시비를 걸었는데, 어떻게 그걸

보고 친하다는 인상을 받았어?"

"하지만 둘이서 싸우진 않았잖아?"

"응, 싸우진 않았지. 적당히 앙갚음으로 상대해줬을 뿐이니까."

카스미는 언제나 요우와 단둘이 있고 싶어 했다.

다시 말해 모처럼 요우와 단둘이 있게 된 장소에 제삼자가 나타난다면, 그 사람은 완전히 훼방꾼에 불과했다.

그래서 카스미는 자기들이 단둘이 있는 시간을 방해하려고 나타나는 나기사를 싫어하면서 자꾸만 쫓아내려고 했었다.

그러나 그때마다 나기사는 반격을 했고, 그 결과 고양이들끼리 다투는 것처럼 가볍게 티격태격하게 되었다.

즉, 두 사람은 사이가 좋지는 않았다.

하지만 사이가 나쁘지도 않았다.

요우가 없는 곳에서는 카스미가 시비를 걸 이유도 없었으므로, 그랬을 때는 둘이서 사이좋게 잡담하기도 했다.

두 사람의 사이가 결정적으로 나빠진 것은 요우와 카스미가 결별한 다음부터였다.

"아무튼 싸우지 마."

나기사와 카스미의 관계는 오산이었지만, 어쨌든 싸우지만 않으면 요우도 곤란해지진 않을 것이다.

그래서 그렇게 부탁했다. 그런데 나기사는 바보 취급을

하는 것처럼 코웃음을 쳤다.

"나는 싸울 마음이 없어도 카스미가 시비를 걸잖아?"

"어…… 그때는 가볍게 넘겨주면 좋겠는데."

나기사가 하고 싶은 말이 뭔지 이해한 요우는 난처한 듯이 웃었다.

솔직히 말하자면 나기사가 먼저 시비를 거는 경우는 거의 없을 것이다.

언제나 둘이 말다툼을 할 때는 카스미가 덤벼들고 있었다.

그러니까 나기사가 아무리 조심해봤자, 원흉을 처리하지 않으면 소용없는 것이다.

하지만 나기사가 상대해주지 않으면 카스미도 제대로 싸울 수 없다.

그래서 요우는 나기사가 적당히 넘어가기를 바라는 수밖에 없었다.

"목줄이나 꽉 잡아놔, 알았지?"

"네모토를 개처럼 취급하지 말아줘……."

"어떤 의미에서는 개나 마찬가지잖아? 저 애는……."

나기사가 보기에는 카스미는 요우를 주인으로 인식하는 개나 마찬가지였다.

그러니까 자기 주인인 요우에게 누군가가 접근하면 즉시 질투하면서 덤벼드는 것이다.

그 외에도 타인을 위협하거나 요우에게 마구 어리광을

부리기도 하니까. 아무리 봐도 집에서 기르는 개처럼 보였다.

"네가 그런 식으로 말하니까 네모토도 불쾌해하는 거 아냐?"

"뭐, 그건 부정할 수 없지만…… 저기, 그런데 괜찮아? 아까부터 저 두 사람을 내버려 두고 있는데."

나기사가 그렇게 말하더니 어딘가를 가리켰다.

그곳에는 카스미와 마린이 있었다.

그리고 왠지 모르게 두 사람 사이에서는 조용히 불꽃이 튀고 있었다.

"아니, 어느 틈에……."

"카스미는 너한테 혼나기 전에 멀리 도망친 것 같아."

"어, 그건 좋은데. 저 두 사람은 왜 저렇게 말없이 서로 쳐다보고 있는 거야……?"

벌써 예상외의 사태가 일어나자 요우는 머리가 아파졌다.

그런 요우와는 상관없이 카스미는 천천히 입을 열었다.

"오늘은 사이좋게 지내자."

"사이좋게……? 진심이세요……?"

사이좋게 지내자는 말을 하면서도 위압감 있는 카스미의 태도. 그걸 본 마린은 경계하지 않을 수 없었다.

말만 그렇게 하고 속으로는 사이좋게 지낼 마음이 없는 것처럼 보였기 때문이다.

"물론 진심이지. 내가 너와 사이좋게 지내지 않으면, 요우가 약속을 지켜주지 않을 테니까."

"약속……? 그게 뭔데요?"

"아키미와는 상관없는 거야."

"…………."

카스미의 말을 듣고 마린은 짜증이 났다.

상대가 사이좋게 지내자고 말하면서도 실제로는 도발하는 것처럼 보였다.

그래서 마린은 할 말이 있는 듯한 눈빛으로 카스미를 쳐다봤다.

"하자쿠라에게 말도 안 되는 요구를 한 거죠?"

"말도 안 되는 요구라니, 그게 무슨 소리야? 나는 정당한 권리를 행사했을 뿐이야."

"정말인가요? 네모토는 영악한 사람이잖아요."

전에 충돌했을 때와 마찬가지로 마린은 일부러 카스미가 화낼 만한 단어를 선택하면서 미소를 지었다.

그러자 카스미는 관자놀이에 핏대가 선 채 웃으며 대꾸했다.

"그래? 칭찬해줘서 고마워. 덕분에 요우와 아주 좋은 약속을 할 수 있었어."

"어느 한쪽만 일방적으로 좋아하는 거래는 바람직하지 않다고 생각하는데요? 인간성이 의심스러워요."

"…………."

카스미와 요우가 어떤 약속을 했는지는 모른다.

다만 요우가 카스미를 여기까지 데리고 나온 것을 보면, 카스미가 제시한 어떤 조건을 요우가 받아들였다는 것은 쉽게 상상할 수 있었다.

그리고 카스미는 분명히 이상한 요구를 했을 것이다. 마린은 그렇게 생각했다.

두 사람의 표정은 웃는 얼굴이었지만, 그 자리의 분위기는 숨 막히게 안 좋았다.

근처에 있는 사람들이 무슨 일이지? 하고 두 사람을 쳐다볼 정도였다.

"──네모토. 너 약속 안 지켜?"

그 와중에 요우가 마린을 자기 등 뒤에 숨겨주면서 이야기에 끼어들었다.

그렇게 요우가 마린을 감싸듯이 앞에 서자 카스미는 불만스러운 표정을 지었다.

"아니, 난 약속을 어기진 않았어."

"그럼 왜 싸우려고 하는 건데?"

"그런 적 없어. 사이좋게 지내려고 했을 뿐이지. 난 분명히 아키미한테 사이좋게 지내자고 말했는데? 웃는 얼굴로 대화했고."

하기야 표면적으로는 카스미는 마린과 사이좋게 지내려

고 했었다.

하지만 실제로는 그렇지 않았다는 것은 누가 봐도 일 수 있었다.

"조용히 적의를 드러냈으면서 뭔 소리를 하는 거야?"

"아니, 그건 아키미가 이상한 말을 하니까……."

"상대가 적의를 드러내면 누구나 경계하는 게 당연하지 않아? 아무리 봐도 사이좋게 지내고 싶어 하는 사람의 태도가 아니었거든?"

"…………."

요우가 마린을 감싸자 카스미는 뺨을 살짝 부풀리면서 시선을 피했다.

완전히 기가 꺾여 삐뚤어진 상태였다.

반대로 마린은 기뻐하면서 요우의 얼굴을 쳐다보고 있었다.

요우가 소꿉친구인 카스미가 아니라 자신의 편이 되어줘서 기뻤다.

마린은 카스미에게 보이지 않도록 주의하면서 살며시 요우의 옷소매를 잡았다.

요우는 그것을 눈치챘지만, 반응하면 카스미한테 들킬 테니 아무 일도 없었던 것처럼 입을 열었다.

"아무튼 더 이상 싸우진 말아줘. 오늘은 지금부터 가가와에 갈 거니까."

오늘은 가가와현의 간온지시에 갈 것이다. 거기서 천공의 기둥문과 엽전 모양 모래 그림을 구경하기 위해서.

그런데 그곳에는 저녁 시간에 맞춰 가기로 했으므로, 가는 도중에 있는 마루가메시에서 관광할 예정이었다.

이동 수단은 전철이었다. 밀폐된 공간에 이런 분위기로 들어가고 싶진 않았다.

그래서 요우는 여기서 카스미에게 철저히 주의를 주려고 했다.

"너무 편파적이야……."

그러나 토라진 카스미는 요우의 말이 들리지도 않는 것 같았다.

마린한테는 아무 말도 안 하고 자기한테만 주의를 주는 것이 마음에 안 들었나 보다.

이대로 놔두면 전차 안에서도 마린에게 시비를 걸게 뻔했다.

'어쩌지……?'

카스미의 기분을 풀어줄 방법은 간단했다.

머리를 쓰다듬으면서 예뻐해 주면 카스미는 금방 기분이 좋아질 것이다.

그런데 왜 요우가 카스미의 머리를 쓰다듬지 않는가. 그것은 현재 마린이 보고 있기 때문이었다.

여기서 카스미의 머리를 쓰다듬고 예뻐해 준다면, 마린

은 틀림없이 불만을 느낄 것이다.

마린이 자신을 잘 따른다는 것은 요우도 알고 있었다.

"——괜히 마린을 건드린 네가 잘못한 거잖아. 편파적이라고 할 것도 없어. 대체 뭐 때문에 삐친 거야?"

요우가 생각에 잠겨 있는데, 더는 못 참겠는지 나기사도 옆에서 끼어들었다.

그런데 그 눈은 카스미에 대한 적의를 품고 있었다.

"너하고는 상관없잖아. 제삼자는 입 다물고 있어."

나기사가 말을 걸자 카스미는 이번에는 나기사를 공격했다.

이에 대해 나기사는 한심하다는 듯이 고개를 옆으로 흔들었다.

"오늘은 같이 행동하기로 했으니까 제삼자라고 할 수도 없지. 네가 그런 식으로 행동하니까 요우한테 혼나는 거 아냐?"

"혼나지 않았거든? 네 멋대로 말하지 마."

카스미는 화난 것처럼 나기사를 쳐다봤다.

"주의를 받는 거나 혼나는 거나, 그게 그거 아냐?"

"전혀 달라."

"어휴…… 네, 네. 그러세요. 하여간 아무리 봐도 네가 마린한테 집적거렸으니까 주의를 받은 거 아냐? 그런데 네가 삐치면 어떡해. 여전히 귀찮게 구는 녀석이구나."

그런 나기사의 말을 듣고 카스미는 불쾌해하면서 입을 열었다.

"그러는 너야말로 시비 걸러 온 거잖아? 요우한테 혼나야겠다."

"난 너와는 달리 요우한테 혼나든 말든 상관없거든? 왜냐하면 어디 사는 아무개 씨처럼 의존하고 있는 게 아니니까."

"…………."

나기사가 도발하자 카스미의 눈빛이 착 가라앉았다.

그걸 본 요우는 허둥지둥 두 사람 사이에 끼어들었다.

"아니, 왜 또 이번에는 여기서 싸움이 터지려고 하는 거야……?"

"이건 나기사가 먼저 싸움을 건 거야……! 나기사가 잘못한 거라고……!"

요우한테 또 주의를 받을 거라고 생각한 카스미는 나기사 탓이라고 주장했다.

실제로 나기사가 도발했으므로 요우도 카스미를 혼낼 수는 없었다.

"나기사. 내가 방금 부탁했잖아? 그런데 왜 도발하는 거야?"

"어~ 저기, 미안. 그냥 개인적인 감정이 좀 있어서."

나기사는 카스미와 충돌했던 날의 일을 아직 마음에 담아두고 있었다.

그래서 저도 모르게 도발하는 것이다.

그러나 요우 앞에서 약속을 무시해버릴 수도 없었다.

나기사도 카스미나 마린과 마찬가지로 요우를 존중하고 있었다. 그래서 요우와 싸우는 것은 좋지 않다고 생각했다.

"야, 제발 좀 부탁할게……. 너까지 싸우기 시작하면 수습이 안 된다고."

"아하하, 응. 알아."

요우가 그렇게 부탁하자 나기사는 난감한 듯이 웃었다.

정말로 아는 걸까? 하는 의심이 들었지만, 요우는 더 이상 추궁하지는 않았다.

그러고 있는데 카스미가 기분 좋게 요우의 팔을 끌어안으며 달라붙었다.

"에헤헤…… 요우, 고마워."

아마도 요우가 자기를 편들어줘서 기뻤나 보다.

냉담한 태도는 사라지고 어리광쟁이 같은 일면이 나타났다.

요우는 반사적으로 카스미의 머리로 손을 뻗을 뻔했지만——그 순간 뭔가를 눈치채고 손을 멈췄다.

"어, 요우……?"

당연히 자기 머리를 쓰다듬어줄 줄 알았던 카스미는 애타는 표정으로 요우를 쳐다봤다.

그러나 요우는 다른 방향을 보고 있었다.

"…………."

그곳에는 불만스러운 표정으로 가만히 요우와 카스미를 바라보고 있는 마린이 서 있었다.

평소의 미소는 사라지고 뺨이 불룩하게 튀어나와 있었다.

아마도 삐친 것 같았다.

"아키미, 왜 그래?"

요우는 카스미한테서 떨어져 마린 곁으로 갔다.

그러자 토라진 것 같은 마린이 요우를 피해 시선을 돌렸다.

"아뇨, 그냥……."

말은 그렇게 했지만, 마린은 마치 아이처럼 토라져 있었다.

'일단 조용히 내버려 두는 게 좋을까……?'

이렇게 된 마린을 어떻게 대하면 좋을지는 아직 파악하지 못했다. 그래서 일단 상태를 지켜보기로 했다.

그런데 지금은 세 사람 중 누구 하나한테서라도 눈을 떼면 싸움이 터지는 상황이었다.

기점은 카스미. 그러니까 카스미한테서 눈을 떼지 않으면 될지도 모르지만, 아무리 그래도 카스미만 계속 지켜보고 있기는 어려웠다.

그래서 요우는 먼저 나기사와 카스미의 문제를 완전히 해결해놓기로 했다.

"나기사, 카스미한테 뭔가 감정이 있다고 했지. 그게 뭐야? 내가 모르는 동안에 너희 둘 사이에서 무슨 일이 있었던 거야?"

우선 요우는 나기사에게 그 일에 관해 물어봤다.

그러자 나기사는 좀 난처한 것처럼 웃으면서 손가락으로 뺨을 긁적였다.

"글쎄. 굳이 말하자면 네 탓이 아닐까?"

나기사가 그렇게 대답하자, 카스미가 흥! 하고 고개를 딴 데로 돌려버렸다. 아마 나기사의 말이 틀리진 않았나 보다.

"왜 또 내가 원인인데……? 난 아무것도 안 했잖아?"

"응, 정확히 장본인만 아무것도 몰랐지. 그거 알아? 너와 카스미의 그날 밤 이후로 날마다 밤이 되면 카스미가 나한테 전화했다는 거."

"어, 진짜?"

뜻밖의 정보가 드러나자 요우는 반쯤 무의식적으로 카스미에게 시선을 보냈다.

그러나 카스미는 이쪽은 보지 않고 분수에서 나오는 물만 바라보고 있었다.

대화에 낄 마음은 없는 모양이었다.

"그래. 처음에는 괜찮았지. 그냥 울면서 매달리기만 했으니까."

"그런데?"

"그런데 중간부터 심해졌어. 얘가 나한테 뭐라고 했는지 알아?"

"아니……."

"내가 너를 유혹해서 일이 이렇게 됐다는 거야. 내 캐릭터가 고양이 귀 캐릭터인 것도, 고양이를 좋아하는 너를 염두에 둔 거라던데?"

"…………."

나기사의 말을 듣고 또다시 요우는 카스미를 쳐다봤다.

그러자 좀 전까지는 분수를 바라보고 있던 카스미는 어느새 팔짱을 낀 채 눈을 감고 있었다.

선 채로 잠들어버렸나 보다.

"——아니, 너무 뻔뻔하잖아. 너, 그 태도는 뭐야. 자기가 잘못했다는 자각은 있어?"

겨우 몇 초 만에 잠들 리가 없잖은가. 좀 전까지는 없었던 약간의 땀방울이 카스미의 얼굴을 타고 흐르고 있었다.

게다가 내려앉은 눈꺼풀은 꿈틀꿈틀 경련하고 있었다. 누가 어떻게 봐도 일부러 자는 척하는 것이 확실했다.

"아냐, 난 잘못 없어."

도망칠 수 없다고 판단한 걸까. 눈을 뜬 카스미는 아무 잘못도 없다고 주장하기 시작했다.

그러나——.

"그럼 내 눈을 보고 말해봐. 왜 노골적으로 시선을 피하면서 거짓말을 하는 거야?"

당연히 그런 말이 이 상황에서 통할 리 없었다.

"……난 몰라."

"모른다고 하면 그냥 넘어갈 거라고 생각하지 마. 알았어? 나기사가 이 정도로 화가 난 걸 보면, 더 심한 말을 했던 거 아냐?"

"나한테 실컷 소리를 질러대면서 심하게 화풀이했었지."

그렇게 하소연하는 나기사의 말을 듣고 요우는 다시금 카스미의 눈을 바라봤다.

그러자 카스미의 땀이 대량의 땀으로 변하면서 줄줄 흘렀다.

이 자리가 불편한 것처럼 안절부절못하더니 어디 쥐구멍이라도 없나 하고 찾기 시작했다.

그렇게 두리번두리번 사방을 둘러보다가 마린과 눈이 딱 마주쳐버렸다.

"…………."

카스미는 당황하여 시선을 피했는데, 마린은 뭔가 생각이 있는지 서서히 카스미 쪽으로 다가갔다.

그리고——.

"저, 너무 뭐라고 하지 마세요. 과거 일을 심하게 파헤쳐봤자 좋은 건 없으니까요."

의외로 마린은 카스미의 편을 들어줬다.

평소의 마린이라면 모든 사람에게 친절하니까, 카스미가 곤경에 처한 것을 보면 도와줄 수도 있을 것이다.

하지만 좀 전까지 마린은 카스미에게 화가 나 있었다. 그래서 카스미를 편들어줄 거라고는 상상도 하지 못했다.

카스미와 나기사는 깜짝 놀라 마린의 얼굴을 쳐다봤다.

그런데──사실 마린은 카스미를 편들어준 게 아니었다.

"아, 아키미……?"

평소에 같이 있어본 경험 덕분에, 요우는 지금의 마린이 뭔가 이상하다는 것을 금방 눈치챘다.

그런 요우를 보고 마린은 생긋 웃었다. 그 후 다시 카스미에게 시선을 돌렸다.

"저기요, 네모토."

"으, 응?"

"우선 미안하다고 해요."

"아, 아니, 왜?"

"과거에 저지른 잘못은 아무리 애써도 없었던 일로 하지는 못해요. 하지만 속죄는 할 수 있죠. 상대에게 상처를 줬다면 사과해요. 우선 거기서부터 시작해야 해요."

"…………."

마린이 사과하라고 재촉하자 카스미는 몹시 불쾌한 표정을 지었다.

그리고 나기사를 한 번 힐끗 봤지만, 곧바로 흥! 하고 반대쪽으로 고개를 돌려버렸다.

아마도 사과하고 싶진 않은가 보다.

"상대에게 상처를 줬으면 미안하다고 말하는 게 당연한 거잖아요?"

카스미가 사과를 거부하자, 마린은 아이를 타이르듯이 다정한 목소리로 카스미를 일깨워주려고 했다.

그 목소리를 들은 요우와 나기사는 '마린이 카스미를 아이 취급하는 게 아닐까?'라고 생각했다.

요우는 뭔가 불길한 예감이 들어서 말리려고 몸을 움직였다.

그런데 그때 나기사가 요우의 옷을 잡아당기면서 그 행동을 막았다.

눈이 마주쳤다. 나기사는 눈짓으로 '마린이 원하는 대로 하게 둬보자'라고 말하는 것 같았다.

아마도 나기사는 마린이 카스미에게 가까이 다가가려고 한다고 생각한 것이리라.

요우는 마린의 분위기에 대해 위화감을 느끼긴 했지만, 자신의 감과 나기사의 감 중 어느 쪽을 믿어야 할까? 하고 망설였다.

그러다가 나기사의 감을 믿어보기로 했다.

"그렇게 따지면 나도 상처받았어."

"그게 무슨 말씀이시죠?"

"네 애정이 너무 무겁다, 의존이 너무 심하다, 네가 그러니까 상대가 피하는 거다. 난 그런 말을 들었단 말이야."

"…………."

카스미의 하소연을 들은 마린은 딱 한순간 움찔하고 몸을 움직이며 반응했다. 그 후 말없이 나기사에게 시선을 옮겼다.

그러자 나기사는 그게 사실이라는 것처럼 고개를 끄덕거렸다.

확인을 받은 마린은 재차 카스미를 돌아봤다.

그리고——.

"사실은 사실로서 받아들여야죠. 안 그래요?"

——생긋 하고 더없이 귀여운 미소를 지으면서 그렇게 대꾸했다.

"그게 무슨 소리야?!"

마린이 웃는 얼굴로 그런 말을 하자, 카스미는 당황했는지 반사적으로 외쳤다.

그만큼 마린의 한마디는 예상 밖이었다.

그런데 그보다 더 심하게 동요한 사람은 요우와 나기사였다.

"저, 저기, 요우, 왠지 마린이 화난 것 같지 않아……?"

"보면 알잖아. 엄청나게 화났네."

요우는 '역시 아까 막아야 했어' 하고 후회했다.

"아니, 보면 안다고…………? 웃는 얼굴이잖아……?"

"이 세상에는 웃는 얼굴로 불같이 화를 내는 녀석도 있거든. 그리고 특히 그런 녀석은 화나게 하면 무서워."

서로 얼굴을 맞대고 소곤소곤 이야기를 나누는 요우와 나기사.

방금 마린이 했던 말은 은근히 카스미를 차갑게 밀어내는 것이었다.

아니, 더 나아가 비난하는 듯한 한마디였다.

그것은 언제나 남을 배려하는 마린이라면 절대로 하지 않을 것 같은 말이었다.

그래서 요우와 나기사는 마린이 화가 났다는 결론을 내린 것이다.

그런데――.

"왜 그러시죠?"

소곤소곤 자기들끼리 이야기하던 요우와 나기사는 이내 마린의 웃는 얼굴의 표적이 되고 말았다.

마린은 눈치가 빨랐다. 그래서 두 사람이 이야기하는 내용이 자신에 관한 것임을 즉시 파악했다.

지금 마린은 건드리면 안 되는 폭탄 같은 상태였다. 그 점을 이해한 두 사람은 허둥지둥 고개를 옆으로 흔들면서 결백함을 주장했다.

그러자 마린은 한숨을 쉬더니 시선을 카스미 쪽으로 되돌리고 입을 열었다.

"저는 말이죠. 이래 봬도 오늘 여행을 무척 기대했어요. 전철 안에서도 다 함께 놀 수 있도록 준비도 해왔어요. 그런데…… 그게 다 소용없어졌네요."

웃는 얼굴에서 흘러나오는 매우 다정한 목소리.

그러나 그 목소리를 들은 나머지 세 사람은, 지금까지 본 적도 없는 정체불명의 뭔가를 보는 듯한 눈으로 마린의 얼굴을 쳐다봤다.

"——윽."

마린이 웃는 얼굴로 계속 응시하자, 카스미는 땀을 줄줄 흘리더니 반쯤 무의식적으로 요우의 옷소매를 손가락으로 붙잡았다.

카스미는 평소에는 센 척하고 있을 뿐이지 실제로는 소심한 아이였다.

그러니까 한번 수세에 몰리면 갑자기 약해지고, 그렇게 되어버리면 필연적으로 요우에게 의지하는 것이었다.

그런데 그 태도가 한층 더 마린의 신경을 거슬렀다.

"당신이 그렇게 쉽게 요——하자쿠라한테 의지하니까, 너무 심하게 의존한다는 소리를 듣는 게 아닌가요?"

마린은 요우의 옷소매를 잡고 있는 카스미의 손을 보면서, 듣기 좋은 다정한 목소리로 그런 말을 했다.

패배 히로인과 내가 사귄다고 주변 사람들이 착각하는 바람에 소꿉친구와 수라장이 되었다 2

그러나 귀엽게 웃는 얼굴인데도 어쩐지 긴장된 분위기가 감돌았다.

"아, 아니, 너한테 그런 말을 들을 이유는 없거든……?"

"아뇨, 네모토는 '의존은 하지 않는다'면서 스스로 부정했잖아요. 그렇다면 지금 당신이 하는 행동은 이상하단 말입니다."

"이, 이거는, 우리가 소꿉친구라서 그런 거고……! 그러니까 우리는 친하게 지내도 이상하지 않아……!"

마린에게 지적을 당하자 카스미는 완전히 엉뚱한 답을 하고 말았다.

아니, 실은 이 자리에서는 안 꺼내는 게 나은 화제까지 꺼냈다. 나기사는 절망한 듯한 표정을 지었다.

그리고 요우도 마린의 상태가 더욱 이상해지는 낌새를 느꼈다.

마린은 생긋 웃으면서 그런 요우를 바라봤다.

"미안해요. 하자쿠라. 나 이번 여행에는 따라갈 수 없겠어요."

그렇게 말하더니 마린은 즉시 요우 일행을 등지고 돌아서서 역으로 걸어가기 시작했다.

카스미와 더 이상 같이 있고 싶지 않은 것이리라.

"아키미, 잠깐만!"

요우는 마린을 말리려고 말을 걸었지만, 마린은 뒤도 돌아보지 않았다.

그로써 완전히 거부당했다는 것을 알게 되었다.

"나기사, 카스미를 부탁해."

이대로 놔둘 수는 없다. 그렇게 판단한 요우는 얼른 마린을 뒤쫓아 갔다.

"앗……! 요, 요우, 기다려……!"

요우가 뛰어가자 카스미도 허둥지둥 그 뒤를 따라가려고 했다.

그러나 나기사가 그 손을 붙잡아 막았다.

"기다려. 네가 가봤자 상황만 나빠질 뿐이야."

"하지만……!"

"지금은 좀 참아. 여기서 더 싸우면, 요우는 너를 상대해주지 않게 될 거야. 너도 잘 알잖아?"

"──윽."

요우에게 버림받는다.

그렇게 생각한 카스미는 멈춰 서서 힘없이 고개를 숙이고 말았다.

'실수했네……. 내가 판단을 잘못하는 바람에……. 요우에게 어떻게 사과한담……?'

요우가 움직이려고 했을 때 자신이 말리지 않았더라면, 아마 마린이 집에 돌아가는 사태가 벌어지진 않았을 것이다.

더구나 자신도 카스미와 말싸움을 해서 마린을 불쾌하게 만들어버렸다.

자신의 이번 실수는 요우가 화를 내도 할 말 없는 수준이었다.

"아무튼 요우가 마린을 데리고 돌아오면 사과하자."

"돌아올까……?"

"으~음, 글쎄……."

나기사는 앞으로 요우가 어떤 행동을 할지 생각해봤다.

"아마도 돌아오지 않을 것 같은데……."

"허억―……!"

"아니, 그게 그렇잖아? 이대로 마린을 데리고 돌아와도, 마린의 마음이 진정되진 않을 테니까. 그럼 단둘이 어딘가로 가서 기분 전환을 시켜주지 않을까?"

"…………."

"몰래 쫓아가려고 하면 안 돼. 알지?"

요우와 마린이 단둘이 어딘가에 가려고 한다는 사실을 눈치챈 카스미의 표정이 확 달라졌으므로, 나기사는 즉시 그렇게 못을 박았다.

연적과 요우를 단둘이 있게 해주고 싶지 않은 심정은 나기사도 이해했다. 하지만 여기서 카스미가 방해하러 간다면 요우가 진짜로 화를 낼 것이다.

그러면 아무리 상대가 카스미여도 예전 같은 관계로 돌

아가진 못할 것이다. 나기사는 그렇게 판단했다.

"하지만…… 단둘이 있게 하고 싶지 않아……."

카스미는 토라졌으면서도 초조한 표정으로 그렇게 대꾸했다.

그 표정을 본 나기사는 무의식중에 한숨을 내쉬었다.

'여기서는 나의 개인적인 감정은 제쳐두고 카스미를 어떻게든 해봐야 하는 걸까……. 요우가 나한테 카스미를 맡겼다는 것은, 알아서 해결해 달라는 뜻이니까…….'

"그렇게 말해봤자 소용없어. 애초에 이 상황은 자업자득 아니야? 넌 요우와 뭔가 거래를 하고서 오늘 여기 온 거잖아?"

나기사는 카스미에 비해 요우와 사귄 기간은 짧았지만, 그래도 요우가 어떤 사람인지는 알았다.

요우는 의욕이 없고 무책임한 남자처럼 보이지만, 실은 타산적이고 계산적이며——또 마음에 드는 존재를 위해서라면 터무니없는 짓도 태연하게 해버리는 남자였다. 나기사는 그렇게 생각했다.

그런 요우가 아무런 준비도 없이 견원지간인 사람들을 만나게 했을 리가 없다. 그것이 나기사의 추측이었다.

"시끄러워."

나기사의 지적을 받은 카스미는 불쾌해하면서 시선을 피했다.

그 태도를 보고 자신의 추측이 정답임을 확신한 나기사는 좀 더 깊이 파고들었다.

"일부러 그런 옷까지 입고 왔으면서. 너 실은 요우가 아니라 마린 때문에 그렇게 차려입은 거지?"

"너 뭐야? 아키미가 그렇게 화를 냈는데, 아직도 나랑 싸우려고?"

나기사가 카스미의 비서 같은 차림새를 지적하자, 카스미는 몹시 기분이 나쁜 듯한 눈빛으로 나기사를 쳐다봤다.

"아니, 딱히 그럴 마음은 없어. 다만 너는 좀 더 솔직해지면 좋을 거라고 생각해."

"시끄러워. 내 맘이야."

"그렇게 네 맘대로 해서 아무한테도 폐를 안 끼치면 상관없는데, 실제로는 마린을 화나게 해서 요우한테 폐를 끼쳤잖아?"

나기사는 요우와 마린이 사라져간 방향을 바라보면서 말했다. 그러자 카스미는 꾹 참는 것처럼 할 말을 꿀꺽 삼켰다.

자기 때문에 일이 이렇게 됐다는 것을 자각하고는 있는 모양이다.

카스미는 요우와 얽히기만 하면 분별력을 잃을 뿐이지, 실은 바보도 아니고 나쁜 사람도 아니었다.

"동영상에 직접 출연해주기로 마음먹은 거잖아? 그래서

가능한 한 정체는 들키지 않으려고 변장한 거 아냐? 그리고 동안인 마린은 동안을 좋아하는 시청자들한테 잘 먹힐 테니까, 자신은 어른스러운 여성을 좋아하는 시청자들을 공략하려고 비서처럼 꾸미고 왔다. 안 그래?"

"넌 변함없이 기분 나쁜 녀석이구나."

"내가 정답을 맞혔다는 뜻이지?"

변함없이 뭐든지 다 아는 것처럼 구는 나기사. 카스미가 그쪽을 흘겨보자, 나기사는 웃는 얼굴로 그 시선을 받아냈다.

"요우는 대체 왜 이런 녀석과 친구로 지내는 걸까……."

"너와는 달리 나는 착한 사람이라서 그런 게 아닐까?"

"아니, 누가 그렇게 뻔뻔한 소리를 하는 거야?"

카스미도 자기 성격이 나쁘다는 것은 알았지만, 그래도 나기사에 비하면 자기는 귀여운 수준이라고 생각했다.

아마 종합적으로 본다면, 오늘 모인 멤버 중에서는 나기사가 단독 1위일 정도로 성격이 나쁘기 때문이다.

특히 남의 비밀을 폭로하는 것을 무척 좋아한다는 점이 진짜로 고약했다. 그 때문에 과거에 이것저것 폭로당해서 요우한테 울면서 매달렸던 카스미는 지금도 그것에 대해 원한을 품고 있었다.

"뭐, 아무튼 아까 하던 이야기로 돌아가서. 네가 부정하지 않는다는 것은, 내 추측이 정답이라는 거지?"

나기사가 말한 것처럼 오늘 카스미가 비서 차림으로 온 것은 동영상 촬영을 위해서였다.

카스미는 마린에게는 나쁜 짓을 했다고 생각하고 있었다. 게다가 그토록 바라던 야옹~ 씨 동영상 채널도 만들 수 있게 되었으니까, 마린의 촬영에는 전면적으로 협력해 줄 마음으로 준비를 해왔었다.

──그리고 또 잘하면 요우가 자기를 칭찬하고 예뻐해 줄지도 모른다. 그런 기대도 했었다.

"그런데 대체 왜 그랬던 거야? 마린이 요우에게 좀 가까이 다가갔다고 그렇게까지 성질을 부리다니. 애써 준비해 온 것도 무의미하게 만들면서 여기서 요우를 화나게 하다니, 그러면 전부 다 헛수고가 되어버리잖아?"

"일일이 따지고 들지 마…… 나도 다 아니까."

자기가 잘못했다는 것을 알고 있는 카스미는 불쾌하다는 듯이 나기사를 쳐다봤다.

나기사도 카스미가 반성하고 있다는 것은 알았다. 그래서 한숨을 쉬면서 말을 이었다.

"그럼 네가 알아서 그만두면 되잖아."

"시끄러워. 너 그렇게 잔소리만 하면 친구 없어진다?"

"괜찮아. 원래 요우와 마린밖에 없으니까."

"…………."

그걸 괜찮다고 해도 되나? 하고 의문을 느끼면서 카스미는 나기사를 흘겨봤나.

그러나 나기사는 그다지 신경 쓰는 것 같지 않았다.

"아무튼 충고는 해둘게. 요우한테 너는 틀림없이 가장 소중한 존재야. 지금도 요우는 너를 위해 이 자리를 마련했어."

"…………."

"하지만 네가 자꾸 남한테 시비만 걸고 다니면, 또 예전처럼 요우가 너를 거부하게 될걸? 요우도 성인군자는 아니니까."

나기사는 방금까지는 약간 장난치듯이 이야기하고 있었지만, 이 말을 할 때는 표정이 심각했다.

솔직히 말하자면 나기사는 몇 년 전부터 카스미한테는 질려버렸다.

처음 만났을 무렵의 나기사가 보기에도 요우와 카스미는 사귀기 일보 직전인 것처럼 보였다.

아니, 오히려 이미 사귀고 있는 거 아냐? 하고 생각했을 정도다.

그만큼 두 사람은 무척 사이가 좋았다.

카스미가 요우를 좋아하는 것은 너무나 명확했고, 요우도 또 마찬가지로 언제나 카스미를 최우선으로 생각하면서 행동했으므로 카스미를 소중히 여기는 것은 확실했다.

그런데 그 두 사람의 관계는 결국 끝나버렸다. 요우에게 지나치게 의존하게 된 카스미 때문에.

요우는 오직 카스미한테만 관심이 있었다. 그러니까 다른 여자애가 요우와 얽히더라도 카스미는 가볍게 잔소리만 해도 됐을 것이다. 그런데 카스미는 이상하리만치 거부 반응을 보이면서 요우의 행동 등을 지나치게 구속하기 시작했다.

'뭐, 사실 요우도 문제가 있었지만. 카스미가 실컷 제멋대로 행동하는 것을 허용해주고 그 녀석의 어리광을 계속 받아준 데다가, 그렇게 구속당해도 싫어하는 티는 전혀 안 냈으니까. 아마도 카스미가 제멋대로 설치고 다닌 이유 중 하나는 그것이었을 거라고 생각하는데. 요우의 참을성 많은 성격이 화를 불렀다고 해야 하나…….'

물론 카스미가 잘못하긴 했지만, 나기사는 요우도 잘못했다고 생각했다.

그래서 쓸데없는 간섭이라고 생각하면서도 저절로 잔소리를 하게 되었다.

어쨌든 카스미가 요우를 얼마나 좋아하는지는 알고 있으니까. 현재의 카스미가 무척 불쌍하게 여겨지는 것이었다.

"요우는 같은 실수를 두 번이나 하지는 않을 거야……."

카스미는 나기사의 말에 대해 조그맣게 중얼거리듯이 그렇게 대꾸했다.

태도가 자신이 없는 것처럼 보였다. 마치 자신을 세뇌하려는 것처럼 보이기도 했다.

"아니, 하지만 요우도 인간이야. 자꾸 나쁜 짓만 하는 사람과는 계속 어울려줄 수 없다고 생각할 텐데?"

"……아까부터 넌 무슨 말이 하고 싶은 거야……?"

"내가 말하지 않아도 넌 이미 알고 있잖아? 쓸데없는 적개심은 품지 말고 정식으로 마린과 대면해봐. 요우가 나까지 억지로 끌고 나와서, 수라장이 펼쳐질 것을 알면서도 굳이 너와 마린을 연결해주려고 했던 이유가 뭐겠어? 마린이라면 네가 곤란해졌을 때 힘이 되어줄 수 있다고 생각했기 때문이잖아?"

나기사는 요우가 마린을 매우 높이 평가하고 있다는 사실을 알고 있었다.

그것은 여자로서의 매력보다는 인간성에 대한 평가였다.

그래서 요우는 카스미에게 무슨 일이 생겼을 때를 대비해, 카스미와 같은 여성이자 현실적으로 힘이 되어줄 수 있을 것 같은 마린이 카스미 옆에 있기를 바랐다.

요우는 '카스미가 화내지 않도록 같이 행동시킬 거다'라고 말했지만, 그것은 괜히 민망해서 적당히 꾸며낸 구실이었다. 나기사는 그렇게 생각했다.

그렇지 않다면 요우의 성격상 굳이 마린을 불편하게 만들면서까지 카스미를 동석시킬 리가 없기 때문이다.

'뭐, 실은 나를 중개자로 삼아서 친한 친구 그룹이 탄생

하는 것을 기대했을 테지만⋯⋯ 오히려 그 자리를 수라장으로 만들어놨으니. ⋯⋯음, 그래. 틀림없이 요우한테 혼날 거야. 나중에 정식으로 사과하자⋯⋯.'

입을 다물고 복잡한 표정을 짓는 카스미의 얼굴을 바라보면서, 나기사는 조용히 속으로 그렇게 결심했다.

"하지만 아까 그렇게 화를 냈잖아. 그럼 이미⋯⋯."

평소에 화를 안 내는 사람이 화내면 진짜로 무섭다.

그것을 직접 체감한 카스미는 이제 와서 마린과 친해질 수 있을 거라고 생각하진 않았다.

솔직히 말하자면 말을 걸 용기조차 나지 않았다.

카스미는 겉으로는 냉정한 척하지만 실은 겁쟁이인 것이다.

"나도 마린을 알게 된 지 얼마 안 돼서 아직은 그 애를 완전히 이해하지 못했지만, 요우가 마린을 포기하지 않았다는 것은 아직 포기하기엔 이르다는 증거가 아닐까? 그는 쓸데없는 짓은 안 하는 남자잖아."

나기사는 일부러 요우 이야기를 꺼냈다.

요우를 맹신하고 있다 해도 과언이 아닌 카스미는, 요우가 하는 행동이나 발언은 상당히 신뢰하는 편이다.

물론 모든 것을 믿는다——고 할 수는 없지만, 특히 요우가 자기를 위해 행동해줄 때는 전폭적으로 신뢰했다.

나기사는 그 점을 알고 있었다. 그래서 카스미가 좌절하지 않도록 잘 달래주기 위해 요우의 이야기를 꺼낸 것이다.

"그건 그렇지만…… 하지만, 여자는 상대에 따라 태도가 달라지는 생물이니까……."

"그건 너——아, 아냐. 됐어."

나기사는 저도 모르게 한마디 쏘아붙일 뻔했지만, 카스미의 눈빛이 날카로워졌으므로 황급히 말을 삼켰다.

"아키미도 상대가 요우라면 다정한 태도로 대해줄 테지만, 나와 이야기하면 틀림없이 또 화를 낼 거야."

카스미는 끝까지 웃는 얼굴로 요우를 바라보던 마린의 표정을 떠올려봤다.

그것은 틀림없이 요우에게 나쁜 사람처럼 보이고 싶지 않아서 억지웃음을 지은 것이리라.

그렇게 웃는 얼굴로 자신을 봐주리라는 보장은 없다. 카스미는 그런 식으로 생각했다.

"정말로 너는 겁이 많구나. 걱정하지 마. 만약에 그렇게 될 것 같으면 나와 요우가 적당히 화제를 바꿔줄게."

"…………화난 거 아니었어?"

나기사한테서 뜻밖의 말이 튀어나오자 카스미는 놀란 것처럼 나기사를 다시 쳐다봤다.

반대로 나기사는 좀 쑥스러운 듯이 분수 쪽으로 시선을 옮기면서 입을 열었다.

"아니 뭐, 내가 그러지 않으면 요우한테 혼날 테니까 어쩔 수 없잖아. ……게다가 마린이 화난 것은 내 탓이기도 하고."

"예전부터 생각했는데, 나기사, 실은 츤데레인 거 아냐?"

"야, 너 뭐야?! 이제 막 화해하려는 분위기였는데, 왜 또 그렇게 불화의 씨앗을 투척해?!"

카스미는 순수하게 생각한 것을 말했을 뿐인데 나기사가 갑자기 소리를 질렀다.

머리에 피가 쏠렸는지 얼굴이 좀 붉어져 있었다.

아마도 민망해하는 것 같았다.

"난 그냥 사실을 말한 건데……."

"사실이면 뭐든지 다 말해도 된다고 생각하지 말아줄래?! 아니, 사실도 아니지만!"

나기사는 얼굴을 붉히며 화를 냈다.

그걸 본 카스미는 당황한 것처럼 눈을 이리저리 굴렸다.

"어, 저기…… 미안……."

그리고 웬일로 순순히 사과를 했다.

아마도 아까 마린과의 사건으로 인해 상당히 멘탈이 약해진 것 같았다.

나기사한테는 그런 카스미가 마치 어린아이처럼 보였다. 왠지 가슴속이 뜨거워지는 느낌이었다.

"아니, 그렇게 사과할 정도로 큰일도 아니고…… 난 됐으니까, 마린이 돌아오면 정식으로 사과해줘. 알았지?"

나기사는 의도적으로 다정한 목소리를 내면서 그렇게 카스미에게 지시했다.

"응⋯⋯."

이에 대해 카스미가 살짝 고개를 끄덕임으로써 그럭저럭 이 사태는 수습됐다.

'자, 그럼 뒷일은 잘 부탁한다. 요우.'

"——아키미, 좀 기다려봐."

카스미, 나기사와 헤어져서 마린을 쫓아온 요우는 지금 막 개찰구에 가려고 에스컬레이터에 타려는 마린을 불러 세웠다.

그러자 마린은 마음이 상한 듯한 눈으로 요우를 쳐다봤다.

"저는 이제 그만 내버려 두세요."

"아니, 그럴 수는 없잖아. 네모토에 관해서는 미안해. 사과할게. 우리가 너무 무신경했어."

마린이 무엇 때문에 화가 났는지는 대충 예상이 갔으므로 요우는 솔직하게 사과했다.

그러나 마린의 분노는 누그러지지 않았다.

"저는 역시 네모토와는 사이좋게 지낼 수 없어요."

'화가 많이 났네…….'

흥! 하고 반대쪽으로 고개를 휙 돌리는 마린. 요우는 그 모습을 보면서 내심 초조해했다.

"도저히 안 되겠어?"

"도저히 안 되겠어요. 애초에 네모토는 저한테 심한 짓을 했으니까요. 친해질 수 있을 리가 없잖아요. 그런데 요우 는…… 그렇게나 소꿉친구가 중요해요?"

마린은 카스미의 소꿉친구 어필에 신경을 쓰고 있는 것

이리라.

마린이 집에 돌아가려고 하는 것도 그것이 가장 큰 원인일지도 모른다.

"소꿉친구는 상관없어. 그리고 내가 가장 우선시하는 사람은 너야. 아키미."

"정말이에요······?"

요우가 일부러 다정한 목소리로 말하자, 마린은 기대하는 듯한 눈빛으로 쳐다봤다.

분노를 겉으로 드러냈기 때문에 그만큼 솔직해진 걸지도 모른다.

"정말이야. 일단 오늘은 우리 둘이서 어디론가 갈까?"

"일단······?"

요우의 말 중에 마음에 걸리는 부분이 있었지만, 어쨌든 마린은 고개를 숙이고 생각에 잠겼다.

그리고 살짝 고개를 끄덕였다.

그걸 본 요우는 휴대폰을 꺼내더니 카스미와 나기사에게 각각 메시지를 보냈다.

둘 다 읽었다는 표시로 바뀌지 않는 것을 보면, 아마 둘이서 대화를 나누는 중인가 보다.

"가고 싶은 곳은 있어?"

"조용한 곳······ 자연에 둘러싸인 곳이 좋아요."

마린은 거기서 마음을 진정시키고 싶은 것 같았다.

요우는 고개를 끄덕였다. 그리고 휴대폰으로 검색을 하기 시작했다.

"폭포라도 보러 갈래?"

"폭포…… 좋네요. 저 실제로는 본 적이 없어요."

단둘이 행동할 수 있게 되어서일까. 마린의 표정에서 불만스런 기색은 어느새 사라졌다.

그래서 요우는 내심 안도하면서 표를 사러 갔다.

그리고 두 사람은 플랫폼에서 전차가 오기를 기다리다가 10여 분쯤 후에 온 차에 탔다.

"창가에 앉으세요."

비어 있는 2인용 좌석 앞에 왔을 때 마린은 웃는 얼굴로 요우에게 먼저 앉으라고 했다.

요우가 풍경을 좋아한다는 사실을 알고 있으므로 창가 자리를 양보하려는 것이다.

"아냐, 아키미가 앉아."

"네? 하지만……."

"아니, 겨우 전철의 자리 때문에 투덜거리지는 않거든. 사양하지 마."

"앗……."

요우가 피식 웃자, 마린은 살짝 뺨을 붉히면서 머리카락을 만지작거리기 시작했다.

그리고 고민 끝에 창가 자리에 앉기로 했다.

"운 좋게 환승을 잘하더라도 가장 가까운 역까지 가려면 대충 한 시간은 걸리는데……. 좀 피곤할지도 모르겠지만 참아줘."

"네, 저는 당연히 괜찮아요. 오히려 그건……."

마린은 거기서 말을 멈추고 기뻐하는 것처럼 요우의 얼굴을 쳐다봤다.

그 순간 어리둥절한 표정의 요우와 눈이 마주쳤다. 마린은 얼굴을 확 붉히면서 고개를 숙이고 말았다.

그런 마린의 행동에 요우는 의아한 듯이 고개를 갸웃거렸지만, 딱히 불쾌하진 않았으므로 그냥 내버려두기로 했다.

"지금 우리가 가는 곳 말인데요. 당신은 가본 적 있어요?"

"'간바 폭포'는 딱 한 번 가본 적이 있지."

"저, 혹시 오카야마의 관광지는 전부 다 가본 거예요?"

마린은 흥미진진하게 요우의 얼굴을 들여다봤다.

요우가 아름다운 풍경을 많이 알고 있고, 또 이번에는 가가와현이라는 다른 지방으로 가려고 했기 때문에 마린은 그렇게 생각한 모양이다.

"아니, 아무리 그래도 그 정도는 아니야. 다만…… 절경으로 유명한 곳은 거의 다 가본 것 같아."

"굉장해요……. 정말로 그런 아름다운 풍경을 좋아하는 군요."

그러면서 마린은 기쁘게 미소를 지었다.

요우에 관해 알게 돼서 기쁜 걸까, 아니면 단순히 취미가 같은 사람을 만나서 기쁜 걸까.

요우로선 판단하기 어려웠는데, 어쨌든 마린의 기분이 좋아졌으니 뭐든지 상관없었다.

"아 참, 그러고 보니 그거 알아요? 간바 폭포 동영상은 순양 채널에도 올라와 있어요."

전차를 타고 이동하는 도중에 문득 생각난 것처럼 마린이 이야기를 꺼냈다.

"응, 알아. 그런데 너는 정말로 그 채널을 좋아하는구나. 그 동영상은 벌써 3년이나 지난 거 아니야?"

"아, 네. 정말 좋아해서 옛날 영상도 이것저것 많이 보고 있거든요."

요우의 질문에 귀엽게 웃으며 대답하는 마린.

그 웃는 얼굴을 보자 요우는 가슴이 아릿해졌다.

"이게 바로 성지 순례라는 걸까요?"

"아니, 그건 좀 다르지 않을까……."

만화나 애니메이션 등에 등장한 무대에 찾아가는 것을 성지 순례라고 하는데, 동영상으로 촬영된 장소에도 그런 용어가 적용되는지 요우로선 알 수 없었다.

단순히 '관광지에 가봤다'는 게 되지 않을까?

"그런가요? 아쉽네요……."

요우의 대답을 들은 마린은 슬픈 듯이 눈을 내리깔았다.

그런 마린을 보고 요우는 얼른 입을 열었다.

"아쉬워할 필요도 없지 않아? 순양 채널의 운영자 두 사람이 그곳에서 촬영했던 건 확실하니까. 그러니 같은 장소에 갔다고 생각하면 좋지 않아?"

"아…… 그건 그래요. 후후. 역시 요우는 다정하네요."

"아니, 여기서 왜 다정하다는 말이 나와……?"

미소를 되찾은 마린. 그런데 요우는 왜 자신이 칭찬받았는지 알 수 없었다.

평소 같으면 여기서 좀 더 확실하게 말했을 테지만, 오늘은 마린이 기분 나빠지지 않게 하는 것이 최우선 과제이므로 더 이상은 아무 말도 하지 않았다.

"──어? 저기, 잠깐만요……. 순양 채널 운영자는 2인조인가요? 인원수는 공개되지 않았다고 알고 있는데……."

대화하다가 문득 마음에 걸린 것이리라.

확실히 요우는 2인조라고 단정 지어 말했으므로, 공개되지 않은 인원수에 대해 마린이 의문을 느끼는 것도 이상하진 않았다.

요우는 아차──하고 후회하면서도 냉정한 태도로 입을 열었다.

"전에 인터넷에서 우연히 봤어. 그러니까 나도 그게 사실인지 아닌지는 몰라."

"아, 그렇군요……."

인터넷에서 봤다는 이야기를 들은 마린은 별로 의심하지도 않는 것 같았다.

"요우도 순양 채널의 팬이라고 했었죠. 정보를 찾아보는 것도 이해가 가요. 저도 검색도 하고 이것저것 찾아봤거든요. 그런데…… 순양 채널 측이 직접 공개하지 않은 정보를 무작정 믿는 것은 위험하다고 생각해요."

요우가 '2인조'라고 딱 잘라 말했기 때문에 마린은 '요우가 인터넷에 떠도는 정보를 믿는다'고 생각한 모양이다.

일단 '사실인지 아닌지는 몰라'란 말을 덧붙였는데도 마린은 그 부분에는 신경 쓰지 않는 것 같았다.

설마 순진한 마린한테 이런 일로 주의를 받게 될 줄은 몰랐다.

요우는 쓴웃음을 지으면서 자신의 실언을 진심으로 후회했다.

──그런 이야기를 하고 있는데 요우의 휴대폰에서 알림음이 울렸다.

마린도 그 소리에 반응했지만, 아무 일도 없었던 것처럼 창밖으로 시선을 돌렸다.

누구한테서 메시지가 왔는지 눈치챈 것이리라.

『오케이, 그럼 우리는 알아서 잘 지낼게.』

『알았어.』

요우가 채팅 앱을 열었더니, 나기사와 카스미한테서 각각 메시지가 와 있었다.

　나기사의 반응은 예상대로였다. 그런데 카스미의 반응은 의외였다.

　당연히 투덜거리거나 행선지를 물어보려고 할 줄 알았는데. 상당히 말귀를 알아듣는 답변이었다.

　'나기사가 잘 설득해준 건가…….'

　요우는 그렇게 안도하면서, 어쩌면 내일 가가와에 가게 될지도 모른다는 이야기만 전달한 뒤 휴대폰을 주머니에 집어넣었다.

　그러자 힐끔 마린이 요우의 얼굴을 훔쳐봤다.

　역시 내용은 궁금한가 보다.

　요우는 언급을 하는 게 정답일까, 안 하는 게 정답일까 하고 생각해봤다.

　그리고 이대로 얼버무리고 넘어가면 마린이 계속 신경 쓸 것 같아서 솔직하게 이야기하기로 했다.

　"내가 그 두 사람한테는 따로 행동하겠다고 말해놨거든. 그래서 방금 둘 다 알았다고 답장해줬어."

　"화나지 않았어요……? 저, 특히 네모토가…….'"

　"의외라고 생각할지도 모르지만, '알았어'라는 세 글자로 답장이 왔어. 자기가 잘못했다고 반성하고 있는 거야."

　그것을 가르쳐줌으로써 마린의 마음속에 있는 카스미의

이미지를 조금이라도 개선하려고 했다.

그래서인지 마린은 좀 겸연쩍은 미소를 지었다.

"미안해요. 분위기를 망쳐놔서……. 겨우 그런 일로 집에 돌아가려고 하다니, 제가 너무 어른스럽지 못했죠……."

"아냐. 그건 나랑 네모토와 나기사가 잘못한 거야. 넌 아무 잘못도 안 했으니까 신경 쓰지 마."

요우는 마린한테 사과를 받고 싶은 것은 아니었다. 그래서 얼른 마린을 두둔해줬다.

요우는 마린의 이런 점이 불편했다.

착한 아이인 마린은 자신이 잘못하지 않았어도 자기 탓이라고 생각해버린다.

그에 비하면 차라리 뻔뻔한 나기사나 카스미가 요우로서는 상대하기 더 편했다.

왜냐하면 그런 녀석들은 대놓고 혼내주면 되니까.

하지만 잘못을 안 했는데도 자신이 잘못했다고 생각하는 아이는 상대하기가 쉽지 않았다.

넌 잘못하지 않았다고 말해줘도 듣지를 않으니까. 달래주기 어려운 것이다.

"하지만……."

"됐어, 아까 그 일은 잊어버려. 너는 잘못하지 않았어. 그게 사실이니까."

이대로 이야기를 계속해봤자 마린이 과거의 일에 미련을

느낄 뿐이다. 그걸 아는 요우는 여기서 이야기를 끝냈다.

그러자 마린도 난처한 듯한 표정을 짓더니 시선을 창밖으로 돌렸다.

더 이상 버티면 끈질기다는 소리를 들을 거라고 생각했나 보다.

이대로 입을 다물면 수십 분 동안이나 어색한 시간을 보내게 된다. 그렇게 생각한 요우는 난감하다는 듯이 손가락으로 뺨을 긁적거렸다.

"아키미. 착한 건 좋지만, 뭐든지 다 자기 탓으로 여길 필요는 없어. 알지?"

"…………."

요우의 말을 들은 마린은 힐끗 요우의 안색을 살폈다.

그리고 이유도 없이 요우의 옷소매를 손가락으로 살짝 잡았다.

"어, 왜?"

"아뇨, 아무것도 아니에요……."

아무것도 아닌데 왜 옷소매를 붙잡는 걸까.

요우는 그런 의문을 느꼈지만, 마린이 대답을 얼버무렸다는 것은 물어보지 말아 달라는 뜻이리라.

그래서 요우는 굳이 지적하지 않고 다른 이야기로 넘어갔다.

"그러고 보니 오늘은 벌레 퇴치 스프레이는 가져왔어?"

"네, 당연하죠. 원래 스케줄에서도 산에 올라갈 예정이었잖아요?"

그렇게 말하더니 마린은 파우치에서 벌레 퇴치 스프레이를 꺼냈다.

준비성이 참 좋구나. 역시 대단하다.

"이번에 가는 곳도 산속이니까. 전철에서 내리면 뿌리는 게 좋을 거야."

"그러네요. 알았어요."

"아, 그리고 이제 와서 물어보기도 뭐하지만. 원숭이는 괜찮아?"

"원숭이요? 너무 크면 무섭지만, 작은 원숭이는 괜찮은데요……."

"그렇구나……."

요우는 곤란한 것처럼 마린의 시선을 피했다.

그러나 당연히 눈치 빠른 마린은 그 동작을 놓치지 않았다.

"설마 원숭이가 있어요?"

"어, 으응."

"후후. 괜찮아요. 아무리 그래도 원숭이가 있다고 놀라서 난리 치지는 않아요."

방금 마린은 작은 원숭이는 괜찮다고 말했지만, 평범한 원숭이라도 요우와 함께 있으면 괜찮을 거라고 생각했다.

그런데 요우는 또다시 곤란한 것처럼 마린한테서 시선을 뗐다.

"괜찮다면 다행이지만. '좀 놀랄 수도 있겠다' 싶은 수준이니까."

"요우는 참 걱정이 많네요. 저 그렇게 겁쟁이는 아니거든요?"

요우가 자신을 걱정해주는 것 같아서 기뻤나 보다.

마린은 기분 좋게 웃고 있었다.

그 후 무난한 잡담을 나누면서 쓰야마역에서 전철을 갈아타고, 목적지와 가장 가까운 역인 주고쿠카쓰야마역으로 갔다.

그 역에는 택시가 서 있었다. 요우와 마린은 버스가 아니라 택시를 타고 간바 폭포로 가게 되었다.

"늘 이렇게 택시를 타는데…… 돈은 괜찮아요……?"

택시로 이동하는 도중에 마린은 운전사에게 들리지 않도록 소리 낮춰 요우에게 물어봤다.

"뭐, 솔직히 말하자면 빨리 차를 운전할 수 있게 됐으면 좋겠어. 오카야마는 차가 없으면 이동하기 불편하니까."

"버스를 타고 다녀도 되잖아요……?"

택시보다는 버스가 훨씬 더 저렴할 것이다.

그래서 마린은 그렇게 제안해봤는데——.

"이번에 가려는 곳은 버스 정류장에서 내리면 2km 이상 걸어가야 한대. 그럴 기운이 있으면 괜찮은데, 오늘은 그 냥 관두기로 했어.”

버스 정류장에서 걸어간다면 걸음이 빠른 사람은 약 40분이면 도착하겠지만, 대체로 50분 정도는 걸리는 거리였다.

게다가 가는 도중에는 오르막길도 있었다.

운동이 서툰 마린에게는 힘든 여정일 것이다.

그래서 요우는 택시를 선택했다.

그렇게 잡담하면서 10여 분쯤 이동했을 때——요우와 마린은 간바 폭포가 있는 산에 도착했다.

택시로는 도중까지만 갈 수 있었다. 여기서부터는 걸어서 폭포까지 가야 한다.

그래봤자 좀 경사진 산책로를 걸어가기만 하면 되지만. 그렇게 먼 거리는 아닐 것이다.

“앗, 벌써 여기까지 물이 흘러나오고 있네요.”

마린은 산책로에 있는 계곡을 보면서 기뻐하는 미소를 지었다.

폭포에서 흘러나온 물로 된 계곡물은 도시에서는 볼 수 없는 자연 그 자체였다.

그래서 기쁜 걸지도 모른다.

“떨어지지 않게 조심해.”

“어휴, 이런 데서 떨어지진 않아요……!”

요우가 일부러 계곡 쪽에 서자, 마린은 뾰로통한 표정을 지었다.

마린이 계곡물을 구경하려고 하다가 절벽 부분에서 미끄러져 떨어질까 봐 요우는 걱정한 것이었다. 그런데 마린은 그럴 일은 없다고 생각하는 것 같았다.

하지만 마린은 덜렁이니까.

가능한 한 경계하는 것이 좋다.

"어쨌든 조심하는 게 좋잖아. 너를 불쾌하게 만들었다면 미안해."

"앗…… 아뇨, 당신이 저를 어린애 취급한 게 아니라면 괜찮은데요……."

"어린애가 아니더라도 위험한 건 위험한 거니까."

"그런가요. 네, 고마워요…… 후후."

요우가 어린애 취급을 한 것이 아니었다. 그걸 깨달은 마린은 고맙다고 인사했다.

그다음에 웃은 것은 순수하게 기뻐서 그랬을 것이다.

요우가 자신에게 신경 써주는 것이 역시나 마린은 기쁜 것 같았다.

"──어? 폭포가 여기에도 있나요?"

도중에 '다마다레 폭포'라고 적힌 간판을 발견한 마린이 고개를 갸웃거렸다.

마린이 상상한 폭포는 저 높은 곳에서 힘차게 물이 떨어지는 폭포였는데, 여기서는 그런 섯은 눈에 띄지 않았다.

그때 요우는 바위가 튀어나와서 약간 동굴처럼 되어 있는 절벽을 가리켰다.

"저기야. 옆으로 넓게 펼쳐진 저 절벽 위에서 물방울이 똑똑 떨어지고 있잖아? 저걸 폭포라고 부르나 봐. 설명문에도 '1년 내내 끊임없이 떨어지는 물방울은 마치 수정 구슬을 엮어둔 것처럼 보이며'라고 적혀 있어."

설명문은 그 뒤로도 쭉 이어지고 있었는데, 마린의 위치에서도 보이니까 요우는 후반부는 읽지 않았다.

"아, 네. 정말로 비가 내린 직후처럼 물방울이 잔뜩 떨어지고 있어요."

"응. 물방울 커튼처럼 보이네."

다마다레 폭포를 보면서 요우는 그렇게 표현했다.

옆으로 넓게 펼쳐지면서 무수한 물방울들이 떨어지고 있어서 그렇게 생각한 것이리라.

실제로는 군데군데 물방울이 떨어지지 않는 곳도 있으므로 커튼처럼 아름답게 옆으로 쫙 펼쳐져 있진 않았지만, 마린도 그런 생각이 안 드는 것은 아니었다.

"역시 자연은 참 멋지네요."

"응, 정말 그렇게 생각해."

마린이 자신과 같은 가치관이라서 기쁜 걸까. 웬일로 요우가 웃으면서 고개를 끄덕거렸다.

그 미소를 본 마린은 뺨을 붉히더니 좀 난처한 듯이 시선을 피했다.

두 사람은 그대로 걸어가다가 이번에는 요금소를 발견했다.

"내가 가서 돈 내고 올게."

"앗, 저도……."

요우가 혼자 돈을 내러 가려고 하자, 마린은 스스로 돈을 내려고 그 뒤를 쫓아가려고 했다.

그러나 요우가 손을 들어 막았다.

여기서도 자신이 돈을 내겠다는 뜻이었다.

언제나 그가 돈을 다 내줬으므로 마린은 미안함을 느꼈다.

"——비닐봉지나 쇼핑백을 들고 있으면 원숭이가 노린다고 하네요……."

요우가 돈을 내고 돌아왔더니, '안내 말씀'이라고 적힌 요금소의 게시판을 보고 마린이 그런 말을 꺼냈다.

"그 안에 음식물이 들어 있을 것 같아서 원숭이가 관심을 가지는 걸지도 몰라. 아마 별일은 없을 테지만, 네가 들고 있는 파우치도 조심해. 알았지?"

"앗, 네. 여기 사는 원숭이들은 사람이 기르는 걸까요?"

"아니, 야생 원숭이야. 그러니까 짐을 들고 있으면 위험하다는 거야."

'안내 말씀' 중에는 그 외에도 먹이를 주지 말라는 등의 주의사항도 적혀 있었다.

　평소에 사람에게 위해를 가하진 않으니까 방치되고 있지만, 그래도 야생은 야생.

　어쩌면 사람을 덮칠 가능성도 있다. 그래서 서로를 위해 이런 부탁을 하는 것이리라.

　저번에 요우가 여기 왔을 때는 사람 근처에서 걸어 다니기는 해도 사람 자체를 노리고 접근하지는 않는, 아주 얌전한 원숭이들처럼 보였지만.

　요우와 마린은 일단 간바 폭포 자연공원으로 들어갔다.

　그러자 즉시 예상하지 못한 사태가 두 사람을 덮쳤다.

　"헉, 이 원숭이 군단은 뭐예요?!"

　그곳에는 마린의 상상을 초월할 정도로 많은 원숭이가 있었다.

　원숭이들로 뒤덮인 산책로를 본 마린은 저도 모르게 굳어버렸다.

　"너무 큰 소리는 내지 마. 저놈들을 자극하면 안 되거든."

　"앗, 저, 죄송해요……."

　요우가 주의를 주자 마린은 허둥지둥 양손으로 입을 막으며 사과했다.

　그런데 마린이 깜짝 놀라는 것도 실은 당연했다. 그만큼 많은 원숭이가 눈앞에 있었다.

　"저번에 왔을 때도 이정도는 아니었는데……. 오늘은

많네."

"대체 몇 마리나 있는 거죠……?"

"글쎄. 이 근처에만 백여 마리 이상 있다고 들었는데…….
이 정도면 거의 다 몰려나온 거 아닐까?"

아무리 그래도 이 정도의 숫자는 예상하지 못했다. 요우
도 난감한 것처럼 웃고 말았다.

그러자 마린이 요우의 옷자락을 꼭 붙잡았다.

아마 무서운가 보다.

요우는 마린의 모습을 보고, 약 3년 전의 카스미의 모습
을 무의식중에 떠올렸다.

"걱정하지 마. 아무리 야생이어도 사람을 잘 아는 녀석
들이니까. 갑자기 사람을 덮치진 않을 거야. 그냥 저놈들
을 자극하지 않도록 조심하면 돼."

"네……."

요우가 신경 써서 다정한 목소리로 말하자, 마린은 어린
아이처럼 살짝 고개를 끄덕였다.

그 태도가 역시나 과거의 카스미와 겹쳐 보였으므로 요
우는 뭐라 표현할 수 없는 기분을 느꼈다.

"시기에 따라서는 원숭이가 전혀 없는 경우도 자주 있대.
오늘은 운이 좋았네. 저거 봐, 저쪽에 있는 새끼 원숭이는
귀엽지 않아?"

요우는 마린의 주의를 다른 곳으로 돌리려고, 풀밭 위에

떨어진 나무 열매인지 뭔지를 주워 먹고 있는 새끼 원숭이를 가리켰다.

"앗…… 그러네요. 작고 귀여워요."

요우의 계획대로 마린은 긴장이 풀린 것 같았다.

고양이를 좋아하는 것만 봐도 알 수 있듯이 마린은 귀여운 생물을 좋아했다.

그러니까 이렇게 작고 어린 생물을 보면 자연스럽게 미소를 띠게 되는 것이다.

"저 새끼 원숭이는 어른 원숭이에게 딱 달라붙어 떨어지지 않네."

"후후. 어리광쟁이인가 봐요. 엄마 등에 딱 달라붙어 있어요."

요우가 다른 원숭이를 가리키면서 말하자, 그쪽을 본 마린은 마음이 따뜻해진 것처럼 또 미소를 지었다.

어른 원숭이가 엄마인지 아닌지는 모르겠지만, 마음이 따뜻해지는 광경인 것은 확실했다.

그 외에도 같이 있는 원숭이의 털을 골라주는 원숭이도 있었다.

그런 원숭이들을 보면서 마린은 행복하게 웃었다.

"다들 사이좋게 잘살고 있네요."

"사이좋게……? 글쎄, 그건 모르지."

"네?"

그런데 요우가 무심코 중얼거린 한마디 때문에 마린은 고개를 갸웃거렸다.

 어느새 요우는 또 다른 곳을 바라보고 있었다. 그래서 마린이 그 시선을 따라가 봤더니──원숭이 두 마리가 몸싸움을 하고 있었다.

 "도, 도대체 무슨 일이 있었던 걸까요……?"

 "글쎄. 영역 다툼인지, 먹이를 두고 싸우는 건지──이유는 모르겠지만, 동물도 사람과 마찬가지로 싸움은 하는 거야."

 "앗, 원숭이가 도망쳤는데도 계속 쫓기고 있어요……!"

 이기지 못할 거라고 판단한 걸까. 약간 몸집이 작은 원숭이가 도망치자, 얼른 나머지 한 마리 원숭이가 쫓아가기 시작했다.

 그러나 즉시 도망치던 원숭이도 자세를 바꿨다. 두 마리는 서로 위협하기 시작했다.

 "내버려 두자. 원숭이한테는 원숭이의 삶이 있으니까. 사람이 섣불리 개입하면 안 돼."

 "그런가요……."

 요우는 자연계에 간섭하는 것은 좋지 않다고 생각했다. 그래서 원숭이들은 무시하고 폭포로 가기로 했다.

 마린은 원숭이들이 싸워서 안타까워하면서도 요우의 뒤를 따라갔다.

"그런데 사실 싸우는 것처럼 보여도 싸움은 아닐 수도 있어. 저거 봐, 저건 아마도 어른 원숭이가 새끼 원숭이를 혼내고 있는 걸 거야."

요우는 그렇게 말하면서 어딘가를 가리켰다. 거기서는 큰 원숭이가 꽤 작은 원숭이를 향해 소리를 지르고 있었다.

"왠지 이렇게 보면, 인간 사회를 보는 듯한 기분이 드네요……."

"뭐, 원래 인간도 원숭이였으니까. 그 점은 다르지 않겠지."

"그건 그럴지도 모르지만……. 방금 그 원숭이들은 그렇다 쳐도, 아까 직접 싸우던 원숭이들은…… 혹시 저와 네모토도 그런 식으로 보였던 걸까요……?"

원숭이들끼리 싸우는 광경을 회상하면서 마린은 자신과 카스미의 모습을 동시에 떠올려버린 것 같았다.

"너희는 몸싸움하지도 않았고, 서로 소리를 질러대지도 않았으니 전혀 다르다고 생각해. 아니, 오히려 그때 너는 어른스럽게 대응했는데."

마린과 카스미의 싸움은 평범한 싸움에 비하면 아주 조용했다.

왜냐하면 마린이 소리를 지르지 않으려고 꾹 참으면서 대응했기 때문이다.

보기 흉한 일이 벌어지지 않은 것은 마린 덕분일 것이다.

하지만 싸움 자체가 바람직한 일은 아니었다.

"뭐, 그래도 싸움이라는 것은 주변 사람들이 보기에는 썩 기분 좋은 것은 아니지. 그러니까 나는 너희 둘이 사이 좋게 지냈으면 좋겠어."

"미안해요……."

요우가 솔직하게 생각한 것을 이야기하자, 마린은 순식간에 풀이 죽어버렸다.

마린은 그 싸움에 계속 신경을 쓰고 있었으므로 이렇게 반응하는 것도 당연했다.

"몇 번이나 말했지만 아키미가 잘못한 것은 아니야. 그건 네모토가 잘못한 거였어. 하지만——만약에 네모토가 먼저 사과하면서 너와 사이좋게 지내고 싶어 한다면, 그때는 그걸 받아줬으면 좋겠어."

"요우는 왜 그렇게까지……."

마린은 당황하면서 요우의 얼굴을 쳐다봤다.

이미 싸워버린 자신과 카스미를 왜 이렇게 친하게 만들어주려고 애쓰는지, 이해가 안 가는 것 같았다.

"그 녀석은 여러모로 바보이고 길을 잘못 들 때도 많지만…… 심성은 착한 아이야. 그 녀석과 친하게 지내는 건 너한테도 좋은 일일 거라고 생각해."

마린은 좋은 의미로든 나쁜 의미로든 너무나 순수했다.

만약에 나쁜 녀석들한테 잘못 걸린다면 순식간에 속아

넘어갈 것이다.

그러니까 경계심이 강하고 영악한 카스미가 옆에 있으면 마린을 지켜줄 것이다. 요우는 그렇게 생각했다.

"우리가 친해지면, 그건 그것대로 또 문제가 될 것 같은데요……."

"응? 무슨 소리야?"

"아, 아뇨, 아무것도 아니에요!"

요우가 마린의 말을 듣고 뭔가 마음에 걸려서 물어봤더니, 마린은 새빨개진 얼굴로 펄쩍 뛰면서 뒤로 물러났다.

다행히 요우가 계곡물 옆에 붙어서 걷고 있었으므로 마린이 물에 빠지지는 않았다.

'역시 이쪽에서 걷기를 잘했어…….'

그런 생각을 하면서 요우는 눈에 띄게 동요하고 있는 마린의 얼굴을 바라봤다.

"왜 그렇게 당황해?"

"아, 아뇨, 별것 아니에요……."

마린은 양손으로 입을 가리고 얼굴을 새빨갛게 붉힌 채 요우한테서 시선을 뗐다.

요우는 그런 마린의 태도를 수상하다는 듯이 바라봤지만, 더 이상 동요하게 만드는 것도 위험하겠다 싶어서 건드리지 않기로 했다.

"──저기 봐. 슬슬 폭포가 보인다."

"앗……! 정말이네요……!"

아직은 대부분이 수풀로 가려져 있었지만, 폭포의 윗부분은 두 사람에게도 보였다.

그래서 마린도 신이 났다.

"와, 굉장해요. 여기서부터 봐도 벌써 박력이 느껴져요."

"응, 주고쿠 지방에서 가장 큰 규모를 자랑하는 훌륭한 폭포라고 하잖아. 좀 더 가까이 다가갈 수 있으니까 가보자."

요우와 마린은 그대로 폭포를 향해 계속 걸어갔다.

"우와, 물이 세차게 흐르고 있어요!"

폭포에 점점 다가갈수록 위에서 흘러 내려오는 물의 위력은 강해졌다.

바위들이 수많은 계단을 이루고 있어서 그 물살은 더욱 세차게 보이는 것 같았다.

"길이 안 좋아졌으니까 조심해. 아키미가 먼저 가."

"네."

요우는 마린을 앞장서서 걷게 했다.

그리고 뒤에서 마린의 움직임을 주시하면서 혹시나 넘어질 때를 대비했다.

"우와, 여기 이 계단……이라고 해도 될까요? 아무튼 꽤 힘들어 보이네요."

큰 바위들이 층층이 쌓여서 계단처럼 되어 있는 장소를 본 마린은 조금 난처해하는 것처럼 요우를 쳐다봤다.

길의 상태도 안 좋은데 폭이 좁은 부분도 있어서 걷기 어려울 것 같았다.

"뒤에서 받쳐줄 테니까 천천히 올라가."

"앗…… 저, 고맙습니다."

요우가 뒤에서 부드럽게 등을 받쳐주자, 마린은 살짝 뺨을 붉히면서 뜨거운 눈동자로 이쪽을 봤다.

요우는 손바닥을 통해 전해지는 열을 느끼고 약간 쑥스러워하면서 마린과 함께 바위를 올라갔다.

그렇게 해서 폭포 근처에 도착하자──.

"괴, 굉장하다……."

박력 넘치는 폭포 앞에서 마린은 무의식중에 숨을 삼켰다.

쏴아아 하고 쏟아지는 물줄기의 기세는 그야말로 압권이었다.

"여기는…… 폭포 수행은 못 할 것 같네요."

폭포수가 떨어지는 아랫부분을 본 마린은, 거기에 사람이 들어갈 만한 공간이 없어서 그렇게 생각한 듯했다.

"어? 폭포 수행을 해보고 싶었어?"

"아뇨, 제가 하고 싶은 게 아니라…… 만화나 애니메이션에서는 흔히 나오잖아요?"

마린은 난처한 듯이 웃으면서 그렇게 대답했다.

마린은 애니메이션이나 만화를 좋아하는 것 같으니까. 실제로 하는 것을 보고 싶었던 걸지도 모른다.

"아하…… 하지만 여기는 진입 금지일 테고. 이런 식이라면 불가능할 것 같네."

"그렇죠. 아무튼 폭포는 정말 굉장하네요……."

마린은 반쯤 농담으로 폭포 수행 이야기를 꺼냈나 보다. 가볍게 다른 이야기로 넘어가버렸다.

이 폭포는 높이가 110m이고 폭도 20m나 된다.

그렇게 높은 곳에서 힘차게 물이 떨어지는 모습은 박력이 있었다. 마린은 그 모습을 계속 지켜보고 싶어졌다.

그 후 마린이 만족할 때까지 쭉 폭포를 바라보다가──요우와 마린은 간바 폭포를 뒤로하게 되었다.

◆

"──저는 행복한 사람이에요."

택시를 타고 주고쿠카쓰야마역으로 가는 도중에 돌연 마린이 양손 손가락을 맞대면서 꼬물꼬물 움직이기 시작했다.

"……갑자기 무슨 말이야?"

"아뇨, 그게 말이죠. 당신 덕분에 온갖 아름다운 풍경을 보러 다니게 되었으니까…… 고등학생 중에서 이렇게 사치스러운 기쁨을 누리는 사람은 거의 없을 거예요. 그러니까 나는 행복한 사람이구나 하는 생각이 들어서요."

마치 열에 들뜬 것처럼 마린은 그렇게 중얼거렸다.

그리고 열정적인 눈동자로 요우를 바라봤다.

"여기에도 또 오고 싶네요."

무슨 생각으로 마린이 그런 말을 하는지는 요우는 알 수 없었다.

하지만 요우도 동감이었다.

"응. 저기는 단풍이 아름답기로도 유명하거든. 다음에는 가을에 오면 좋을지도 모르겠네. 그리고 낙석 위험이 있어서 오늘은 못 갔지만, 갈 수 있을 때는 귀신 굴이라고 불리는 종유동에도 가보면 좋을 거야. 걸어서 왕복 30~40분은 걸리고 길도 좀 험하지만, 그래도 흔히 볼 수 있는 풍경은 아니니까."

"윽……."

"아니, 왜? 왜 그렇게 뺨이 불룩해졌어?"

동의해줬는데도 마린이 불만스럽게 뺨을 부풀리자, 요우는 영문을 몰라 고개를 갸웃거렸다.

사실 마린은 요우와 같이 오고 싶다고 말한 것이었다. 그런데 요우는 마치 마린이 다른 사람과 같이 올 것처럼 대답했던 것이다.

"아뇨. 아무것도 아니에요……."

마린은 시선을 홱 돌려 창밖을 바라봤다.

'역시 어린애라니까…… 금방 삐치기나 하고.'

토라져버린 마린을 보고 요우는 저도 모르게 한숨을 쉬었다.

"점심은 어쩔 거야? 오카야마까지 가서 먹을래?"

마린이 토라졌으므로 요우는 밥 이야기로 마린의 관심을 끌려고 했다.

요우가 말하는 오카야마는 오카야마역 주변이었다.

그러자 다른 화제가 나왔기 때문인지, 아니면 밥 이야기가 나왔기 때문인지는 몰라도 요우의 예상대로 마린이 고개를 돌려 요우를 쳐다봤다.

"음, 글쎄요……."

마린은 입가에 손을 대고 어쩔까 하고 고민하기 시작했다.

이 동네에도 좋은 식당은 얼마든지 있을 것이다.

하지만 왠지 지금은 별로 배가 고프지 않은 것 같았다.

"오카야마역으로 돌아갈까요?"

"응, 그래."

그 후 두 사람은 주고쿠카쓰야마역에 가서 전철을 타고 오카야마역으로 돌아갔다.

◆

"뭐 먹고 싶어?"

오카야마역에 도착하자마자 요우는 마린에게 먹고 싶은

음식이 뭔지 물어봤다.

그런데 마린은 고개를 옆으로 흔들었다.

"요우가 좋아하는 걸 먹어도 돼요."

마린이 그렇게 대꾸하자 요우는 잠시 생각을 해봤다.

마린은 뭐든지 사양하는 타입이라서 이런 때 자신이 먹고 싶은 음식을 순순히 말하지는 않는다.

그러니까 그것을 무작정 물어봐서 알아내기는 어려울 것이다.

그래서 요우는 후보를 제시해주기로 했다.

"일본식 곱창전골. 먹어본 적 있어?"

곱창전골. 그것은 말 그대로 소나 돼지의 내장——즉, 곱창이란 부위를 주재료로 쓰는 국물 요리였다.

맛은 된장 맛, 간장 맛, 백숙 스타일 등 다양한 종류가 있었다. 사람마다 선호하는 맛은 다 다를 것이다.

"없어요. 이름은 들어봤는데…….."

"그럼 먹으러 가볼래? '날도 더운데 웬 전골?'이라고 생각할 수도 있지만, 곱창전골은 여름에도 인기가 있거든. 여름에 체력을 보충해주는 양배추나, 자양강장 효과가 있는 마늘과 부추 같은 것이 잔뜩 들어가니까."

"마늘……."

마늘이란 말을 들은 마린은 저도 모르게 걸음을 멈췄다.

아무래도 여자이다 보니 냄새가 신경 쓰이는 것 같았다.

"구취 제거제도 가지고 있으니까. 나중에 빌려줄게."

"준비성이 너무 좋은 거 아니에요……? 실은 저도 가지고 있으니까 그건 필요 없지만요……."

고등학생 남자 중에서 구취 제거제를 들고 다니는 남자는 마린은 처음 봤다.

참고로 지금까지 몇 번이나 같이 식사했지만, 요우가 그것을 사용하는 장면은 한 번도 본 적이 없었다.

아마도 마린 몰래 사용했었나 보다.

"뭐, 일단 가지고 다니는 게 좋잖아. 아무튼 그래도 싫으면 다른 식당에 가도 되는데?"

"아, 아뇨. 저도 궁금했어요. 그러니까 괜찮아요……!"

마린은 휙휙 최선을 다해 손과 머리를 옆으로 흔들더니 수줍은 미소를 지었다.

그리하여 요우는 마린을 데리고 곱창전골 식당에 들어가게 되었다.

"──추천 메뉴는 뭐예요?"

자리에 앉자 마린은 기대하는 듯한 눈빛으로 요우를 봤다.

"여기는 휴일에도 런치 메뉴가 있거든. 런치를 먹자. 나는 간장 맛이나 백숙 스타일을 자주 먹는 편이야."

"그렇군요…… 그럼 간장 맛──아니, 백숙도 좋은데, 고민이네요……."

마린은 메뉴를 보면서 고개를 살짝 기울이고 고민하기

시작했다.

먹어본 적이 없기 때문에 모든 맛이 궁금한 것 같았다.

참고로 요우가 개인적으로 간장 맛을 좋아하는 것이지, 사실 이 식당에서는 된장 맛이 인기가 많다고 한다.

마린은 계속 생각을 해봤지만, 답이 안 나오는 것 같았다.

"그럼 둘 다 주문해볼래? 우리가 각각 주문해서 나눠 먹으면 되잖아."

마린이 고민하는 것 같았으므로 요우는 두 종류를 주문해 나눠 먹기를 제안했다.

이 식당에서는 음식에 국자가 딸려 나오니까, 이미 사용한 수저를 냄비에 집어넣을 필요는 없었다.

고로 마린도 신경 쓰지 않고 음식을 나눠 먹을 수 있을 것이다. 요우는 그렇게 생각했다.

"그런 게 가능해요……?"

"이 식당은 직원한테 부탁하면 앞접시도 두 개씩 주니까 괜찮아."

"자세히 알고 있네요?"

"응, 가끔 오니까."

마린은 과거의 요우가 어떤 식으로 휴일을 보냈는지는 몰랐다.

다만 아름다운 풍경을 보기 위해서는 자주 전철을 탔을 것이다.

그런 때는 오카야마 억에서 환승하는 경우도 많았을 테니까 그때 이 식당에 들렀을 것이다. 그렇게 결론을 내렸다.

"단골손님이었군요."

"아니 뭐, 그 정도는 아니고. 직원도 내 얼굴을 기억하진 못할 거야. 아무튼 어쩔래?"

"앗, 네, 그럼 그렇게 해주세요……."

마린은 연분홍색으로 얼굴을 붉히고 귀엽게 이쪽을 쳐다보면서 부탁을 했다.

속으로는 '음식을 나눠 먹다니, 마치 부부 같네요……'라는 생각을 하고 있었다.

요우는 마린의 말을 듣고 고개를 끄덕거리더니 자기 음식뿐만 아니라 마린의 음식까지 같이 주문해줬다.

그리고 나눠 먹는다는 것도 직원에게 말했다. 그러자 몇 분 후에 직원이 간장 맛 곱창전골과 백숙 곱창전골을 가져왔다.

백숙 곱창전골의 경우에는 새콤한 폰즈 소스와 깨, 파, 고춧가루를 섞어놓은 양념장 2인분도 같이 나왔다.

"명란젓까지 나오다니. 좋네요."

마린은 작은 접시에 반으로 잘려서 담겨 있는 작은 명란 젓을 보더니 미소를 지었다.

"이 식당 간판에 하카타라고 적혀 있었잖아? 원래 하카타에서 처음 생긴 게 아닐까? 그래서 하카타의 유명한 특산품인 명란젓도 같이 내주는 걸지도 몰라."

"후후. 이런 서비스를 받으면 기분이 좋아요."

마린은 이 식당이 마음에 드는 것 같았다.

그 미소를 보고 요우는 내심 안도했다.

그런데 그때 마린이 가만히 이쪽을 쳐다봤다.

"왜 그래?"

"어, 저기…… 전골은 스스로 해 먹은 적이 없어서……."

"아, 그렇구나."

'부모님이 계시기는 해도 매일 밤늦게 돌아오신다고 하니까, 이런 전골 같은 요리를 만들어 먹진 않겠구나…….'

"내가 할게. 특히 곱창을 먹어야 할 타이밍이 언제인지 잘 모르겠지?"

"네. 저, 죄송해요……."

"괜찮아, 별것도 아닌데 뭘. 그냥 끓어 넘치지 않도록 불을 조절하거나 재료를 잘 섞어주기만 하는 거니까."

마린이 고개를 숙이자, 요우는 피식 웃으면서 국자를 집어 들었다.

마린은 그런 요우의 웃는 얼굴을 보고 참 다정한 미소라고 생각했다.

"백숙 쪽은 국자에 구멍이 뚫려 있네요."

"응. 간장 맛은 육수에도 간이 되어 있지만, 백숙 쪽은 그냥 물이거든. 뭐, 어쩌면 간이 되어 있을지도 모르지만.

아무튼 먹을 때는 물이 들어가지 않도록 건더기만 건져내서 양념장에 찍어 먹는 거야.”

실은 마린도 백숙이 어떤 음식인지는 대충 알고 있었다.

하지만 요우가 친절하게 가르쳐주는 것이 기뻐서 일부러 쓸데없는 말은 하지 않았다.

‘하여간 요우는 남을 잘 돌봐주는 다정한 사람이란 말이죠…….’

그런 생각을 하면서 요우를 쳐다보고 있었다.

“요우는 전골을 좋아해요?”

“뭐, 싫어하진 않아.”

‘츤데레 발동…… 이렇게 대답하는 것을 보면 좋아하는 모양이네요.’

좀 한가하다 보니 마린은 머릿속에서 그런 생각을 하면서 놀고 있었다.

그런데 마린이 히죽히죽 웃는 것을 요우가 눈치챘는지 눈을 가늘게 뜨고 흘겨봤다.

“너 뭔가 이상한 생각을 하고 있지?”

“아, 아뇨, 이상한 생각은 전혀 안 했는데요?”

이상한 생각을 하고 있었던 마린은 약간 당황하면서 그렇게 대꾸했다.

그로 인해 요우는 ‘이상한 망상을 하고 있었구나’라고 추측했지만, 식당 안에서 마린이 난리를 치면 곤란하기 때문에 그냥 넘어가기로 했다.

"슬슬 먹어도 되겠는데? 자, 접시를 줘봐."

"덜어주려는 거예요?"

"응, 데이면 큰일이니까."

"윽…… 은근히 저를 덜렁이라고 하는 것 같은데요…….
게다가 어린애 취급을……."

마린은 뾰로통한 표정을 짓고 불만스럽게 쳐다봤다.

말 그대로 요우한테 어린애 취급을 당했다고 생각하는
것이리라.

"넌 익숙하지 않으니까. 이건 당연한 대응이잖아?"

"저 요리는 진짜 특기거든요?"

골이 난 마린은 평소에는 안 하던 요리 실력 자랑을 했다.

굳이 '진짜'란 말을 덧붙이면서까지 어필하고 있었다.

마침 지나가던 직원은 그게 귀엽다고 생각했는지 쿡쿡
웃었다.

"아, 알았어, 알았어. 그럼 네가 직접 해."

더 이상 입씨름을 하기는 귀찮았다. 그래서 요우는 마린
에게 접시를 돌려줬다.

그러자 마린은 자신이 한 짓을 후회하면서 시무룩해졌다.

모처럼 요우가 신경 써서 음식을 덜어주려고 했는데, 자
신이 그 기회를 걷어찬 것이다.

따지고 보면 마린도 카스미와 같은 어리광쟁이 타입이

었다. 그래서 이번 일로 충격을 받은 듯했다.

'이 녀석, 카스미와는 다른 방향으로 성가시구나……'

이런 때 카스미는 꽤 솔직하게 어리광을 부린다.

그러나 마린은 어리광을 잘 부릴 줄 모르는 것 같았다.

그래서 약간 츤데레처럼 되어버리는 것이다. 카스미와는 다른 의미에서 손이 갔다.

"역시 내가 덜어줄까?"

"……네. 부탁할게요."

한번 거절했던 마린은 좀 민망해졌지만, 여기서 또 고집을 부리면 안 된다고 생각해서 순순히 요우에게 접시를 넘겨줬다.

그러자 요우는 양배추, 부추, 곱창, 국물 등을 골고루 담아 마린에게 건네줬다.

"식으면 안 되니까 조금씩 담았어. 그리고 국물도 맛있으니까 먹어봐. 백숙 쪽은 양념장에 찍어 먹는 거니까 스스로 건져 먹는 게 나아. 건더기를 너무 오래 양념장에 담가두면 맛이 진하게 배어서 시큼해질 거야."

아마도 마린을 돌봐주고 있어서 그런 것이리라.

지금 요우는 평소보다 말수가 많아졌다.

"고마워요."

마린은 기뻐하면서 접시를 받았다. 그리고 살짝 음식을 식혔다.

부글부글 끓는 냄비에서 꺼낸 음식을 바로 먹으면 입안이 델 거라고 생각한 것이다.

"곱창은 생각보다 작게 잘려 있네요."

"응, 그래서 먹기 편해. 그런데 또 맛은 잘 배어 있거든. 씹으면 입안에 맛이 쫙 퍼져서 맛있어."

요우의 이야기를 들은 마린은 당장 곱창을 먹어보기로 했다.

젓가락으로 집어서 후후 불었다.

그리고 입에 쏙 집어넣고 우물우물 씹기 시작했다.

"——! 저, 정말로, 엄청 맛있네요……! 곱창의 독특한 풍미와 간장으로 간한 국물의 맛이 입안에 확 퍼져서, 진짜로 좋아요……!"

어지간히 맛있나 보다.

마린은 흥분해서 연신 고개를 끄덕거렸다.

그러자 가까운 테이블을 치우고 있던 직원도 싱긋 미소를 지었다.

"네 마음에 들어서 다행이다. 백숙 전골도 한번 먹어봐."

요우가 재촉하자 마린은 구멍 뚫린 국자로 백숙 전골의 곱창과 양배추를 건져내서 양념장 속에 집어넣었다.

이쪽은 양념장이 차갑기 때문에 간장 맛 전골과는 달리 금방 먹어도 될 것 같았다.

마린은 젓가락으로 곱창을 집어 입속에 넣어봤다.

"~~~~~~! 입안에서 양념장이 확 퍼져서 너무 맛있어요……! 산뜻하고, 폰즈와 깨의 풍미가 뭐라 형용하기 어려울 정도로 좋네요……!"

간장 맛 곱창전골은 맛이 진해서 느끼한 감도 있었다.

반대로 백숙 전골은 폰즈 소스 덕분에 산뜻한 맛이 나서 얼마든지 먹을 수 있었다.

"둘 다 맛있는데, 각각 전혀 다른 요리처럼 맛을 낸 게 재미있지?"

"네, 특히 이렇게 번갈아 가면서 먹는 방식이 좋네요. 간장 맛 전골의 진한 맛을 느낀 다음에 산뜻한 백숙 전골을 먹으면 굉장히 먹기가 편한데요? 질리지 않고 계속 먹을 수 있을 것 같아요."

"하하, 맞아."

요우가 좋아하는 음식을 흥분한 것처럼 맛있게 먹는 마린. 그래서 기뻤던 걸까.

요우는 평소에는 좀처럼 보여주지 않는 즐거운 웃음을 지었다.

그걸 본 마린은 자신의 체온이 급상승하는 것을 느꼈다.

"얼마든지 있으니까 많이 먹어."

"아, 네. 고마워요."

그 후 마린은 요우와 함께 두 종류의 곱창전골을 맛있게 먹었다.

◆

"──오늘은 정말 고마웠어요."

곱창전골을 다 먹고 나서 밖으로 나오자 마린은 무척 행복한 미소를 지으면서 인사했다.

이제 완전히 기분이 좋아진 것 같았다.

"어, 벌써? 괜찮아? 시간은 아직 남았는데……."

"괜찮아요. 오늘은 제가 이기적으로 굴어서 하루를 망쳐버렸으니까요. 더 이상 저 혼자만 즐겁게 지낼 수는 없어요."

마린은 그렇게 말하더니 힘없이 웃었다.

역시 마린은 착한 아이인가 보다.

틀림없이 아침에 있었던 일──아니, 카스미의 얼굴이 머릿속에 떠오른 것이리라.

그래서 카스미한테 미안하니까 여기서 헤어지려고 하는 것이다.

"……아키미. 하나만 말해도 돼?"

"네, 뭔데요?"

돌아가려는 마린을 요우가 붙잡자, 마린은 어리둥절하여 요우 쪽을 돌아봤다.

"남 탓을 하지 않고 자기가 잘못했다고 생각하는 점이나,

남을 배려하면서 스스로 사양할 줄 아는 점은 굉장하다고 생각해. 존경스럽기도 하고. 하지만——이기적인 말도, 해도 되는 거야."

몇 번이나 말했듯이 요우는 마린의 성격을 거북하게 여겼다.

모든 사람에게 친절하고 남을 배려할 줄 아는 대신에 마린은 자기 자신에게 상처를 주고 있다.

그러니까 좀 더 솔직하게 변하면 좋겠다고 생각했다.

"요우 앞에서는 충분히 이기적인 말을 했다고 생각하는데요……?"

"그럼 좀 더 말해도 돼. 만약에 이거 안 되겠다 싶은 경우에는 내가 말해줄 테니까. 아키미는 괜히 신경 쓰느라 참을 필요는 없어."

"하지만 그런 짓을 하면…… 저는 기분 나쁜 사람이 되어버리지 않을까요? 사람들한테 미움받을 거예요……."

"아니, 이 세상에 이기적인 녀석이 얼마나 많은지 알아? 뭐, 하기야 네가 지금처럼 인기가 있는 것은 너의 그 성격 덕분이긴 하지."

학교에서는 천사님이라고 숭배하는 사람도 있을 정도로 마린은 그 성격 덕분에 주변 사람들에게 좋은 평가를 받고 있었다.

틀림없이 외모만 가지고는 이렇게까지 인기를 얻지는

못했을 것이다.

요우도 그것은 알고 있었다.

"하지만 나와 아키미의 관계는 다른 친구들과는 다르잖아? 그러니까 나한테는 좀 더 이기적인 모습을 보여줘도 돼. 네가 좀 이기적으로 군다고 해서, 내가 너를 싫어하지는 않을 거야."

요우의 말을 들은 마린의 눈동자는 크게 흔들렸다.

'그런 말을 들으면…… 참을 수 없게 되잖아요…….'

마린은 카스미가 왜 그렇게 요우에게 집착하는지 깨닫고 말았다.

단적으로 말하자면, 요우는 그릇이 너무 큰 것이다.

자신의 모든 것을 받아들일 것 같았고. 자신을 잘 돌봐주기도 했다.

더구나 요우는 아무한테나 다정하게 구는 것은 아니었다. 그러니까 그 대상이 되었을 때는, 자신은 특별하다고 생각하게 되는 것이다.

그런 사람의 곁에 있는 것은 당연히 기분이 좋았다.

마린이 볼 때는 '평소에 요우는 무뚝뚝하지만, 사실 그 태도에는 다정함이 배어 있다'는 것도 매력 포인트였다.

"그럼 조금만 더…… 저와 같이 있어주시겠어요……?"

"물론이지."

솔직해진 마린이 귀엽게 쳐다보면서 물어보자, 요우는

무뚝뚝하긴 해도 살짝 고개를 끄덕였다.

그걸 본 마린은 기쁘게 미소를 지으면서 살며시 요우의 옷소매를 손가락으로 잡았다.

솔직해진 덕분에 이렇게 어리광을 부리게 된 것 같았다.

이런 행동은 요우도 예상치 못했는데, 자신이 유도한 거니까 뭐라고 하지는 않았다.

그대로 두 사람은 역 플랫폼을 향해 걸어갔다.

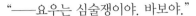

"——요우는 심술쟁이야. 바보야."

마린과 멀리 외출했다가 돌아온 요우는 카스미의 집에 들렀다. 그런데 카스미는 완전히 삐친 상태로 자기 방에 틀어박혀 있었다.

그 원인은 몇 시간 전으로 거슬러 올라간다.

◆

"——어? 요우와 마린이 돌아왔네."

오카야마역 근처의 대형 쇼핑몰에 놀러 갔던 나기사는 그 후 오카야마역으로 돌아오자마자 요우와 마린의 모습을 발견하고 카스미에게 그렇게 말을 걸었다.

"마린의 표정을 보니 이제는 기분이 다 풀렸나 본데—— 음? 카스미. 왜 그래?"

주스 전문점에서 사 온 검은깨 바나나 밀크셰이크를 들고 있던 카스미는 그대로 빨대를 입에 문 채 딱딱하게 굳어 있었다.

"여보세요~ 너 왜 그렇게 얼어붙었어?"

"저, 저 두 사람, 엄청나게 친해졌잖아……."

"그런가? 원래 저렇지 않았어?"

"히, 하지만, 저서 봐……! 옷소매를 잡고 있잖아……!"

마린이 얼굴을 붉히고 요우의 옷소매를 붙잡고 있었다. 그래서 카스미는 온몸을 부들부들 떨면서 동요하고 있는 것이었다.

그걸 본 나기사는 '하필이면 안 좋은 타이밍에 돌아왔구 나……' 하고 후회했다.

"넌 어차피 저거보다 훨씬 더 엄청난 짓을 하고 있잖아? 뭘 그렇게 놀래?"

"소, 소꿉친구인 내가 하는 것과, 저 애가 하는 것은 의 미가 전혀 다르다고……!"

'별로 다르지 않은데요……. 애초에 자신이 그런 짓을 한 다는 것은 부정하지 않는구나…….'

소꿉친구든 평범한 여자애든 간에 다 같은 이성이니까, 저렇게 착 달라붙는 것은 같은 의미를 지닐 텐데. 나기사 는 그렇게 생각했다.

하지만 카스미의 머릿속에서는 다른가 보다.

"이대로 놔두면 아키미한테 요우를 빼앗길 거야……!"

"네가 여기서 방해하러 갔다가 마린의 기분이 상하면, 그때는 진짜로 돌이킬 수 없게 될 텐데?"

"으윽……!"

오늘 아침과 똑같은 실수를 반복하면 요우는 절대로 용 서하지 않을 것이다.

그 정도는 카스미도 알고 있었다. 울상을 짓고 분하다는 듯이 주먹을 꽉 쥐었다.

"요우와 사귀는 것도 아니니까 네가 뭐라고 할 권리는 없다는 거, 알지? 방해해봤자 미움만 받을 뿐이니까. 요우한테 사랑받을 수 있게 행동하는 것이 현명한 판단일걸?"

"뭐야?! 그렇게 바른 소리만 하고, 나를 괴롭히는 게 재미있어……?!"

"바른 소리를 하는 게 뭐가 나빠?! 괴롭힌 적도 없거든? 괜히 화풀이하지 마……!"

카스미가 분풀이를 할 대상이 없어서 나기사에게 대들자, 나기사도 저항하는 바람에 싸움이 벌어졌다.

그 후 카스미는 부글부글 속만 끓이면서, 요우와 마린이 전철에 타는 모습을 그저 안타깝게 지켜볼 수밖에 없었다.

◆

──그런 과정을 거쳐 현재 카스미는 삐친 상태였다.

"그렇군. 거기에 카스미와 나기사도 있었구나…….."

카스미가 삐친 이유를 알게 된 요우는 난처한 듯이 뺨을 손가락으로 긁적였다.

시간이 충분히 지났으니까 더 이상 역에는 없을 줄 알았는데, 하필이면 딱 마주쳐버린 자신의 불운을 한탄했다.

"사이좋게 노는 모습을 과시하듯이 보여주다니, 날 놀리는 것도 정도가 있지……!"

"우리는 그렇게 사이좋게 놀지도 않았고, 너를 놀리려고 한 적도 없는데……."

삐친 카스미 때문에 곤란해진 요우는 천천히 카스미의 머리로 손을 뻗었다.

그걸 본 카스미는 언제 뾰로통한 표정을 지었나? 싶을 정도로 눈을 반짝반짝 빛냈다.

"미안. 내가 무신경한 짓을 해서."

"응……."

요우가 머리를 쓰다듬어주자, 카스미는 기분 좋은지 눈을 가늘게 떴다.

그리고 스스로 몸을 움직여 요우에게 다가갔다.

요우는 멀어지지 않았다. 자신에게 몸을 딱 붙이는 카스미를 그대로 받아줬다.

내일은 어떻게든 카스미와 마린을 사이좋게 지내게 해야 한다.

그러려면 불만을 가지게 해서는 안 된다.

"요우. 무릎 위에 앉아도 돼?"

"…………."

"안 돼……?"

"아냐, 돼."

거래와는 상관없이 그런 것까지 허락해줘도 되는 걸까? 하고 요우는 망설였는데, 카스미가 어리광 부리고 싶은 것처럼 쳐다봤기 때문에 허락해주고 말았다.

카스미는 기뻐하면서 몸을 움직여 요우의 무릎 위에 앉았다.

완전히 어리광쟁이 모드였다.

"카스미."

"응, 왜?"

요우가 머리를 쓰다듬어주면서 말을 걸자, 카스미는 편안한 표정으로 요우의 얼굴을 쳐다봤다.

흐물흐물해진 그 표정을 본 요우는 한순간 깜짝 놀랐다.

그러나 곧 아무 일도 없었던 것처럼 입을 열었다.

"내일 정식으로 아키미에게 사과해줬으면 좋겠어. 오늘 일은 너도 잘못했다고 생각하지?"

"윽…… 뭐야, 툭하면 아키미 이야기나 하고……."

"그야 그 이야기를 하려고 왔으니까."

요우가 집에 찾아온 시점에서 아마 카스미는 눈치를 챘을 것이다.

그런데도 요우한테 혼나기 싫어서 얼렁뚱땅 넘어가려고 했거나, 또는 삐쳐서 그 점은 깜빡했거나. 둘 중 하나일 것이다.

"그래, 나도 아키미한테 나쁜 짓을 했다는 것은 알아."

도망칠 수 없다고 생각한 걸까. 카스미는 주눅이 든 것처럼 대답했다.

역시 죄책감이 있었나 보다.

"아키미는 이제 마음이 풀렸고, 내일도 와준다고 했으니까. 그 자리에서 사과해."

"하지만 아키미가 화를 낼지도 모르잖아……."

"오늘처럼 하지만 않으면 용서해줄 거야."

마린의 인격을 높이 평가하는 요우는 그렇게 설명하면서 카스미의 머리를 다시 쓰다듬어줬다.

그러자 카스미는 살짝 고개를 끄덕였다.

아마도 사과할 마음은 생겼나 보다.

"나기사한테서 들었어. 오늘 같이 역 근처의 쇼핑몰에 가서 옷도 구경하고 아이스크림도 먹고 영화도 봤다면서? 나기사랑도 사이좋게 잘 지내게 됐나 봐?"

"같이 갔다기보다는 억지로 끌려간 느낌인데……."

카스미의 기억에 의하면, 자신은 집에 가려고 하다가 뒷덜미를 잡혀서 이리저리 끌려다닌 것이었다.

얘를 자유롭게 놔두면 시간이 지났어도 요우를 쫓아갈 게 뻔하다. 그렇게 판단한 나기사가 카스미의 자유를 빼앗은 것이다.

"싸우지 않았으면 됐어. 아무튼 더 이상 오늘 아침 같은 일은 생기지 않도록 셋이서 사이좋게 지내. 알았지?"

"으응……."

요우의 그런 요구에 카스미는 순순히 고개를 끄덕였다.

평소에는 냉담한 성격이지만, 이렇게 어리광 부릴 때의 카스미는 온순해지는 것이었다.

"응, 그럼 이야기도 끝났으니까 나는 이만 돌아갈게."

요우는 카스미의 무릎 뒤쪽에 손을 넣고 들어 올려서 침대에 내려놨다.

그 후 몸을 일으켰는데, 카스미가 요우의 옷소매를 붙잡았다.

"어, 왜?"

"아직. 시간 있잖아……?"

아마도 아직은 요우가 돌아가지 않기를 바라는 것 같았다.

"아니 슬슬 가야지. 넌 아직 목욕도 안 하고 식사도 안 했잖아?"

카스미는 오늘 외출했을 때와 같은 복장이었다.

목욕했다면 옷은 갈아입었을 것이다.

그리고 식사에 관해서는, 카스미의 집에서 나는 음식 냄새로 알았다.

카스미의 집에서는 식사가 끝난 후의 냄새가 아니라 현재 요리를 하는 좋은 냄새가 나고 있었다.

그것을 눈치채지 못할 정도로 요우도 둔한 것은 아니었다.

"애초에 약속한 날도 아니고. 오늘은 이걸로 끝이야."

"치……."

"그렇게 불만스럽게 퉁퉁 부은 얼굴로 잡아당겨도 안 돼."

요우의 옷소매를 자꾸 잡아당기면서 불만을 표시하는 카스미에게, 요우는 진지한 표정으로 그렇게 말했다.

천하의 카스미도 그 표정을 보고, 떼를 써봤자 소용없다는 것을 깨달았나 보다.

서서히 손가락을 뗐다.

"자, 그럼 갈게. 내일은 촬영도 할 거니까 나기사와 같이 아키미를 잘 붙잡아줘."

요우와 카스미가 동영상 크리에이터로 활동하고 있다는 사실은 마린에게는 비밀이었다.

요우는 처음에는 '최악의 경우에는 들켜도 상관없다'는 생각으로 마린을 데리고 다녔는데, 지금은 그게 불가능한 이유가 있어서 철저히 숨기기로 마음먹었다.

그 이유란 무엇인가. 마린이 동영상 크리에이터인 카스미를 동경하고 있기 때문이다.

현재 마린과 카스미는 사이가 나빴다. 그러니까 순양 채널의 여자가 카스미였다는 사실을 알게 된다면 마린은 심한 충격을 받을 것이다.

안 그래도 최근에는 계속 충격을 받았으니까, 더 이상 충격을 주고 싶지 않았다.

물론 그 정체를 알게 돼서 마린이 카스미를 다시 보게 될

가능성도 있긴 있었지만. 현재로서는 그럴 가능성은 낮은 것 같았다.

"요우……."

"응? 왜, 뭐가 더 남았어?"

카스미가 또다시 요우를 불러 세웠으므로 요우는 고개를 갸웃거리면서 물어봤다.

그러자 카스미는 양손 집게손가락을 붙이더니 꼼지락거리면서 고개를 푹 숙였다.

"저기…… 정말로, 오늘은 내가 잘못했어. 미안……."

그것은 요우로선 전혀 예상치 못한 행동이었다.

카스미는 솔직한 편이지만, 요우의 근처에 여자가 있으면 공격적으로 변해서 자신의 잘못을 인정하지 않는다.

요컨대 '바람을 피운 요우가 잘못한 거야……!'라고 느끼는 것이다.

물론 요우와 카스미는 사귀지는 않지만, 어쨌든 여자관계로 카스미가 이렇게 자발적으로 사과한 적은 그동안 없었던 게 아닐까.

"응, 괜찮아. 앞으로 같은 실수만 안 하면 돼."

카스미가 달라지기 시작했다는 것을 알게 된 요우는 다정하게 카스미의 머리를 쓰다듬어줬다.

요우에게 카스미는 소꿉친구이지만, 어릴 때부터 계속 어리광을 받아줬기 때문에 여동생처럼 여겨지기도 했다.

그래서 사실 요우는 카스미에게는 무척 다정한 것이었다.

"자, 그럼 진짜로 집에 갈게."

"앗……."

요우가 손을 떼자, 카스미는 아쉬워하는 소리를 냈다.

그리고 뭔가 바라는 듯한 눈빛으로 쳐다봤다.

좀 더 요우가 머리를 쓰다듬어주길 바라는 것이다.

지금까지 요우를 차갑게 대했던 모습만 보면 상상하기 어려울 테지만, 사실 카스미는 어리광쟁이였다.

──단, 오직 요우 앞에서만.

"내일도 있잖아."

이대로 있으면 영원히 붙잡힐 것이다. 과거의 경험을 통해 요우는 알고 있었다. 그래서 그냥 그 방에서 나왔다.

'완전히 옛날로 돌아갔구나…….'

요우는 카스미의 집 근처에 있는 자기 집으로 가는 밤길을 걸으면서, 홀로 쓸쓸하게 밤하늘을 우러러봤다.

뇌리에 떠오른 것은 좀 전까지 어리광을 부리던 카스미의 모습이었다.

'카스미의 마음은 알고 있고, 내가 다른 여자와 같이 있는 것을 싫어한다는 것도 알겠는데…… 아키미는 그냥 내버려 둘 수 없으니까…….'

요우는 마린이 자신을 잘 따른다는 것을 알고 있었다.

작고 귀여운 동물──아니, 시건방진 여동생이 자기를

좋아해주는 듯한 느낌. 요우는 마린을 그런 식으로 생각했다.

그러니까 자신이 밀쳐낸다면 마린이 상처받으리란 것은 알고 있었다.

그래서 카스미의 마음을 우선시해줄 수 없었다.

그리고 가장 중요한 점은, 자신이 마린과 함께 여행하는 것을 즐기기도 한다는 것이었다.

"뭔가 마음대로 되질 않네……."

이쪽을 편들면 저쪽이 서운하고, 저쪽을 편들면 이쪽이 서운하고. 그런 상황 때문에 요우는 골머리를 썩이면서 자기 집 현관문을 여는 것이었다.

──부디 두 사람이 절친 수준으로 친해져서 더 이상 싸우지 않게 되기를 기도하면서.

◆

다음 날인 일요일──.

"아키미, 미안해."

요우와 함께 마린이 오기를 기다리고 있던 카스미는 마린의 모습을 보고 얼른 고개를 숙였다.

오자마자 상대가 자기한테 고개를 숙이는 바람에 마린은 깜짝 놀라 요우의 얼굴을 봤다.

"네모토도 어제 일을 반성하고 있거든. 그래서 사과하는 거야."

요우가 설명하자 마린은 다시 카스미에게 시선을 돌렸다.

천하의 카스미가 순순히 사과하다니. 너무나 의외였다.

하지만 상대가 먼저 사과했으니 무시할 수는 없었다.

마린도 카스미와 마찬가지로 고개를 숙였다.

"저야말로 미안해요. 굉장히 실례했습니다."

마린은 어제 화내고 집에 돌아가려고 했던 것에 관해 카스미에게 사과했다.

원래 후회하고 있었으니까. 이렇게 사과할 기회가 생겨서 다행이라고 생각했다.

그런데 카스미는 그렇게 생각하지 않았다.

어제 마린은 전혀 잘못하지 않았고 자신과 나기사가 잘못했었다. 카스미는 그렇게 생각했으므로, 마린이 사과하는 것이 납득이 가지 않았다.

이것도 요우한테 잘 보이려고 가식 떠는 건가? 하는 생각이 들었다.

"야."

요우는 카스미의 표정이 발끈한 표정으로 변한 것을 눈치채고, 마린이 고개를 들기 전에 카스미에게 말을 걸었다.

그러자 카스미의 표정은 원래대로 돌아왔다.

"어? 왜요……?"

고개를 숙이고 있었던 마린은 당연히 자기를 부른 줄 알고 불안해하면서 요우의 얼굴을 쳐다봤다.

그래서 요우는 고개를 옆으로 흔들었다.

"아니, 아무것도 아냐. 그런데 나기사는 또 꼴찌구나."

나기사는 어제와 마찬가지로 오카야마역과 인접한 호텔에 묵고 있었다.

도쿄에는 돌아가지 않고 1주일쯤 오카야마에 머무르려는 것 같았다.

그 연락을 받았을 때 요우는 '이 녀석 의외로 한가한 거 아냐?'라고 생각했다.

하기야 나기사는 탐정 일과는 별도로 동영상 크리에이터 활동도 부업으로 하고 있으니까, 호텔에서도 일은 할 수 있지만.

"——다들 오래 기다렸지~?"

나기사는 정확히 약속 시간에 맞춰 나타났다.

지각은 안 했으므로 요우와 카스미도 뭐라고 하지는 않았다.

"마린, 미안해. 어제는 불쾌하게 만들어서."

어젯밤에 나기사는 마린에게 개인적으로 메시지를 보내 사과했지만, 이렇게 얼굴을 맞대자 다시 한번 사과했다.

그래서 마린도 허둥지둥 고개를 숙였다.

"저, 저야말로 죄송해요……! 어른스럽지 못한 짓을 해버렸어요……!"

마린은 왠지 긴장한 것처럼 고개를 숙이고 있었다.

그 모습을 본 요우는 '역시 나기사를 좋아하나?'라고 생각했다.

그 후 네 사람은 전차를 타고 가가와현으로 이동하기 시작했다.

"──오늘 보러 가는 곳은 천공의 기둥문과 엽전 모양 모래 그림이죠?"

마린은 휴대폰을 보면서 옆자리에 앉아 있는 요우에게 물어봤다.

참고로 자리 배치를 보자면 창가 자리에는 마린과 나기사가 앉아 있었고, 통로 쪽에는 요우와 카스미가 앉아 있었다.

그리고 넷이서 마주 보고 앉아 있었는데, 요우가 마린 옆에 앉는 바람에 자리 배치가 이렇게 된 것이다.

단순히 요우는 나기사 옆을 피했을 뿐이지만, 카스미는 마린 옆이니까 요우가 솔선해서 그 자리에 앉은 거라고 생각했다.

그래서 약간 뺨을 부풀린 채 질투하고 있었다.

그러나 방금 사과했는데 여기서 화를 낼 수는 없었다. 결국 화풀이할 곳을 찾지 못하고 혼자 끙끙거리고 있었다.

"응, 맞아. 천공의 기둥문에는 해 지는 시간에 맞춰서 갈 거야. 그러니까 간온지시에 가기 전에 일단 마루가메 시에서 내려서 시간을 보낼 예정이야."

천공의 기둥문과 엽전 모양 모래 그림은 둘 다 간온지시──그것도 서로 꽤 가까운 곳에 있었다. 그래서 천공의 기둥문을 본 다음에 엽전 모양 모래 그림을 보러 갈 예정이었다.

이때 어차피 보러 갈 거면 석양이 지는 시간대가 좋겠다고 요우는 생각했다. 그래서 가는 도중에 있는 마루가메 시에서 시간을 때우기로 한 것이다.

그리고 엽전 모양 모래 그림은 밤이 되면 조명이 켜지니까, 그게 더 구경하기 좋다는 이유도 있었다.

"이왕이면 낮에는 어떤 상태인지도 한번 보고 싶었는데요."

대낮과 해 질 녘은 같은 풍경이라도 인상이 전혀 달라진다.

그래서 마린은 낮에도 한번 보고 싶었던 것이리라.

사실 마린은 별생각 없이 한마디 해본 것이었다.

"그럼 예정을 변경해서 낮에도 가볼까?"

그런데 요우는 '마린의 소원은 가능한 한 들어준다'는 방침을 세워놓고 있었으므로 그렇게 확인차 물어봤다.

"아, 아뇨! 이미 정해진 예정이 있잖아요, 그러지 않아도 괜찮아요……!"

여행에서 미리 결정된 예정을 바꾸는 것은 주변 사람들에게 폐를 끼치는 짓이다.

그렇게 생각하는 마린은 당황하여 고개를 옆으로 흔들었다.

그러나 요우는 그런 마린을 진지한 표정으로 바라봤다.

"사양할 필요 없어. 솔직히 말해봐. 어떻게 하고 싶어?"

"아……."

요우의 눈을 본 마린은 어제의 대화를 떠올렸다.

『나한테는 좀 더 이기적인 모습을 보여줘도 돼.』

요우의 그 말을 기억해낸 마린은 양손 집게손가락을 맞대고 꼼지락거리면서 느리게 입을 열었다.

"저…… 가능하다면, 낮에도 가보고 싶어요……."

"알았어."

마린이 솔직하게 자기 생각을 이야기하자 요우는 살짝 고개를 끄덕였다.

그리고 카스미와 나기사를 돌아봤다.

"너희 둘 다 괜찮아?"

"뭐, 괜찮아. 일단 천공의 기둥문과 엽전 모양 모래 그림을 보러 갔다가 그 후에 마루가메 시로 돌아가서 관광하는 것도 좋다고 생각해."

"나도 그건 괜찮은데, 굳이 마루가메까지 돌아가야 해? 간온지시에서 마루가메까지는 30분쯤 걸리지 않아……?"

나기사는 고개를 끄덕였지만, 카스미는 마린이 아니라 나기사의 제안에 불만이 있는 것 같았다.

마루가메 시는 가가와현에서도 비교적 오카야마현과 가까운 곳에 있었고, 간온지시는 그보다 좀 더 멀리 있었다. 그러니까 왔다 갔다 하는 게 귀찮게 느껴질 수도 있었다.

"하지만 마루가메성이랑 골든 타워랑 수족관에 갈 예정이었잖아……?! 해 질 때까지 기다리는 동안에는 갈 수 있지만, 저녁 해를 본 다음에는 시간이 없어서 못 갈지도 모른다고……?!"

아마도 나기사는 마루가메 관광도 기대하고 있었나 보다.

"그리고 닭다리 요리……! 가가와에 가면 당연히 그걸 먹어야지……!"

"그건 밤에 먹어도 되지 않아……?"

적극적으로 주장하는 나기사 때문에 카스미는 당황하면서 고개를 갸웃거렸다.

그러자 나기사는 "쯧쯧" 하고 혀를 차더니, 집게손가락을 옆으로 까딱까딱 흔들면서 한심해하는 표정을 지었다.

"카스미, 넌 뭘 모르는구나. 많이 먹으려면 점심때 먹어야지, 응?"

"으…… 그 정도는 나도 알아. 나기사. 내 몸매가 너보다 낫거든?"

"뭐?!"

대체 뭐가 문제였던 걸까.

카스미가 그렇게 으스대면서 고개를 휙 돌리자, 나기사의 안색이 달라졌다.

"카스미는 그냥 뼈밖에 없는 거잖아……!"

"아, 아니거든……! 허벅지 같은 곳은 탱탱하거든!"

뼈밖에 없다──는 소리를 들은 카스미는 허벅지를 자랑하는 것처럼 스커트를 살짝 위로 올렸다.

그리하여 카스미의 희고 아름다운 허벅지가 드러났는데.

"멍청아, 그만해. 전차 안이잖아."

즉시 요우가 카스미와 나기사의 머리를 딱! 하고 때리면서 그들을 말렸다.

그 옆에서는 마린이 얼굴을 붉히면서 카스미의 하반신을 보고 있었다.

"남들한테 폐가 되니까 소란 피우지 마. 그리고 카스미도 그렇게 쉽게 스커트를 들추지 마."

"윽……."

요우한테 한 대 맞은 카스미는 울상을 지으며 요우를 쳐다봤다.

혼나는 게 싫은가 보다.

"그렇게 삐쳐서 뽀로통한 표정 짓지 마……. 애초에 왜 나기사랑 경쟁을 하는 거야?"

요우는 남자인 나기사와 여자인 카스미가 경쟁하는 이

유를 알 수 없었다.

이에 대해 마린은 뭔가 의문을 느꼈는지 고개를 갸웃거리고 있었다.

한편 카스미와 나기사는 서로 얼굴을 마주 보더니, 아무 일도 없었던 것처럼 휴대폰을 만지작거리기 시작했다.

"야, 뭐야. 왜 갑자기 무시해?"

카스미가 무시하자 요우는 좀 기분이 안 좋은 것처럼 카스미를 바라봤다.

그런데 여기서 나기사가 중재하듯이 끼어들었다.

"아니, 요우. 너무 그렇게 화내지 마. 마린이 슬퍼하잖아?"

"이상하네. 왜 내가 잘못한 것처럼 말하는 거야……?"

싸움을 하면 마린이 슬퍼한다.

그것은 물론 요우도 알고 있었다. 하지만 지금 요우는 주의를 주는 입장이었다.

그런데 왜 자신이 거꾸로 주의를 받는 걸까? 납득이 가지 않았다.

"에이, 아무튼. 마루가메와 간온지를 왕복하면 되는 건가? 어때?"

나기사는 더 이상 이런 이야기는 하고 싶지 않은지, 요우의 말을 무시하고 이야기의 궤도를 수정했다.

"응, 좋아. 그렇게 해. 나기사의 말도 일리는 있으니까."

그리고 좀 전까지 반발하던 카스미도 갑자기 나기사의

의견에 찬동하기 시작했다.

요우는 너무나 갑작스런 그 태도 변화에 위화감을 느끼고 카스미를 바라봤다.

그 순간 눈이 마주친 카스미는 당황한 것처럼 요우한테서 시선을 뗐다.

그래서 요우는 한층 더 수상하게 여겼는데, 마린이 그런 요우의 옷소매를 잡아당겼다.

"요——하자쿠라. 방금 나기사가 이야기한 스케줄이 좋다고 생각하는데요. 어때요?"

마린도 이야기를 진행하고 싶은 모양이다.

더 이상 질질 끌면 마린이 불쾌함을 느낄지도 모른다. 하는 수 없이 요우는 한숨을 쉬었다.

"그래, 좋아. 그렇게 하자."

요우가 고개를 끄덕이자 카스미는 휴 하고 안도의 숨을 내쉬었다.

역시 뭔가 켕기는 것이 있었나 보다.

"아, 그런데 가가와에 가면 당연히 닭다리 요리를 먹어야 한다고요? 그게 무슨 소리예요? 가가와는 우동으로 유명하지 않나요?"

가가와현은 우동의 고장으로서 전국에 알려져 있었다.

'사누키 우동'이란 이름은 많은 사람이 들어봤을 것이다.

그러니까 우동보다도 닭다리 요리가 더 중요하다는 말

을 듣고 마린이 의문을 느끼는 것도 당연했다.

"아주 맛있는 닭다리 요리 전문점이 마루가메에 있거든! 가가와 지방에는 프랜차이즈 지점이 그 외에도 있는데, 아마 오카야마에도 가끔 팔러 올걸?"

"어, 정말이에요?"

오카야마에도 팔러 온다는 말을 듣고 마린은 좀 놀랐다.

그 옆에서는 요우가 기막혀하는 표정으로 나기사를 보고 있었다.

"어째서 도쿄에 사는 네가 그렇게 오카야마를 잘 알고 있는 거야……? 뭐, 실제로 가끔 오카야마역 근처의 백화점에 와서 팔긴 하지만……."

오카야마역 근처에는 오래된 대형 백화점이 있었다. 그곳에서는 전국 각지의 특산품을 파는 이벤트가 개최됐다.

각 이벤트마다 참가하는 지역은 달랐는데, 가끔 가가와의 닭다리 요리로 유명한 음식점도 이벤트에 참가했다.

그 외에 홋카이도 같은 곳의 음식점이 출장을 오는 경우도 있었으므로 요우는 특산물을 맛보려고 가끔 그곳에 가곤 했다.

"후후, 나는 정보로 먹고사는 인간이니까. 이것저것 많이 조사하고 있지."

"변태."

"뭐라고?! 자연스럽게 시비 거는 거냐?!"

의기양양해진 나기사 옆에서 카스미가 조그맣게 중얼거리자, 나기사는 화들짝 놀라 무의식중에 반격했다.

　그 목소리가 너무 커서 요우는 나기사의 두 뺨을 붙잡고 쭉 잡아당겼다.

　"내가 말했잖아. 소란 피우지 말라고, 응?"

　"네헷…… 잘모태써여……."

　요우가 뺨을 잡아당기는 바람에 나기사는 제대로 말을 하지 못했다.

　하지만 일단 고개를 끄덕이면서 반성하는 태도를 보여 줬다.

　"네모토도 도발하지 마."

　요우는 나기사의 뺨에서 손을 떼더니 이번에는 카스미를 봤다.

　카스미도 나기사처럼 열심히 고개를 끄덕이면서 더 이상은 안 그러겠다고 어필했다.

　그걸 본 요우는 한숨을 쉬더니 등받이에 몸을 기대었다.

　"고생했어요."

　마치 아버지처럼 대응하는 요우를 본 마린은 저도 모르게 그 노고를 위로했다.

　그러자 요우는 체념한 듯이 한숨을 쉬고 입을 열었다.

　"뭐, 그러니까 오카야마에서도 못 먹는 것은 아니지만, 그 식당이 팝업스토어를 내주지 않으면 먹을 수 없거든.

그러니까 이번 기회에 먹으면 좋을 거야. 우동은 밤에 먹으면 되지 않을까?"

"네, 그래요. 고마워요."

요우의 제안에 마린은 귀엽게 웃으며 동의했다.

그 후 네 사람은 잡담하면서 도중에 전철을 갈아타고 간온지역에 도착할 때까지 시간을 보냈다.

참고로 어제 마린은 전철 안에서도 다 함께 놀 수 있도록——이란 말을 했었는데, 그 이야기를 꺼낼 기미는 보이지 않았다.

아마도 요우한테 소란 피우지 말라는 소리를 들었기 때문에 주변 사람들을 배려해서 일부러 꺼내지 않은 것 같았다.

◆

"——어? 여기서부터는 셔틀버스를 타고 가는 건가요?"

간온지 역에 도착하자 마린은 귀엽게 고개를 갸웃거리면서 요우를 쳐다봤다.

원래 간온지 역에서 택시를 타고 간다고 들었으므로, 가는 방식이 달라지자 의문을 느낀 것 같았다.

"공휴일 오전 9시부터 오후 5시 30분까지는 셔틀버스가 운행되기 때문에 차는 출입이 금지되어 있거든. 처음에는 저녁때 갈 예정이었으니까 택시를 타고 가려고 했던 거야."

"아, 네……. 여전히 준비가 완벽하네요. 굉장해요."

시간에 따라 교통수단이 달라진다는 것까지 미리 조사해온 요우. 마린은 귀엽게 웃으면서 그를 쳐다봤다.

마린은 이 정도로 준비를 잘하는 남자는 본 적이 없었다.

"그야 뭐, 요우니까. 이 정도는 당연하지."

그런 이야기를 하고 있는데 뜬금없이 카스미가 의기양양한 얼굴로 마린을 돌아봤다.

그리고 그 옆에서 나기사가 기막혀하는 표정을 지었다.

"아니, 왜 네가 자랑스러워하는데?"

"시끄러워."

나기사가 눈을 가늘게 뜨고 흘겨보자, 카스미는 흥! 하고 반대쪽으로 고개를 돌렸다.

아마도 나기사를 상대하지 않기로 한 것 같았다.

일단 상대하면 싸움이 터져서 요우한테 혼날 거라고 생각했나 보다.

그 후 네 사람은 셔틀버스를 타고 천공의 기둥문으로 이동하기 시작했는데——.

"저, 저기, 이 산길은 무섭네요……."

꼭대기에 천공의 기둥문이 있는 산으로 들어가자, 마린은 요우 옆자리에서 창밖을 내다보면서 겁에 질렸다.

왜냐하면 길이 몹시 좁았기 때문이다.

한편 요우의 옆자리를 마린에게 빼앗긴 카스미는 퉁퉁 부은 얼굴로 삐쳐 있었다.

　이쪽은 나기사가 상대하면서 어떻게든 달래주려고 하는 중이었다.

　게다가 통로를 사이에 두고 있어도 일단 요우의 옆자리 이긴 해서, 카스미도 여기서 폭발은 하지 않았다.

　"그래? 그 정도는 아니지 않아?"

　"하지만 이러면…… 내려오는 차와 딱 마주치면 서로 지나갈 수가 없잖아요……?"

　"그래서 다른 차는 이 시간대에는 출입 금지인 거겠지."

　"그럼 그 외의 시간에 자가용을 끌고 왔다가 맞은편에서 오는 차와 마주치면, 어떻게든 이 좁은 길에서 서로 스쳐 지나가야 한다는 건가요……?"

　마린은 나중에 자기 차를 끌고 오는 경우를 상상해보고, 그때 맞은편에서 온 차와 엇갈려 지나가지 못해서 꼼짝도 못 하게 된 광경을 상상하고 말았다.

　"군데군데 길이 좀 넓어지는 곳이 있으니까 거기서 엇갈려 지나가는 거겠지."

　"스스로 차를 몰고 오기는 어려울지도 모르겠네요."

　길이 넓어진 곳에서도 자신은 아마 스쳐 지나가지 못할 것이다. 그렇게 생각한 마린은 난처한 듯이 웃었다.

　그러자 요우는 집게손가락을 곧게 세우면서 마린을 바

라봤다.

"천공의 기둥문으로 가는 방법은 하나 더 있는데, 그쪽으로 가면 무섭지도 않고 괜찮지 않을까?"

"네? 그래요?"

"응. 산기슭에서 차를 세워놓고 걸어 올라가는 거지."

"…………."

걸어 올라간다는 말을 듣고 마린은 딱딱하게 굳어버렸다.

요우의 다음 말이 무엇일지 예상했기 때문이다.

"저, 참고로 얼마나 걸어야 하는데요……?"

"신사의 맨 아래 건물에 주차장이 있는데. 거기서부터 걸으면 50분쯤 걸린대."

"전 못해요. 저 운동은 자신이 없거든요……."

등산에 익숙한 사람이나 평소에 운동을 열심히 하는 사람이라면 산길을 50분 동안 걷는 것도 가능할 것이다.

그러나 평소에 운동을 안 하기도 하고 못하기도 하는 마린한테는, 50분이나 산길을 걷는 것은 불가능하게 느껴졌다.

"응, 그래서 이 길로 가고 있는 거야."

요우, 카스미, 나기사, 그렇게 세 사람만 있었다면 요우는 걸어 올라가는 길을 선택했을지도 모른다.

걸어 올라갈 때는 또 나름대로 풍경을 즐길 수 있기 때문이다.

특히 바람을 느끼면서 걷는 것은 기분이 좋았다.

하지만 이 경우에는 마린은 버티지 못할 것이다. 요우는 그렇게 생각해서 차를 타고 가는 길을 선택한 것이다.

"하자쿠라는 정말 다정하네요."

마린도 그 사실을 눈치채고 기뻐하면서 감사 인사를 하는 것 같았다.

요우는 마린의 인사를 듣고 간질간질한 기분을 느꼈다. 쑥스러워져서 난처한 듯이 뺨을 손가락으로 긁적거렸다.

그 행동과 표정을 본 마린은 또다시 즐겁게 미소를 지었다.

"……! ……!"

그런데 그 두 사람의 모습을 본 카스미는 즐겁지 않았다.

소리를 내면 혼날 테니까 입을 다문 채 요우와 마린을 번갈아 가리키면서, 나기사한테 '쟤네 왜 저렇게 사이좋게 놀고 있어?!' 하고 화내고 있었다.

나기사는 '응, 진정해……' 하고 카스미를 달랬지만, 확실히 카스미의 말도 이해가 안 가는 것은 아니었다.

'마치 연인 같잖아……. 저 두 사람, 의외로 많이 친해진 것 같네.'

두 사람의 대화 장면을 보면서 나기사도 그런 생각을 했기 때문이다.

그러나 나기사가 카스미를 필사적으로 막아주고 있다는

셋을 눈치채지 못한 요우와 미린은 그저 아무렇지도 않게 잡담을 계속하고 있었다.

◆

"──너, 너무 가파른데요……."

셔틀버스에서 내린 마린은, 천공의 기둥문이 있는 본궁으로 이어지는 비탈길을 쳐다보면서 딱딱하게 굳어버렸다.

길이 몹시 가팔랐다.

"직접 보니까 역시 굉장하구나……."

이런 광경 앞에서는 요우도 쓴웃음을 지을 수밖에 없었다.

마린의 옆을 봤더니 카스미도 말없이 식은땀을 흘리고 있었다.

"이러면 다리도 많이 아프겠는데."

나기사는 그렇게 말했지만, 말과는 달리 태연한 표정이었다.

사실 나기사는 산에서 수행해본 적도 있었다. 이런 산길을 올라가는 것은 몇 번이나 경험해봐서 놀라지도 않는 것이다.

"일단 가볼까."

입으로만 떠들어봤자 아무 의미도 없다.

여기까지 와서 천공의 기둥문에 안 가볼 수는 없었다.

그래서 요우는 걷기 시작했다.

이어서 카스미와 나기사도 걸음을 뗐고, 마린도 열심히 산을 오르기 시작했다.

그러나──.

"아키미, 괜찮아……?"

운동 신경이 좋은 세 사람에 비해 운동은 못하는 마린은 한 걸음 나아갈 때마다 점점 뒤처지게 되었다.

"괘, 괜찮아요……. 머, 먼저 가세요……."

마린은 열심히 다리를 움직이면서 나머지 세 사람에게 먼저 가라고 했다.

비탈길은 가파르긴 해도 그렇게까지 길지는 않았다.

그냥 놔둬도 알아서 뒤따라올 것이다.

"……카스미, 나기사. 먼저 가."

그러나 요우는 마린을 두고 갈 마음은 없는 것 같았다.

카스미와 나기사에게 그렇게 한마디 하더니 마린에게 다가갔다.

그러자 카스미는 충격을 받아 요우를 뒤따라가려고 했다. 하지만 나기사가 어깨를 붙잡아 말렸다.

"지금은 방해하면 안 돼."

"아니, 하지만……!"

"네가 하고 싶은 말이 뭔지는 알겠는데. 그래도 참아."

"…………."

제지를 당한 카스미는 기운 없이 앞을 향했다.

체념하고 먼저 가기로 한 모양이다.

나기사도 카스미가 포기한 것을 확인하고 같이 위로 올라갔다.

"──팔을 빌려줄게. 잡아."

마린이 있는 곳까지 돌아온 요우는 팔을 내밀었다. 그러자 마린은 면목이 없는 것처럼 고개를 들었다.

"죄송해요. 이런 일로 폐를 끼치다니……."

"신경 쓸 필요 없어. 절경을 구경하러 가는 거잖아. 이런 일은 얼마든지 있을 수 있어."

절경은 다양한 조건하에 볼 수 있는데, 대개 산처럼 높은 곳에서 볼 수 있는 경우가 많았다.

그러니까 이렇게 몸이 힘들어지는 일도 있었다.

요우는 이 정도는 충분히 예상했었다. 고로 마린이 신경 쓸 필요는 없다고 생각했다.

"고마워요. 요우……."

마린은 요우의 배려에 기뻐하면서 찰싹 달라붙었다.

중량감이 있는 부드러운 가슴이 자기 팔에 밀착되자 요우는 놀라서 숨을 삼켰지만, 마린이 그런 데 신경 쓸 여유는 없어 보여서 가급적 의식하지 않으려고 노력했다.

그리고 마린을 끌어 올려주는 듯한 감각으로 걸음을 옮겼다.

"힘들면 사양하지 말고 말해, 알았지? 무리하는 게 더 무섭거든."

이런 산속에서 진짜로 아프기라도 하면, 병원에 빨리 갈 수도 없어서 제때 치료받지 못하게 된다.

마린은 지금 몸이 힘들어서 피곤해졌을 뿐이지만, 마린 같은 타입은 진짜로 아파도 무리할 가능성이 있었다. 그래서 요우는 그렇게 말한 것이다.

"저는 자꾸 폐만 끼치네요…….."

남에게 폐를 끼치는 것은 마린으로서는 상당히 괴로운 일일 것이다.

우시마도에 갔을 때도 바다에서 마린은 요우에게 도움을 받았고, 그전에도 언덕에서 떨어질 뻔했을 때, 또 집으로 돌아가는 길에 내리막길에서 넘어질 뻔했을 때 요우의 도움을 받았었다.

그런 것들이 신경 쓰여서 마린은 마음이 약해진 것이다.

요우는 그런 마린에게 손을 내밀었다.

그리고——.

"폐라고 생각한 적은 없으니까 신경 쓰지 마. 아키미는 익숙하지 않은 일을 하고 있잖아. 이렇게 되는 게 당연해."

다정하게 머리를 쓰다듬어줬다.

"앗…….."

요우가 머리를 쓰다듬어주자, 마린은 얼굴이 새빨개지

면서 굳어버렸다.

그러나 요우의 손을 피하려고 하지는 않았다.

오히려 기쁘게 받아들이고 있었다.

"고마워요……."

"──! 어, 아냐. 별것도 아닌데 뭐."

마린이 뺨을 붉히면서 뜨거운 눈빛으로 바라보자, 요우는 저도 모르게 숨을 삼켰다.

그러나 가능한 한 태연한 척하면서 걸음을 옮겼다.

마린은 요우에게 달라붙어 걸었다. 그런데 앞을 보는 게 아니라 아래를 보면서 걷고 있었다.

그 얼굴은 역시나 새빨개져 있었다.

'이, 이러면 안 돼요. 감정을, 억누를 수가 없어요……. 저는 역시 요우를…….'

어렴풋이 그런 게 아닐까? 하고 생각은 했었는데, 마침내 확신이 들고 말았다.

마린은 요우에 대한 감정을 자각해버린 것이다.

그리고 지금 이 시간이 무척 행복하다고 느꼈다.

"──아키미. 다 왔어."

"네……?"

요우와 딱 달라붙어 있어서 기분이 좋았는데, 어느새 산 꼭대기에 다 와버렸다.

그곳에는 나기사와 카스미가 서 있었다. 각자 다른 표정이었다.

나기사는 한숨 쉬듯이 웃고 있었는데, 카스미는 살짝 뺨을 부풀린 채 울상을 지으며 이쪽을 노려보고 있었다.

요우의 팔에 매달린 마린을 보니까 질투가 나고 분한 것 같았다.

"고, 고마웠어요, 요우……!"

요우와 딱 달라붙은 모습을 남에게 들키자 급격히 부끄러워진 마린은 허둥지둥 요우의 팔을 놓고 떨어졌다.

그런데 그때 무심코 해버린 말이 문제였다. 카스미의 눈매가 사나워졌다.

"뭐? 요우……?"

"앗…… ."

기어코 마린은 카스미 앞에서 요우의 이름을 부르고 말았다. 그리고 그 사실을 눈치챈 카스미의 표정은 순식간에 달라졌다.

성이 아닌 이름을 부른다는 것은, 그만큼 친한 사이라는 뜻이다.

카스미는 요우를 진심으로 좋아해서 다른 여자가 요우에게 접근하는 것을 원치 않았다. 고로 이 상황을 눈치채고 눈에 쌍심지를 켜는 것도 당연했다.

그래서 요우도 마린에게 미리 말했던 것이다. 남들 앞에서는 그렇게 부르지 말라고.

"아키미, 언제부터 요우를 성이 아니라 이름으로 부르게
된 거야?"

기분이 안 좋아진 카스미는 마린에게 따지고 들었다.

마린은 그런 카스미를 상대로 어색하게 시선을 피했다.

"어, 얼마 전부터……."

마린은 착한 아이라서 거짓말은 못 하는 편이었다. 그냥
방금 도움을 받았을 때부터 요우라고 부르게 되었다고 말
했으면 좋았을 텐데, 솔직하게 대답을 해버렸다.

그러자 카스미는 더욱 기분이 안 좋아졌다.

"흐~응…… 그럼 예전부터 그렇게 불렀으면서 일부러
숨겼던 거구나? 뭔가 양심에 찔리는 거라도 있어서?"

"아, 아뇨, 양심에 찔리는 것은 없는데……!"

떠보듯이 말하면서 마린을 응시하는 카스미. 이에 대해
마린은 얼굴을 붉히고 당황하여 고개를 좌우로 흔들었다.

그런데 그 행동이 오히려 카스미한테는 수상하게 보였다.

"내가 남들 앞에서는 그렇게 부르지 말라고 했어. 아키
미가 잘못한 게 아니야."

아무래도 이런 분위기는 좋지 않다고 생각한 요우는 마린
을 등 뒤에 숨기듯이 앞으로 나서더니 카스미와 대치했다.

그러자 카스미의 공격 대상은 요우로 변경됐다.

"왜 숨겼어? 찔리는 게 있으니까 숨긴 거 아냐?"

"네모토——아니, 카스미, 네가 그렇게 화내니까 그런

거잖아? 겨우 이름을 부르는 방식 때문에 혼나야 하는 이유가 뭔데?"   .

요우는 가능한 한 카스미를 자극하지 않으려고 일부러 평소처럼 카스미라고 부르면서 다정한 목소리로 대답했다.

사실 그동안 요우가 마린 앞에서 카스미를 네모토라고 성으로 불렀던 이유는, 카스미를 싫어하는 마린을 배려해서 그런 것이었다. 하지만 여기서는 카스미를 달래는 것을 우선시하기로 했다.

"하지만, 성이 아닌 이름은……."

요우가 화내지 않고 다정한 목소리로 말해줬기 때문에 카스미는 분노를 폭발시킬 수 없게 되어버렸다.

그래서 난처한 듯이 눈을 이리저리 굴렸다. 말도 도중에 끊었다.

"카스미. 우리도 서로 이름을 부르잖아? 그러니까 아키미가 나를 이름으로 부르는 것도 아무 문제도 없는 거야. 안 그래?"

"그건……."

카스미는 힐끗 마린을 봤다.

실은 큰 소리로 싫다고 말하고 싶었다.

하지만 요우와 자신은 사귀는 사이가 아니었다.

그런데도 '요우를 친근하게 이름으로 부르지 말아 달라'고 말해봤자 소용이 없을 것이다.

더구나 요우는 제발 싸우지 말라고 카스미에게 몇 번이나 신신당부했었다.

더 이상 시비를 건다면, 결국 자신이 요우에게 버림받게 되리란 것을 카스미는 알았다.

"흐윽……."

하고 싶은 말을 할 수 없게 된 카스미는 저도 모르게 눈물을 흘렸다.

그걸 본 마린은 동요하여 요우의 얼굴을 쳐다봤다.

"저, 하자쿠라……."

"아냐, 이제 됐어. 앞으로는 그냥 이름으로 불러도 돼."

그동안 가장 큰 걸림돌이었던 카스미에게는 이미 들켰으니까. 요우는 더 이상 숨길 필요가 없다고 생각해서 마린에게 그렇게 말했다.

그보다도 문제는 카스미였다.

요우는 카스미와 마린을 사이좋게 만들어주고 싶었다. 그러니까 이대로 카스미한테 일방적으로 참으라고 하고 넘어갈 수는 없었다.

지금 여기서 억지로 참게 해도 언젠가는 울분이 폭발할 게 뻔했기 때문이다.

"아키미. 나기사와 같이 먼저 가줄래?"

천공의 기둥문은 다카야 신사라는 신을 모시는 신사에 있었다.

그 신의 가호는 해상 안전을 비롯하여 수해 방지, 교통 안전, 순산 기원 등 넓은 범위에 걸쳐 있다고 한다. 그러니까 여기까지 왔으면 참배를 하는 것이 이득이다.

그래서 요우는 그걸 하고 오라고 말한 것이다.

"저, 하지만⋯⋯."

마린은 눈에 눈물이 맺힌 카스미가 신경 쓰여서 요우의 지시에 따르려고 하지 않았다.

이대로 이곳을 떠나는 데 저항감을 느끼는 듯했다.

그때 나기사가 마린의 양어깨를 뒤에서 잡았다.

"아냐, 아냐, 괜찮아. 우리는 먼저 가자."

"나, 나기사?! 앗, 미, 밀지 말아요⋯⋯!"

저항하는 마린. 그러나 키는 비슷해도 육체 단련의 수준이 다르기 때문에 그대로 나기사한테 잡혀가고 말았다.

요우는 두 사람이 멀리 떠난 것을 확인한 뒤 다시 카스미를 돌아봤다.

"카스미를 불쾌하게 만들었다는 것은 알아. 하지만 전에도 말했듯이 이것은 너에 대한 벌이야. 그러니까 받아들여."

요우는 자신이 인간적으로 잔인한 말을 하고 있다는 것은 알았지만, 그래도 카스미에게 참으라고 이야기했다.

그러자 카스미는 눈물 젖은 눈으로 요우의 얼굴을 쳐다보더니 뭔가를 호소하기 시작했다.

그 눈은 요우에게 매달리는 것처럼 보였다.

그런 카스미에게 요우는 시서히 손을 내밀었다.

"그 대신 이렇게 너를 예뻐해 줘서 네 불만이 사라질 수 있도록 노력해볼게. 그러면 안 될까?"

마린을 우선시하다 보면 저절로 카스미는 불만을 가질 수밖에 없다.

그런데 요우는 불만이 쌓인다면 그것을 해소하면 된다는 답을 내놓았다.

그것은 어제 그들이 충돌했을 때부터 생각한 방법이었다. 어젯밤에 카스미를 예뻐해 줬을 때의 태도를 보고 '이건 가능하겠다'고 판단했다.

그래서 지금도 머리를 쓰다듬으면서 예뻐해 주고 있는 것이었다.

실제로 카스미는——.

"응, 에헤헤……."

——방금 울었다는 것이 믿어지지 않을 정도로 행복한 표정을 짓고 있었다.

"어때, 그러면 되겠어?"

"응! 요우가 나를 예뻐해 준다면 난 그걸로 괜찮아!"

아마도 카스미의 입장에서는, 마린이 요우와 친해지는 것보다도 자신이 사랑받는 것이 우선순위가 더 높은 것 같았다.

마린이 멀리 떨어져 나가더라도 자신이 사랑받지 못한

다면 카스미한테는 의미가 없는 섯이리라.

그래서 이렇게 사랑받을 수 있다면 오히려 마린의 존재를 수용하려는 것 같았다.

"그래, 다행이다. 미안해. 무리하게 만들어서."

카스미가 받아들여준 덕분에 요우는 안도해서 다정한 목소리로 말했다.

그러자 카스미는 기뻐하면서 요우에게 안기려고 했는데.

"아무리 그래도 그건 안 돼."

이렇게 많은 사람들이 보는 곳에서 안기면 곤란하다. 그래서 요우는 카스미를 피했다.

"치……!"

그 결과 카스미는 뺨을 크게 부풀리면서 삐쳐버렸는데, 그래도 좀 전의 질투로 가득 찬 표정과는 달리 아이처럼 귀엽게 삐친 얼굴이었다.

그래서 요우는 신경 쓰지 않고 신사를 향해 걸어가기 시작했다.

"아키미와 나기사가 기다리고 있을 거야. 자, 가자."

"어휴, 넌 여전히 사람을 안달 나게 만드는구나……."

카스미는 불만이 있어 보였지만, 그래도 요우가 예뻐해 줘서 기분이 좋아졌는지 가볍게 웃으면서 요우의 뒤를 따라왔다.

◆

"──와, 예쁘다······."

마린은 참배를 마친 친구들과 함께 천공의 기둥문을 보더니, 그 기둥문 너머에 펼쳐져 있는 경치에 감탄하여 저절로 탄성을 발했다.

그곳에서는 마치 미니어처처럼 작아진 건물들과 새파랗고 아름다운 바다가 보였다.

그 바다는 무한히 펼쳐져 있는 것처럼 끝이 없어 보였다.

저 멀리 희미하게 산이 보이긴 했지만, 거리는 도저히 가늠할 수 없었다.

"낮에도 와보길 잘했네. 이렇게 푸른 바다와 초록색 산과 들 같은 자연의 풍경은 저녁이 되면 볼 수 없으니까."

해 질 녘이 되면 빛이 닿는 곳은 전부 다 오렌지색으로 물들어 아름다워지지만, 빛이 닿지 않는 곳은 그늘로 뒤덮여버린다.

물론 그것도 나름대로 운치가 있고 아름답긴 하다. 하지만 아무래도 풍경이 주는 인상은 달라진다.

그래서 요우는 이 초록빛이 가득한 광경도 보게 되어서 다행이라고 생각했다.

"시골──이라고 하면 어떤 사람들은 무례하다고 생각할지도 모르지만······ 평소에 사람들이 넘쳐나는 시골벅적

한 도시에 사는 나 같은 사람은, 이렇게 평온한 분위기를 동경하게 된단 말이지."

나기사도 마음에 들었는지 웬일로 감상적인 표정을 짓고 있었다.

도쿄에서 태어나고 자랐기 때문에 이런 자연에 대해 특별한 감정을 품고 있는 것이리라.

그 옆에서는 카스미가 휴대폰을 꺼내 풍경 사진을 찍고 있었다.

기념으로 남겨두고 싶은 것 같았다.

그런 카스미를 요우가 바라보고 있는데, 카스미가 이쪽으로 시선을 돌렸다.

그리고 적극적으로 요우의 옷소매를 잡아당겼다.

"요우, 같이 찍자. 응?"

아마도 요우와 둘이서 사진을 찍고 싶은가 보다.

카스미는 요우와 같이 찍은 사진을 수집하고 있었다. 그러니까 이 기회는 놓칠 수 없는 것 같았다.

옛날부터 카스미는 이런 식으로 사진을 찍고 싶어 했다. 그래서 요우도 거절하진 않았다.

"나기사, 사진 찍어줘."

카스미는 요우가 고개를 끄덕인 것을 확인하고 기뻐하면서 휴대폰을 나기사에게 맡겼다.

그리고 요우와 함께 천공의 기둥문을 등지고 나란히 섰다.

"찍는다. 하나, 둘, 셋."

나기사도 이런 일에는 익숙해서 자연스럽게 두 사람의 사진을 찍어줬다.

카스미는 요우와 함께 오랜만에 사진을 찍게 되어서 기쁜지 계속해서 배경을 바꿔가면서 열심히 사진을 찍었다.

이 와중에 혼자 이런 분위기에 적응하지 못하는 사람이 있었다.

"…………."

그들의 행동에 익숙하지 않은 마린은 어쩌면 좋을지 몰라서 그저 요우와 카스미를 바라보고 있었다.

실은 자기도 요우와 같이 사진을 찍고 싶었다. 하지만 방해하면 미안하니까 그런 말을 꺼낼 수 없었다.

힐끔 나기사를 봤다. 그러나 나기사도 사진을 찍는 데 집중하느라 마린의 시선을 눈치채지 못했다.

그래서 가만히 그들을 바라보고만 있었다.

그때 드디어 사진을 다 찍고 만족한 카스미가 요우를 해방시켜주고, 휴대폰을 받으려고 나기사에게 다가왔다.

"나기사, 고마워."

"뭐, 됐어. 옛날에도 네가 시켜서 사진은 실컷 찍었잖아. 이 정도는 익숙하지."

"네가 네 마음대로 우리가 갈 곳을 조사해서 먼저 와 있었으니까 그렇지. 그것은 스토킹의 대가라고 생각해."

"또 그렇게 못된 소리를 하네……."

카스미는 휴대폰을 받으면서 또다시 나기사와 가볍게 말다툼하기 시작한 듯했다.

기둥문 근처에 있는 요우는 두 사람의 상황을 눈치채지 못하고 풍경을 바라보고 있었다.

그래서 마린은 큰맘 먹고 요우에게 다가갔다.

"저, 저기요, 요우…… 저하고도, 사진을 찍어주지 않을래요……?"

요우 옆에 도착한 마린은 양손 집게손가락을 맞대고 꼼지락거리면서 얼굴을 붉히고 그런 부탁을 했다.

그 행동에 요우는 좀 놀랐지만, 기념사진을 찍고 싶은가 보다 하고 결론을 내렸다.

"나기사가 아니어도 괜찮아?"

"아…… 저, 나기사하고는 나중에 같이 찍을게요……."

갑자기 나기사의 이름이 튀어나와서 마린은 당황했지만, 여기서 그 말을 부정하고 요우하고만 사진을 찍으면 이상해 보일 테니까 살짝 고개를 끄덕였다.

그러자 요우는 나기사를 돌아봤다.

"나기사, 미안. 사진을 또 찍어주지 않을래?"

"오케이! 내 휴대폰으로 찍어서 나중에 보내줄게!"

일부러 휴대폰을 주러 오기는 귀찮을 거라고 생각한 나기사는 그렇게 대꾸했다.

그 옆에서는 적극적으로 변한 마린을 보고 깜짝 놀라 당황한 듯한 표정을 짓는 카스미가 있었다. 하지만 사진 찍는 것을 막으려는 것 같지는 않았다.

　오히려 이 일을 핑계로 또 예뻐해 달라고 할 수 있겠구나! 하고 사악한 계획을 세우는 것처럼 미소를 지었다.

　그 후 마린과 요우는 배경을 바꿔가면서 사진을 몇 장 찍었다. 그리고 나기사와 카스미 곁으로 돌아왔다.

　"그래, 이왕이면 나기사도 아키미와 같이 사진을 찍어봐."

　"뭐? 아냐, 난 됐어. 풍경 사진은 이미 찍었는걸."

　"됐으니까 어서 가봐."

　그렇게 말하더니 요우는 나기사의 등을 가볍게 밀었다.

　나기사는 의아한 듯이 고개를 갸웃거렸지만, 요우가 재촉하자 결국 그 제안에 응하기로 한 것 같았다.

　나기사는 마린을 데리고 배경이 멋지게 찍힐 만한 장소로 이동했다.

　아마도 여기서 요우의 행동이 어떤 의미인지 이해한 사람은 카스미밖에 없을 것이다.

　'아, 맞다. 요우는 착각을 하고 있었지……. 후후, 그럼 요우가 아키미한테 손을 대지는 않을 것 같네.'

　요우가 어떤 사람인지 잘 알고 있는 카스미는 '요우가 마린을 좋아할 리는 없을 것이다'라고 생각했다.

　그러니까 이제는 진짜로 마린한테 쓸데없는 짓은 안 하

기로 했다.

오히려 마린이 요우와 친하게 지낼수록 자신이 더 많이 요우에게 예쁨을 받을 수 있다면, 둘이 좀 더 친하게 지내면 좋겠다고 생각했다.

그 후 나기사와 마린은 사진을 몇 장 찍었다. 이번에는 요우가 카스미를 돌아봤다.

"카스미도 다녀와."

"어, 나는 왜……?"

"소중한 기념사진이잖아. 친구와도 같이 찍어야지."

친구란 말을 듣고 카스미는 무심코 고개를 갸우뚱했다.

그런 카스미를 보고 요우는 쓴웃음을 지었다.

"됐으니까 어서 다녀와. 이런 것도 중요하니까."

"하지만 저 두 사람이 사진을 찍고 싶어 하지 않을 것 같은데……."

카스미가 반발하지 않도록 요우가 다정하게 이야기하자, 카스미는 난처한 듯이 고개를 숙였다.

자신이 두 사람한테 미움 받고 있다고 생각하는 것 같았다.

그래서 요우는 계단 밑에서 마린과 이야기하고 있는 나기사를 돌아봤다.

"나기사, 카스미하고도 같이 사진을 찍지 않을래?"

"그런 걸 굳이 왜 물어봐? 싫다고 할 리가 없잖아?"

"앗……."

나기사가 쓴웃음을 지으며 대꾸하자, 카스미는 의외인 것처럼 소리를 냈다.

요우는 그런 카스미의 등을 살며시 부드럽게 밀어줬다.

"다녀와."

"……응."

나기사가 '당연히 안 될 리가 없지!'란 식으로 대꾸해줘서 안심했나 보다.

카스미는 고개를 끄덕이더니 나기사와 마린 곁으로 다가갔다.

마린의 반응이 신경 쓰였는데, 이런 경우에 마린이 남을 거부할 리는 없었다. 웃는 얼굴로 카스미를 맞이해준 것 같았다.

그래서 셋이서 사이좋게 사진을 찍었다.

'이런 식이면 일이 잘 풀릴 것 같네…….'

마린과 카스미의 거리가 자연스럽게 가까워진 것을 눈치챈 요우는 아무도 모르게 미소를 지었다.

──그 후 동영상 촬영을 위해서 카스미와 나기사가 마린을 데리고 주차장으로 돌아갔고, 요우는 혼자 촬영을 했다.

그리고 볼일을 마친 뒤 요우가 일행과 합류하자, 네 사람은 천공의 기둥문을 뒤로하고 엽전 모양 모래 그림을 보러 가게 되었다.

◆

"──이게 바로 닭다리 요리인가요……?"

마루가메 시에 있는 유명한 닭다리 요리 전문점. 그곳에서 마린은 눈앞에 놓인 큼직한 영계 닭다리를 보고 깜짝 놀랐다.

이런 요리는 처음 봤다.

"맛있어 보이지? 테이블에 있는 이 종이 냅킨으로 뼈 부분을 감싸서 손에 들고 직접 뜯어 먹는 거야."

처음부터 닭다리 요리를 기대하고 있었던 나기사는 생글생글 기분 좋게 웃으면서 마린에게 먹는 방법을 가르쳐 줬다.

그러자 평소에 그렇게 음식을 뜯어 먹은 적이 없는 마린은 당황하여 요우의 얼굴을 쳐다봤다.

"응, 왜?"

"아, 아뇨……."

하다못해 요우라도 없었으면…… 마린은 무의식중에 그런 생각을 했다.

음식을 뜯어 먹는 모습을 요우에게 보여주기는 부끄러운 것이리라.

그때 의외의 인물이 구원의 손길을 내밀었다.

"이건 이 식당에서 추천하는 식사 방법이거든? 오히려 그렇게 하지 않는 것이 실례이고 부끄러운 일이라고 생각해."

그렇게 말한 사람은, 말투만 봐도 알 수 있듯이 카스미였다.

그리고 카스미는 마치 모범을 보이는 것처럼 닭다리를 뜯어 먹었다.

그런데 조금씩 살살 뜯어 먹고 있어서 그런지 그 식사 방법은 우아해 보였다.

"카스미의 말이 맞아. 아, 그리고 이 닭다리 요리에 곁들여진 양배추나, 닭다리와 같이 주문한 주먹밥도 여기 이 닭다리 그릇에 있는 양념을 묻혀 먹으면 돼. 넌 평소에는 그런 식으로 음식을 먹진 않을 것 같은데, 이것은 식당에서 추천하는 방식이야."

요우는 그렇게 말하면서 테이블에 놓여 있는 '닭다리 요리를 먹는 방법'이라는 식탁 깔개를 보여줬다.

거기에는 나기사와 요우가 말했던 식사 방법이 적혀 있었다. 마린은 그들이 거짓말을 하는 게 아니란 것을 깨달았다.

그래서 용감하게 닭다리를 집어 들었다.

"네, 그럼……."

딥석——.

마린은 카스미처럼 가볍게 닭다리를 입에 물었다.

그리고 놀란 것처럼 눈을 크게 떴다.

우물우물, 꿀꺽. 입안에 든 음식을 삼키더니 마린은 얼른 입을 열었다.

"마, 맛있어요……! 고기는 부드럽고 촉촉하고, 또 양념을 잘해서 매콤한 맛이 나는 게 너무 맛있어요……!"

아마도 마린은 무척 마음에 든 것 같았다.

아이처럼 귀엽게 생긴 마린이 그렇게 흥분해서 열심히 맛 평가를 하니, 나머지 세 사람은 보기만 해도 저절로 웃음이 나올 것 같았다.

"꽤 맵지? 아마 그래서 양배추도 같이 나오는 것 같아."

양배추의 단맛으로 닭다리 요리의 매운맛을 경감시키는 게 아닐까. 나기사는 그렇게 생각하는 듯했다.

하지만 식당 직원에게 물어보진 않았으므로 그 진의는 알 수 없었다.

"주먹밥도 양념을 묻혀 먹어봐."

나기사는 마린에게 주먹밥을 먹어보라고 재촉했다.

마린은 젓가락으로 주먹밥을 집었다. 그리고 닭다리 요리 그릇에 잔뜩 남아 있는 양념을 묻혀 입안에 집어넣었다.

그 순간——.

"~~~~~!"

말로 표현하기 어려울 정도로 맛있나 보다.

평소에 밥과 양념을 섞어 먹지 않는 마린에게는, 닭다리 요리에서 나온 기름기가 섞인 양념에다가 주먹밥을 푹 담가 먹는다는 것은 몹시 충격적인 행위였을 것이다.

"어쩌지? 아키미가 엄청 귀여워……."

마린을 지켜보던 카스미는 마치 아이처럼 신난 마린의 모습에 감명을 받았다.

그래서 끙끙거리고 있는 것 같았다.

"이번에는 우리가 잘 먹는 영계를 추천해봤는데, 만약에 다음에 올 기회가 있다면 그때는 노계도 먹어봐."

그 와중에 마린이 기뻐하는 모습을 보고 기분이 좋아진 요우도 무심코 그렇게 한마디 했다.

"노계는 뭐가 다른데요?"

"영계는 부드러워서 먹기 편한데, 노계는 질기거든. 그 대신 씹으면 씹을수록 육즙이 나와서 더 깊은 맛이 나."

더 깊은 맛이 난다는 것은 요우의 개인적인 주장이었지만, 어쨌든 노계도 노계만의 좋은 점이 있었다.

실제로 노계를 더 좋아해서 즐겨 먹는 사람들도 많았다.

"그렇군요……. 그럼 다음에 오게 되면 노계를 먹어보고 싶어요……."

요우의 말을 듣고 노계에 관심을 가진 마린은 살짝 눈을 굴려 귀엽게 요우를 쳐다봤다.

그걸 본 카스미와 나기사는 '마린이 귀엽게 조르고 있잖아?!' 하고 놀랐는데, 정작 요우는 그걸 눈치채지 못했다.

"응, 그래. 오카야마에서는 비교적 가까우니까 다음에 또 오면 되겠네. 아니면 오카야마로 출장 나왔을 때 사 먹어도 되고."

마린은 또 요우와 같이 오고 싶다는 뜻으로 말했는데 요우는 그런 식으로 대답했다. 그래서 마린은 체념한 듯이 쓴웃음을 지었다.

◆

"——자, 그럼 마루가메 성에 가볼까!"

식사를 마치고 가게에서 나오자 나기사가 힘차게 양팔을 벌렸다.

"기운도 좋네. 너 원래 그렇게 성을 좋아했었어?"

"전국 시대나 무장(武將)을 좋아하니까 당연히 성도 좋아하지."

"흐~음, 그래."

나기사가 무장을 좋아한다는 이야기는 처음 들은 것 같은데, 돌이켜보니 성이 근처에 있는 곳으로 촬영하러 갔을 때는 자주 성으로 끌려갔었다.

그러니까 예전부터 좋아했던 것이리라.

그런 대화를 하면서 택시를 타고 마루가메 성으로 향했는데——.

"뭐, 뭐야, 또 오르막길이야?! 이제 좀 그만하자⋯⋯!"

경사가 심한 비탈길이 그들의 앞을 가로막자, 카스미는 저도 모르게 투덜거리고 말았다.

"각도만 보면 천공의 기둥문보다는 나아 보이는데⋯⋯ 이거 상당히 머네⋯⋯."

"에이, 왜 그래. 좋잖아. 높은 대신에 저기까지 올라가면 멋진 풍경이 보일 거야. 천수각*에도 올라갈 수 있대."

혼자 신이 난 나기사는 가볍게 언덕길을 올라가기 시작했다.

그리고 불만스러워 보이는 카스미도 그 뒤를 따라갔는데, 요우는 걸음을 떼지 않고 마린을 돌아봤다.

"팔 빌려줄까?"

"앗⋯⋯ 아, 네. 빌릴게요."

이 언덕길은 마린은 올라가기 힘들 것이다. 그렇게 생각한 요우가 말을 걸자, 마린은 뺨을 붉히면서 기쁘게 고개를 끄덕였다.

그리고 요우의 팔에 매달렸다.

천공의 기둥문에 올라갈 때는 미안해하는 태도였는데, 이제는 사고방식이 달라진 것 같았다.

---

*일본의 성에서 중심이 되는 높은 누각.

두 사람은 그대로 언덕길을 올라갔다.

"——너희 둘 다 저거 봐. 풍경이 멋지다니까."

언덕을 끝까지 올라가자, 먼저 도착했던 나기사가 손짓하면서 그들을 불렀다.

그래서 두 사람은 도중에 서서 불만스럽게 이쪽을 쳐다보던 카스미를 데리고 나기사 곁으로 다가갔다.

그랬더니 그 일대에 도시가 쫙 펼쳐져 있었다.

"우와, 여기도 경치가 좋네요……."

"그렇지? 저쪽에 세토 대교가 있는데, 그 앞에 다른 건물들보다도 압도적으로 큰 건물이 하나 있거든. 어때, 알겠어?"

"앗, 네, 알겠어요. 좀 녹색을 띤 건물 말이죠?"

"응, 맞아. 저게 골든 타워야."

"아하, 저게…… 올라갈 수 있죠?"

"응, 응. 이따가 저기 갈 거니까 기대해."

나기사와 마린은 골든 타워를 바라보면서 즐겁게 이야기를 하고 있었다.

그 광경을 요우가 만족스럽게 지켜보고 있는데, 누군가가 그의 옷을 잡아당겼다.

그쪽으로 시선을 돌렸더니 카스미가 뭔가 원하는 눈빛으로 쳐다보고 있었다.

"아키미와 딱 붙어 있었잖아? 그러니까 1회분……."

"아, 그래. 알았어."

요우는 마린과 나기사가 이쪽을 보지 않는 것을 확인한 뒤 다정하게 카스미의 머리를 쓰다듬었다.

그러자 카스미는 기쁜 듯이 미소를 지으면서 머리를 맡기고 있었다.

이 정도면 카스미가 마린에게 덤비는 일은 더 이상 없을 것이다.

"자, 그럼 천수각에 가볼까."

"──!"

요우가 카스미의 머리를 쓰다듬고 있는데, 경치를 보고 만족한 나기사가 이쪽을 향해 고개를 돌렸다.

요우는 순식간에 카스미의 머리에서 손을 떼고 거리를 뒀다.

"……?"

왠지 요우와 카스미의 상태가 이상했다. 마린은 의아한 듯이 고개를 갸웃거렸다.

자기들이 안 보는 사이에 뭔가 한 게 아닐까? 하는 의문을 가졌는데, 여자 친구도 아닌 자신이 뭐라고 할 자격은 없으므로 물어보지 않고 꾹 참았다.

그러고 있는데 세 사람이 천수각 쪽으로 걸어가기 시작해서 허둥지둥 그 뒤를 따라갔다.

그들을 따라잡은 마린은 천수각은 어떤 느낌일까? 하고

두근거리는 마음으로 걸음을 옮겼는데——.

"무, 무서워요……!"

돈을 내고 천수각에 들어왔다가 급경사 계단을 보고 겁 먹고 말았다.

발판도 별로 넓지 않았고, 거기 설치된 나무 계단이 무 너질까 봐 불안한 것 같았다.

"내가 뒤에 있을게. 걱정하지 말고 올라가."

이대로 놔두면 마린은 올라가지 못할 거라고 생각한 요 우는 마린의 뒤로 이동했다.

요우가 뒤에 있어서 안심한 걸까. 마린은 신중한 발걸음 으로 올라가기 시작했다.

그리하여 마린은 올라가는 데 성공했고, 천수각에서 보 이는 경치를 즐겼는데——.

"내, 내려가는 게 훨씬 더 무서운데요……!"

내려갈 때는 밑을 더 확실히 의식하게 되어서 마린은 또 다시 겁을 먹고 말았다.

물론 이때도 요우가 먼저 내려가서 혹시나 위에서 떨어 지면 받아주려고 대기하고 있었으므로, 마린은 간신히 내 려가기는 했다.

그런데 이 광경을 보고 있던 카스미와 나기사는 속으로 생각했다.

'와, 마치 아버지와 딸 같아……'라고.

◆

"——골든 타워는 가까이에서 보니까 더 크네요……."

마루가메성을 뒤로한 네 사람은 우선 수족관에 가서 안을 실컷 구경한 다음에 맞은편의 골든 타워에 와 있었다.

"그러게. 일단 안으로 들어가 보자."

요우가 걸음을 떼자 세 사람은 요우를 뒤따라 걷기 시작했다.

안에 들어갔더니 1층에는 가게가 있어서 기념품을 팔고 있었다.

그 안쪽에는 접수처가 두 군데 있었는데, 한쪽은 천공의 아쿠아리움이고 나머지 한쪽은 플레이파크인 것 같았다.

플레이파크는 주로 아이들이 노는 장소인 듯했다.

"천공의 아쿠아리움…… 낭만적이네요."

이런 낭만적인 것을 좋아하는 마린은 귀엽게 웃고 있었다.

"아무래도 마린이 제일 소녀다운 성격인 것 같아."

그런 마린을 본 나기사가 그렇게 평가했는데, 그 말에 카스미는 발끈한 표정을 지었다.

"아니, 나도 이런 낭만적인 것을 좋아하거든?"

"너는…… 아니, 아무것도 아냐."

'언제 어디서나 요우가 최우선이잖아?'라는 말을 나기사는 간신히 삼켰다.

　카스미는 눈앞에 아름다운 풍경이 펼쳐져 있어도 시선은 저절로 요우한테 가버리는 사람이다.

　그러니까 순수하게 즐길 수 있는 마린이 좀 더 소녀답지 않을까. 나기사는 그런 생각을 했던 것이다.

　나기사가 말을 꿀꺽 삼키자 카스미는 불만스럽게 그쪽을 쳐다봤지만, 요우가 다정하게 카스미의 머리를 톡 치자 순식간에 얌전해졌다.

　그 광경을 본 나기사는──.

　'역시 강아지 같아……'라고 무심코 생각했다. 카스미에 대해.

　그 후 네 사람은 요금을 내고 천공의 아쿠아리움에 들어갔다.

　그곳의 벽에서는 음악과 함께 무수한 금붕어 영상이 나오고 있었다.

　방의 중심에는 조명으로 비춰진 커다란 어항이 놓여 있었다. 그 안에서는 알록달록 화려한 수많은 금붕어가 헤엄치고 있었다.

　"와, 멋지다……."

　마린은 그 아름다운 연출에 감동하여 손으로 입을 가렸다.

　나머지 세 사람도 마린과 같은 기분을 느끼면서 말없이 그 연출을 즐겼다.

몇 분 후에 만족한 그들은 그 방에 있는 엘리베이터에 탔다.

"——5층인가요. 그럼 저 위까지 올라가지는 못하나 보네요……."

목적지가 5층이란 것을 알게 된 마린은 아쉬워하면서 흐려진 표정으로 말했다.

모처럼 고층 타워에 왔으니까 더 높은 곳까지 올라가보고 싶었나 보다.

그런데 나기사는 마린의 그 반응을 보고 히죽 웃었다.

"걱정하지 마. 마린. 5층이라고는 해도 지상에서 127m나 떨어진 곳이니까."

"네?! 5층인데요?!"

"전체가 유리벽으로 덮여 있어서 밖에서 보면 고층 빌딩처럼 보이지만, 사실 중간층에는 철골만 있대. 그래서 맨 위층이 5층인 게 아닐까?"

마린이 크게 놀라자 요우는 인터넷으로 검색한 정보를 마린에게 가르쳐줬다.

그러자 자기 역할을 빼앗긴 나기사가 원망하는 눈초리로 요우를 쳐다봤다.

그러는 사이에도 엘리베이터는 계속 올라갔고——마침내 5층에 도착했다.

"우와, 예뻐요……."

5층의 테마는 '우주'.

금붕어와 거울, 그리고 미러볼로 연출된 만화경 공간은 마치 다른 차원의 세계 같았다.

참고로 4층의 테마는 '지구'라고 한다.

"사진, 찍어도 될까요……?"

"입구에 적혀 있던 금지 사항에 촬영 금지는 없었으니까. 아마 괜찮지 않을까? 하지만 혹시 모르니까 플래시는 켜지 마."

"네……!"

요우의 말을 듣고 마린은 기뻐하면서 휴대폰으로 사진을 찍기 시작했다.

그때 또다시 카스미가 요우의 옷을 잡아당겼다.

"왜?"

"사진 찍자, 응?"

카스미는 살짝 고개를 기울이고 귀엽게 이쪽을 쳐다보면서 그런 말을 했다.

아마도 또 '같이' 사진을 찍고 싶은가 보다.

카스미가 그렇게 졸라대자 요우는 한 번 더 나기사에게 사진을 찍어 달라고 했다.

그리고 이것을 계기로 마린과 나기사도 합세해서 모두들 멤버를 바꿔가며 사진을 찍었다.

"앗, 이거 봐요……! 창문 속에 금붕어들이 있어요……!"

마린이 창문 너머의 풍경을 보려고 시선을 돌렸다가, 금붕어들이 유리창 속에서 헤엄치고 있는 것을 발견했다.

유리창 속에서 자유롭게 헤엄치는 금붕어들을 본 요우는 용케 이런 아이디어를 생각해냈구나! 하고 감탄했다.

"지상 127m 높이에서 금붕어와 함께 보는 풍경이라니, 이거, 좋네……."

"…………."

창문 너머의 경치를 바라보면서 동시에 즐겁게 금붕어 구경까지 하게 되었다. 요우는 만족스러운 표정을 지었다. 마린은 그런 요우를 가만히 지켜보고 있었다.

그리고 카스미와 나기사가 금붕어를 보면서 이야기를 나누고 있는 것을 확인한 뒤, 살며시 요우의 옷소매를 잡아당겼다.

"응, 왜?"

"저…… 잠깐만, 얼굴을 이쪽으로. 가까이 와주세요."

요우가 마린을 돌아보자, 마린은 얼굴을 이쪽으로 가까이 대보라고 요우에게 지시했다.

그래서 요우가 의아해하면서 얼굴을 가까이 대자, 마린은 휴대폰 카메라를 셀카 모드로 바꿨다.

그리고——.

"하나, 둘, 셋!"

골든 타워에서 보이는 풍경을 배경으로, 요우와 자기가

단둘이 나오는 사진을 찍었다. 마치 커플 사진처럼.

이 행위에는 요우도 깜짝 놀랐다.

그러자 마린은 수줍어하는 것처럼 요우 곁에서 떨어지더니──.

"소중한 기념이에요♪"

──휴대폰 카메라로 입을 가리고 귀엽게 요우를 쳐다보면서 그런 말을 했다.

◆

"──으~응! 이제 거의 다 끝나가네."

현재 요우 일행은 골든 타워를 뒤로하고 다시 천공의 기둥문으로 가는 중이었다.

즉, 이제는 천공의 기둥문과 엽전 모양 모래 그림을 구경한 다음에 밥을 먹고 집에 가면 되는 것이다.

참고로 네 사람의 계획에는 한 가지 오산이 있었다.

그것은 가가와현의 우동 가게는 일찍 문을 닫는다는 것이었다.

이동하는 도중에 요우가 문득 생각나서 검색해봤더니 거의 대부분의 우동 가게가 늦은 오후에는 문을 닫은 것으로 나왔다.

잘 찾아보면 아직 영업하는 곳이 있을지도 모르지만……

마린이 "다음에 다시 왔을 때의 즐거움이 또 늘었네요"라고 말했기 때문에 그들은 이번에는 우동은 포기하기로 했다.

아마도 마린이 제일 우동을 먹고 싶어 했을 것이다. 그런데도 그렇게 남들을 배려하는 모습을 보여주자, 나머지 세 사람은 마린을 보고 '역시 착한 아이구나……'라고 생각했다.

아무튼 그러는 사이에 그들은 택시를 타게 되었다.

"맞은편에서 차가 많이 오네요……."

아까부터 조금 올라갈 때마다 자꾸 내려오는 자동차와 마주치고 있었다. 그래서 마린은 난처한 듯이 웃으면서 요우를 쳐다봤다.

다행히 택시라서 운전사의 운전 실력은 뛰어났다. 서로 스쳐 지나가지 못하고 멈춰버리는 사태는 일어나지 않았다.

하지만 마린은 자신이 직접 올 때를 상상하면서 '역시 차로 오기는 어렵겠다'고 생각했다.

"원래 인기 있는 관광지니까 어쩔 수 없지. 싫으면 걸어서 올라가는 수밖에 없어."

"천공의 기둥문에서 똑바로 내려가는 그 계단을 통해 올라간다는 거죠……? 하기야 실제로 그 계단을 통해 올라오는 분들도 있었지만요. 엄청 힘들어 보이던데요……."

그들이 낮에 천공의 기둥문을 방문했을 때, 기둥문 정면에는 밑으로 내려가는 계단이 있었다.

경치를 구경하고 있는데 그곳으로 올라오는 사람들이 있었다.

고로 당연히 올라가는 것이 불가능하진 않을 테지만, 밑으로 내려가는 계단의 끝이 보이지 않았으므로 마린은 '나는 불가능할 것 같다'고 생각했다.

그러니까 만약에 밤에 오게 된다면 그때는 요우가 운전을 해줬으면 좋겠다. 속으로 몰래 그런 생각을 해봤다.

그렇게 대화를 하다 보니 어느새 천공의 기둥문 주차장에 다시 도착하게 되었다.

요우는 택시 운전사에게 여기서 기다려 달라고 부탁하고 일단 택시에서 내렸다.

그랬더니 카스미와 나기사는 이미 출발했는데, 마린 혼자만 요우를 기다리면서 가만히 쳐다보고 있었다.

"뭐 해?"

"어, 저기…… 이번에도 팔을 빌릴 수 있을까요……?"

마린이 요우를 보고 있었던 것은, 아까 낮에 그랬듯이 요우의 팔을 빌리고 싶기 때문이었나 보다.

오늘 하루 만에 마린은 상당히 솔직하게 자신의 요구를 말할 수 있게 된 것 같았다.

"물론이지."

요우는 마린에게 팔을 내밀었다.

그러자 마린은 기뻐하면서 얼른 요우의 팔에 달라붙었다.

'——1회 추가…….'

두 사람을 지켜보던 카스미는 마린이 요우에게 달라붙었으므로 또 어리광을 부릴 기회가 1회분 늘었다! 하고 속으로 기뻐했다.

"너 왠지 엄청나게 얌전해진 것 같다?"

마린이 요우에게 달라붙어도 중간부터 전혀 화내지 않게 된 카스미. 그걸 본 나기사가 그렇게 물어봤다.

그러자 카스미는 의기양양한 미소를 지었다.

"마음이 넓은 여자가 되기로 했거든. 둘이 좀 달라붙었다고 일일이 성질을 내지는 않아."

"아니…… 지금까지 실컷 성질을 부렸던 애가, 뭔 소리를 하는 거야……?"

카스미는 여유로워 보였다. 나기사는 그 여유가 이해가 가지 않았다.

사소한 일로도 쉽게 질투해서 난리를 치던 카스미가 갑자기 왜 이렇게 생각이 달라졌을까. 그게 마음에 걸렸다.

적어도 카스미는 이유는 몰라도 승리를 확신하고 있는 듯했다.

"흠, 그래. 네가 괜찮다면 상관은 없지만."

그런데 여기서 섣불리 말을 꺼냈다가 또다시 카스미가

마린한테 덤벼들게 되면 곤란하다.

그러면 100% 자신은 요우한테 혼날 것이다.

그래서 쓸데없는 말은 관두고 조용히 지켜보기로 했다.

──위쪽에서는 그런 대화가 이루어지고 있는 줄도 모르고, 마린은 그저 어리광 부리고 싶은 것처럼 요우의 얼굴을 쳐다봤다.

"오늘은 실컷 놀았네요."

"응, 그래…… 몸은 괜찮아? 오늘은 계속 언덕을 올라갔잖아."

"후후. 당신 덕분에 괜찮아요. 지금도 이렇게 기대고 있잖아요."

마린은 어리광 부리듯이 요우의 어깨를 자기 머리로 가볍게 톡 쳤다.

아니, 실제로 어리광 부리고 있는 것이리라.

"어, 아키미……?"

"저는 사실 불안했어요. 나기사는 그렇다 쳐도 네모토와 같이 행동하면 또 싸우게 되지 않을까 하고요."

"…………."

"하지만 이러니저러니 해도 실제로는 즐거웠어요. 네모토도 저를 도와줬고요."

아마도 닭다리 요리 전문점에서 있었던 일을 말하는 것 같았다.

그때 태도는 무뚝뚝했어도 카스미가 마린을 위해 솔선해서 음식을 먹어줬다는 것은, 마린도 알고 있었던 모양이다.

"그러니까 당신이 네모토도 같이 다니길 원한다면…… 저는 더 이상 반대하지 않을게요. ……실은 당신과 단둘이 있는 게 좋지만요……."

카스미의 존재를 인정한 후 마린은 조그맣게 혼잣말하 듯이 속마음을 털어놓았다.

하지만 그 소리가 너무 작아서 요우는 듣지 못했다.

"응, 그럼 앞으로도 넷이서 움직여도 되는 거지?"

"네. 저, 그 대신 제 부탁을 하나만 들어줄 수 있어요?"

"무슨 부탁인데?"

"저…… 요우는 나기사와 네모토를 둘 다 친근하게 이름 으로 부르잖아요……? 그러니까, 그…… 저, 저도, 마린이 라고 불러주면 안 돼요……?"

마린은 부끄러운지 고개를 숙이더니 요우에게 그렇게 부탁했다.

설마 그런 부탁을 받을 줄은 몰랐다. 요우는 어리둥절하 여 마린을 바라봤다.

"아니, 왜……?"

"왜, 왜냐하면, 그건…… 요, 요우가 나머지 두 사람은 이름으로 부르는데 저 혼자만 성으로 부르면, 소외감이 느 껴지니까요……! 그러니까 통일해주시면 좋겠다는 거죠!"

요우의 질문을 받은 마린은 눈동자를 이리저리 굴리면서 필사적으로 변명을 생각했다.

그리고 이런 때 둔감한 요우는 마린의 말을 곧이곧대로 믿어버렸다.

"그렇구나…… 하긴, 듣고 보니 그러네. 그럼…… 마린. 이렇게 부르면 돼?"

약간 쑥스러워하면서 요우는 마린의 귓가에 대고 이름을 불러봤다.

그랬더니——.

"~~~~~!"

마린은 새빨개진 얼굴로 몸을 비틀며 끙끙거렸다.

요우가 자기 이름을 불러줘서 기쁘고, 또 귓가에 대고 속삭여주기까지 해서 흥분이 한계를 뛰어넘은 모양이었다.

"저, 저기, 괜찮아……?"

마린이 머리에서 뜨거운 김을 뿜어내면서 양손으로 얼굴을 가리자, 요우는 그 얼굴을 들여다봤다.

그 바람에 근거리에서 두 사람의 눈이 마주쳤다. 마린은 더 심하게 끙끙거렸다.

"제, 제발, 이제 그만해주세요……."

더 이상은 버텨낼 수 없다고 판단한 마린은 여전히 새빨개진 얼굴로 요우에게 간청했다.

그런데 요우는 마린이 뭘 부탁하는 건지 몰라서 고개만

갸웃거렸다.

"──이봐~, 너희 둘이서 뭐 해~?"

요우 때문에 마린이 어쩔 줄 모르고 끙끙거리고 있는데, 두 사람이 전혀 올 기미가 안 보이자 이상하다고 생각한 나기사가 이쪽으로 돌아왔다.

그 옆에는 카스미도 있었다. 불쾌한 것처럼 요우와 마린을 바라보고 있었다.

아마도 두 사람이 좀처럼 오지 않으니까 '단둘이 사이좋게 놀고 있는 거 아냐?' 하고 의심한 것 같았다.

잠깐이라면 참을 수 있어도 장시간은 참을 수 없는 걸지도 모른다.

"미안, 뱀이 나와서 좀 놀랐거든!"

"뭐, 괜찮아?!"

"괜찮아, 이미 쫓아냈으니까!"

"응, 그럼 빨리 올라와~!"

"알았어!"

요우는 마린을 다시 돌아봤다.

"갈 수 있겠어?"

"아, 네……!"

마린은 끄덕끄덕 열심히 고개를 끄덕였다.

요우는 가능한 한 마린에게 부담을 주지 않으려고 조심하면서 약간 걷는 속도를 올렸다.

그리하여 정상에 도착한 순간——.

"와…… 아름답다……."

노을빛에 물든 도시와 바다를 본 마린은 황홀한 표정으로 그렇게 중얼거렸다.

'거의 언제나 같은 반응이구나…….'

언제나 마린의 감상을 들어봤던 요우는 그렇게 생각했는데, 사실 사람은 정말로 아름다운 것을 보거나 들으면 어휘력을 잃어버리기도 한다.

마린은 그런 타입인 것 같았다.

"오늘은 이 광경을 보러 온 거니까. 역시 오길 잘했네."

요우가 마린을 지켜보고 있는데, 나기사가 그 옆에 나란히 섰다.

한발 늦어버린 카스미가 짜증 난 것처럼 나기사를 째려봤다. 그러나 나기사는 아랑곳하지 않고 요우를 쳐다봤다.

"오늘은 초대해줘서 고마워. 오랜만에 즐거운 하루를 보냈어."

"네가 만족했다면 다행이야."

나기사가 만족스럽게 웃으면서 인사했으므로 요우도 고개를 끄덕이며 대꾸했다.

그런데——.

"처음에는 '이 자식이 나를 산 제물로 삼았구나!' '이 잔인하고 제멋대로 구는 녀석!' '수라장에 휩쓸려서 한번 죽어봐라!'라고 생각했는데."

고마워하는 줄 알았더니 갑자기 요우한테 불평을 늘어
놓기 시작했다.

"오케이, 너 한 대 때려도 돼?"

"아하하, 미안, 미안."

요우가 울컥해서 주먹을 쥐자, 나기사는 귀엽게 웃으며
사과했다.

그래서 요우는 주먹을 내렸다.

"뭐, 그러니까 앞으로도 참가시켜 달라고 할까 생각 중
이야."

"그래? 그거 잘됐네."

아마 나기사를 뺀 세 사람만 있으면 상황이 수습되지 않
을 것이다.

요우가 카스미를 상대하는 동안 나기사가 마린을 상대
해주고, 요우가 마린을 상대하는 동안 나기사가 카스미를
상대해줬기 때문에 특별히 큰 문제도 없이 오늘 하루를 즐
겁게 보낼 수 있었던 것이다.

그러니까 다음에도 카스미와 마린 두 사람을 데리고 다
니려면 나기사의 존재는 꼭 필요하다. 요우는 그렇게 생각
했다.

"──쳇……."

요우의 오른쪽에는 마린이 있었고, 왼쪽에는 나기사가

있었다. 그래서 요우 옆에 나란히 서지 못하게 된 카스미는 뽀로통한 표정을 짓고 있었다.

그러다가 나기사와 요우의 대화가 끊겼을 때를 노려서, 나기사 쪽으로 끼어들어 요우의 옷소매를 잡아당겼다.

"왜 그래?"

"예뻐해 줄 것을 요구할게."

이미 오르막길에서 요우는 마린과 딱 붙어 있었다. 그 불만을 해소하기 위해 카스미는 자신을 예뻐해 달라고 요구한 것이다.

그 말을 듣고 나기사는 이해했다. 어째서 카스미가 더 이상 날뛰지 않게 됐는지,

그래서 자기 자리를 카스미에게 양보하고 마린 옆으로 이동했다.

"나중에 하면 안 돼……?"

"지금 해줘."

요우는 나기사와 마린이 보는 곳에서는 카스미를 예뻐해 주고 싶지 않았다. 그래서 나중에 하자고 말했다.

그러나 이미 상당히 삐쳐버린 카스미는 납득을 하지 못하고 고개를 옆으로 흔들었다.

"하지만 지금은 네 머리를 쓰다듬어줄 수 없는데……?"

카스미가 납득하지 않자 요우는 나머지 두 사람에게 들리지 않도록 귓속말을 했다.

그랬더니 카스미는 불룩~하게 뺨을 한껏 부풀렸다.

그런데 그때 문득 어떤 생각이 뇌리에 떠올랐다.

"그럼 이걸로 참을게······."

그리고 요우의 팔을 꽉 끌어안았다.

"야, 너······."

망설임 없이 달라붙는 카스미. 요우는 할 말이 있는 듯한 눈빛으로 카스미를 봤다.

그러자 카스미는 삐친 표정으로 요우를 쳐다봤다.

"왜, 불만 있어? 아키미는 너한테 몇 번이나 달라붙었잖아."

"그건 그냥 오르막길이 너무 가팔라서 지팡이 역할을 해준 건데?"

"그래도 달라붙은 것은 사실이잖아."

카스미의 주장은 논리적이었다. 요우도 단순히 언덕길을 올라갈 때 지팡이 역할을 해주기만 한 것은 아니었다.

자신의 팔뚝에 달라붙은 마린의 부드러운 팔과 가슴을 몸으로 느꼈던 것이다.

그것은 마린도 마찬가지였다. 달라붙어 있는 동안 요우의 따뜻함을 느꼈었다.

점점 마린이 솔직해지다가 최종적으로는 스스로 나서서 달라붙게 된 이유 중 하나는, 아마도 요우에게 딱 달라붙는 것이 기분 좋았기 때문일 것이다.

그래서 카스미도 똑같은 행동을 하고 있을 뿐이라고 주장하는 것이었다.

"어, 그러면…… 하는 수 없지."

더 이상 부정했다가는 카스미가 화낼 것이다. 요우도 그걸 알아서 포기한 것 같았다.

그러자 카스미는 마음껏 요우의 팔에 뺨을 대고 비볐다.

완전히 어리광쟁이 모드가 되어버렸다.

"카스미. 경치는 안 봐도 돼?"

"걱정 마. 보고 있으니까."

그렇게 대답하는 카스미. 하지만 여전히 요우의 팔에다 뺨을 비비고 있었다.

저녁노을에 물든 아름다운 풍경은 보고 있지도 않았다.

요우에게 어리광을 부리느라 정신이 없는 것 같았다.

'흠…… 뭐, 상관없나.'

카스미는 예전부터 이런 식이었다. 이제 와서 지적하기도 뭐했다.

그래서 신경 쓰지 않고 아름다운 노을빛 도시와 바다 쪽으로 시선을 돌렸다.

그런데——.

"…………."

요우가 신경 쓰지 않는다고 해도, 주변 사람들도 신경 쓰지 않는 것은 아니었다.

요우와 카스미가 티격태격하는 바람에 마린은 카스미의 그 어리광을 눈치채고 말았다.

그래서 지금도 약간 뾰로통해진 얼굴로, 요우에게 어리광 부리는 카스미를 보고 있었다.

그러나 어제 그런 일이 있었기 때문에 스스로 나서서 방해할 수는 없어서 마지못해 입 다물고 있는 것 같았다.

'요우도 참 죄가 많은 남자구나…….'

당연히 나기사도 그 사실을 알았다. 마린이 삐쳤다는 것도 알았고.

물론 요우는 마린의 마음을 눈치채지 못했을 테지만, 적어도 마린이 자기를 잘 따른다는 사실은 눈치챘을 것이다.

그런데도 저렇게 행동하는 것은 너무 무신경하지 않은가. 나기사는 그런 생각을 했다.

하지만 이런 이야기를 요우에게 해봤자 소용없을 것이다.

어리광을 부리는 사람은 카스미이고, 다정한 요우는 그것을 받아주고 있을 뿐이니까.

마린이 요우의 여자 친구도 아닌데, 어리광 부리는 카스미를 거절하라고 하는 것도 이상한 것이다.

그래서 나기사는 이 상황에서는 어떻게 하는 게 제일 좋을까? 하고 생각해봤다.

그러다가──.

"마린. 너도 똑같이 요우에게 어리광을 부려봐."

——마린을 부추기기로 했다.

"네엣?! 나, 나기사, 뭐라고요?!"

요우에게 정신이 팔렸던 마린은 나기사의 귓속말에 화들짝 놀라 무심코 소리를 냈다.

"응? 왜 그래?"

마린의 목소리에 요우가 반응하여 말을 걸었다. 그런데 나기사가 "아무 일도 아냐~" 하고 손을 옆으로 흔들면서 적당히 넘겼다.

그래서 요우는 다시 석양을 향해 시선을 돌렸다.

"어휴, 그렇게 놀라서 큰 소리 내지 마."

"나, 나기사가 갑자기 이상한 소리를 해서 그런 거잖아요……!"

두 사람은 요우와 카스미한테서 좀 떨어진 곳에서 속닥속닥 이야기하기 시작했다.

요우는 그쪽이 신경 쓰였지만, 마린이 나기사와 이야기하는 것은 좋은 일이겠거니 하고 일부러 신경 쓰지 않으려고 했다.

"이상한 소리가 아니야. 그냥 어리광 부리면 좋잖아? 하고 말했을 뿐이지."

"충분히 이상하거든요! 그런 짓은, 할 수 없어요……!"

마린은 얼굴이 새빨개지더니 도리도리 고개를 옆으로 흔들었다.

그러자 나기사는 마치 상대를 시험하는 것처럼 짓궂은 미소를 지었다.

"흐~음?"

"뭐, 뭐예요, 왜 그래요……?"

"아니, 언덕길에서 찰싹 달라붙어 어리광 부리던 사람이 뭔 소리를 하는 거야~란 생각이 들어서."

"~~~~~!"

요우에게 어리광 부리던 것을 나기사에게 들켰구나! 하고 마린은 새빨개진 얼굴을 양손으로 가렸다.

그리고 당황하여 몸을 비틀면서 끙끙거렸다.

"어휴, 잠깐만. 난리 치지 마. 요우한테 또 들키고 싶어?"

"아니, 그럼 놀리지 마세요……!"

나기사가 마린을 타이르자, 마린은 부끄러워하면서 화를 냈다.

나기사는 그런 마린이 귀엽다고 생각하면서도 이제 슬슬 마린이 한계인 것 같아서 더 이상은 놀리지 않았다.

그 대신 조언을 하나 하기로 했다.

"전에 말했잖아? 상대는 강적이라고. 카스미가 이제는 밖에서도 눈치를 안 보고 어리광을 부리기 시작했어. 저거에 대항하려면, 너도 남의 시선에는 신경 쓰지 말고 요우에게 어리광을 부려야 해."

"그렇게 부끄러운 짓을 어떻게 해요……!"

"그럼 카스미한테 요우를 뺏겨도 된다는 거야?"

"──!"

나기사가 진지한 표정과 목소리로 말하자, 마린은 놀라서 반사적으로 숨을 삼켰다.

요우와 카스미가 사귀게 된다──그렇게 생각하기만 해도 가슴이 꽉 막히는 기분이었다.

"요우는 태도가 무뚝뚝해서 오해를 받기 쉬운데, 실은 남을 예뻐해 주는 것을 무척 좋아하는 사람이야. 그거 알아? 요우는 자기가 기르는 고양이도 한없이 예뻐하거든."

마린은 자주 요우와 전화 통화를 했는데, 그러고 보니 확실히 요우의 옆에는 언제나 야옹~ 씨가 있었다.

요우가 야옹~ 씨를 부르는 건지 아니면 야옹~ 씨가 요우한테 다가온 건지는 모르겠지만. 둘이 늘 붙어 있는 것은 그만큼 요우가 야옹~ 씨를 귀여워하기 때문일 것이다.

"하지만 그건 야옹~ 씨가 고양이라서 그런 거고……."

"아니, 그건 아니야. 네가 어리광 부렸을 때도 요우는 거절하지 않았잖아?"

"그, 그건…… 그렇죠……."

마린이 요우의 어깨에 머리를 기댔을 때도 요우는 싫어하지 않았다.

게다가 낮에 천공의 기둥문에 왔다가 요우에게 폐를 끼쳐서 우울해졌을 때, 요우는 마린의 머리를 쓰다듬으며 위로해줬다.

　머리를 쓰다듬는 행위. 그것은 '요우가 남을 예뻐해 주는 것을 좋아하는 게 아닐까?'라는 생각을 심어주는 것이었다.

　"짚이는 것이 있나 보네. 요우는 자기 주변 사람들만 예뻐하는 경향이 있거든. 그리고 어리광 부리기를 좋아하는 카스미와는 궁합이 아주 잘 맞지."

　"하, 하지만, 두 사람은 이미 한번 실패했잖아요……?"

　"그건 카스미가 요우를 지나치게 구속했기 때문이야. 하지만 요우는 카스미를 내쳤던 것을 후회하고 있어. 그는 같은 실수를 두 번이나 하는 사람이 아니야. 그러니까 카스미에게 지지 않으려면 너도 열심히 어필해야 해."

　"…………."

　나기사에게 설득당한 마린은 조용히 생각에 잠겼다.

　요우에게는 어리광을 부리고 싶었다.

　하지만 그가 카스미의 어리광은 받아주면서 자신은 거부한다면, 자신은 더 이상 재기하지 못할 거란 생각이 들었다.

　그래서 첫걸음을 내디딜 수 없었다.

　그런데 마린이 용기를 내지 못한다는 사실을 눈치챈 나기사는 여기서 한 걸음 더 깊이 파고들기로 했다.

　"여기서 한 발을 내디디지 못하고 카스미한테 진다면,

그때는 후회해봤자 소용없어."

"──!"

나기사한테 "지고 나서 후회해봤자 소용없다"는 말을 들은 마린은 문득 떠올렸다. 하루키를 둘러싼 싸움에서 카스미한테 졌던 것을.

그때는 진실을 몰랐었다. 그래서 소극적이었던 자신이 카스미의 매력에 졌다고 생각했다.

원래 카스미를 동경하기도 했으니까. 자기 능력으로는 이길 수 없을 거라고 약간 체념한 부분도 있었을 것이다.

그래도 역시 결판이 났을 때는 몹시 후회했었다.

그때 이렇게 했더라면──그런 생각을 얼마나 많이 했던가.

이대로 있으면 하루키 때와 같은 기분을 느끼게 될 것이다.

그것을 깨달은 순간, 마린의 눈동자에는 강한 의지가 깃들었다.

"저, 다녀올게요……!"

"응. 힘내."

마린이 각오를 다지자 나기사는 웃는 얼굴로 고개를 끄덕였다.

그리고 요우를 향해 다가가는 마린의 뒷모습을 바라보면서 혼자 조용히 생각했다.

'정말이지 카스미도 마린도 손이 많이 가는 녀석들이네. 결국 어느 쪽이 선택받을지는 나도 모르겠지만, 어중간하게 할 바에야 차라리 미련이 안 남도록 철저히 하는 게 낫지. 이런 상황을 만들어낸 사람은 요우이고, 계속 악화시키고 있는 사람도 요우. 그러니까 책임도 요우가 져야 하지 않겠어?'

나기사의 목적은 이 삼각관계를 무사히 불시착시키는 것이었다.

그걸 위해서라면 뭐든지 할 각오가 되어 있었다.

그것이 과거에 자신을 바로잡아 구해줬던 요우에게 은혜를 갚는 길이라고 생각했으니까.

'——그냥 해외에 나가서 둘 다 아내로 맞이하는 것도 방법이고.'

나기사는 그런 생각을 하면서 저녁 해를 바라봤다.

◆

"——요, 요우."

나기사 곁을 떠난 마린은 긴장한 얼굴로 요우에게 말을 걸었다.

그래서 요우도 마린에게 시선을 돌렸다.

"응, 왜?"

"저, 저기……! 저, 저도, 요우한테 달라붙어도 대여?!"

'——아앗, 혀가 마비됐어……!'

큰 결심을 하고 요우에게 부탁을 했는데, 너무 긴장한 나머지 발음이 뭉개져버렸다.

그래서 온몸이 확 뜨거워졌다. 부끄러워서 눈물이 났다.

하지만 요우는 마린의 부탁을 듣고 놀라서 거기에 신경 쓸 여유가 없었다.

"가, 갑자기, 왜 그래……? 앗, 설마 나기사가 또 뭔가 꾸몄나……?"

요우가 당황하자 마린은 헉 하고 정신을 차렸다.

이대로 있으면 요우가 이상한 오해를 해서 착각해버릴 지도 모른다. 그렇게 생각했다.

요우가 이런 때 둔감한 사람이라는 것은 마린도 이미 알고 있었다.

"제, 제가 하고 싶어서, 하는 거예요……!"

얼굴을 새빨갛게 붉히면서 주장하는 마린. 필사적인 그 표정을 보면 거짓말은 아닌 것 같았다.

게다가 마린이 이런 거짓말을 하는 사람이 아니란 것을 요우는 잘 알고 있었다.

'이게 무슨 일이지? 나기사를 좋아하는 게 아니었나?'

요우는 그런 의문을 느꼈는데, 어쨌든 마린에게는 사양 말고 자신이 원하는 바를 이야기해도 된다고 말해놨었다.

그러니까 마린의 이 요구를 거절할 수는 없었다.

"알았어…… 너 하고 싶은 대로 해."

요우는 어떻게든 동요한 티를 내지 않으려고 노력하면서, 아무것도 안 하는 오른팔을 마린에게 내밀었다.

그 순간 마린은 무척 기뻐하면서 그에게 달라붙었다.

"고…… 고마워요, 요우……!"

"고맙긴, 뭘……."

오른쪽에는 금발 미소녀.

왼쪽에는 흑발 미소녀. 양손에 꽃을 든 상태가 된 요우.

석양이 지는 아름다운 풍경을 바라보면서 그는 자문자답을 계속하게 되었다. 어쩌다 일이 이렇게 되었을까? 하고.

◆

"──네모토. 시간 있어요?"

요우한테서 '카스미, 나기사와 함께 택시에 먼저 돌아가 있으라'는 말을 들은 마린은 언덕을 내려가면서 카스미에게 말을 걸었다.

실은 요우의 팔에 달라붙어 석양을 바라보는 동안 마린은 어떤 결심을 했던 것이다.

그래서 요우가 사라진 이 타이밍에 카스미에게 말을 걸

었다.

"왜?"

카스미는 냉정한 태도로 고개를 갸웃거리면서 마린을 쳐다봤다. 아까 요우에게 달라붙어 흐물흐물하게 녹아 있던 표정은 싹 사라진 모습이었다.

마치 딴사람처럼 극적인 변모였다.

"네모토는 요우를 좋아한다……고 생각해도 되는 거죠?"

마린의 그 질문에 카스미는 놀라서 한순간 눈을 크게 떴다.

그러나 곧 빙그레 웃었다.

"응, 맞아. 나는 어릴 때부터 요우를 좋아했어. 그게 왜?"

그것이 정식으로 말로 표현되자 마린의 눈동자는 약간 흔들렸다.

그러나 그 기백에 지지 않으려고 팔에 힘을 꽉 주고 입을 열었다.

"저, 저도, 요우를 좋아해요……! 그러니까 앞으로는 사양하지 않고 요우에게 어리광을 부릴 거예요……!"

그것은 마린이 카스미에게 하는 선전포고였다.

마린은 싸움을 싫어하는 성격이었다.

그 사실은 자신이 가장 잘 알고 있었다. 그래서 중요한 순간에 '안 되겠다!' 하고 스스로 변명하면서 도망가지 않도록, 선전포고해서 자신의 퇴로를 차단한 것이다.

그런데 그와 동시에 마린의 선선쏘고는 카스미의 투쟁심에 불을 붙이고 말았다.

　카스미에게는 요우가 자신의 전부였다. 그런 요우를 누군가가 빼앗겠다고 말했으니 가만히 있을 수는 없었다.

　"설마 네가 나한테 선전포고를 하는 날이 올 줄이야. 그래, 네 마음대로 해."

　카스미는 소리 없는 투쟁심을 불태우면서 웃는 얼굴로 마린에게 대꾸했다.

　자신이 질 거라는 생각은 전혀 안 했다.

　오히려 마린이 어리광을 부리면 부릴수록, 요우는 자신을 예뻐해 줄 것이다.

　요우가 마린에게 손을 댈 가능성은 없으니까. 마린이 어리광을 부린다는 것은 카스미한테는 유리하게 작용할 뿐이다.

　그래서 이토록 자신만만한 태도인 것이다.

　'──후후. 요우, 힘내~.'

　그리고 나기사는 조용히 불꽃을 튀기고 있는 두 사람을 지켜보면서, 앞으로 펼쳐질 어리광쟁이 대결──아니, 수라장을 기대하는 것이었다.

후기

우선『패배 히로인』2권을 읽어주셔서 감사합니다!

담당 편집자님, piyopoyo 선생님, 그리고 이 작품을 서적으로 내는 데 도움을 주신 모든 관계자 여러분. 이번에도 협력해주셔서 진심으로 감사를 드립니다.

담당 편집자님은 늘 성실하고 알찬 회의를 해주셔서 감사합니다.

그리고 piyopoyo 선생님은 언제나 멋진 일러스트를 그려주셔서 너무나 기쁩니다.

진심으로 감사를 드립니다.

네, 그럼 잠깐 이 작품에 관해 말씀을 드리자면요. 이번에 새로운 수라장이 탄생했습니다.

앞으로 저 세 사람——아니, 네 사람이 어떻게 될지. 수라장을 좋아하는 네코쿠로는 기대가 돼서 가슴이 자꾸 두근거려요.

또 개인적으로 히로인과 여행을 가서 즐겁게 노는 이야기는, 작가로서도 쓰면서 무척 즐겁거든요. 앞으로도 많이 쓰고 싶습니다.

네, 그래서요. 3권에서도 만날 수 있었으면 좋겠습니다.

그럼 한 번 더 인사드리겠습니다. 정말로『패배 히로인』2권을 읽어주셔서 감사합니다!

MAKE HEROINE TO ORE GA TSUKIATTEIRU TO MAWARIKARA KANCHIGAI SARE,
OSANANAJIMI TO SHURABA NI NATTA 2
©2023 NEKOKURO
First published in Japan in 2023 by OVERLAP, Inc.
Korean translation rights reserved by Somy Media, Inc.
Under the license from OVERLAP, Inc., Tokyo JAPAN

패배 히로인과 내가 사귄다고 사람들이 착각하는 바람에, 소꿉친구와 수라장이 되었다 2

2023년 9월 15일 1판 1쇄 발행

저　　　자 네코쿠로
일 러 스 트 piypoyo
옮 긴 이 한수진
발 행 인 유재옥
본 부 장 조병권
편 집 1 팀 김준규 김혜연
편 집 2 팀 박치우 정영길 정지원 조찬희
편 집 3 팀 오준영 이소의 이해빈
편 집 4 팀 박소영 전태영
라이츠담당 김정미 맹미영 이윤서
디 지 털 김지연 박상섭 윤희진
미　　　술 김보라 박민솔
발 행 처 ㈜소미미디어
인쇄제작처 ㈜코리아피엔피
등　　　록 제2015-000008호
주　　　소 서울시 마포구 토정로222, 403호 (신수동, 한국출판콘텐츠센터)
판　　　매 ㈜소미미디어
마 케 팅 박수진 최원석 최정연
영　　　업 박종욱
물　　　류 백철기 허석용
전　　　화 (02)567-3388, Fax (02)322-7665

ISBN 979-11-384-8011-6 04830
ISBN 979-11-384-7851-9 (세트)